A Rake's Redemption
by Cynthia Breeding

公爵令嬢を〝淑女〟にする方法

シンシア・ブリーディング
鈴木美朋・訳

ラズベリーブックス

公爵令嬢を〝淑女〟にする方法

主な登場人物

イニス・フィッツジェラルド……アイルランドのキルデア公爵令嬢。
アレクサンダー（アレックス）・アシュリー……ダンズワース公爵家の次男。
キャロライン・ナッシュ……アレックスの友人。勲爵士（ナイト）の娘。
ジョージ・アシュリー……アレックスの兄。ダンズワース公爵。
アメリア・アシュリー……ジョージの妻。
ウィリアム・フィッツジェラルド……イニスのおじ。現キルデア公爵。
ブライス・バークレイ……バークレイ男爵。アレックスの友人。
スティーヴン……ケンドリック侯爵。アレックスの友人。
ミランダ・ロック……ベントン伯爵夫人。
エルシー……アレックスの屋敷のメイド。

1

ベントン伯爵夫人の寝室のドアを激しく叩く音に、アレクサンダー・アシュリーはさっと体を起こした。シャツをひっつかんでベッドを飛び出しながら、ズボンを引っぱりあげた。人妻の寝室で決してズボンもブーツも脱がないのは、まさにこういうときのためだ。

「ドアをあけろ！」いきりたった男のどなり声が響いた。

アレックスは、あけたままにしておいた窓へ走り、ひらりと窓枠を飛び越えて一階下の丸屋根に降り立った。

ローブもはおらずに追いかけてきた伯爵夫人が窓辺から問いかけた。「今度はいつ会えるの？」

「ドアをあけろ！」彼女の夫がまたどなった。

「ドアを壊される前にあけてやったほうがいい」アレックスは答えた。

伯爵夫人はドアのほうを振り向いた。「いまあけます」

彼女がふたたび窓から首を突き出したときには、アレックスは着地していた。夫人に笑顔で敬礼のまねをしてみせた。

「ねえ、いつ……」

アレックスは満面の笑みでかぶりを振った。同じ女とは二度と寝ない主義だ。物陰に走りこんだと同時に、ドアが蹴破られる音がした。

暗い通りを進みながら、ひとときの心のなかで成功を寿いだ。今回の女もたっぷりと楽しんでいたようだ。それもただの女ではない。ミランダ・ロックの夫、ベントン伯爵は、いまいましい兄の親友だ。

アレックスの誇りは、ベッドをともにした相手をかならずこのうえなく満足させるようにしていることだった。それが意地のようになったのは、婚約寸前だった女が自分を捨てて兄と結婚してからだ。この一年半、アレックスは女たちのかすかな素振りから欲望を読み取る方法を探求してきた。馴染みの賭博場や賭けトランプのテーブルで、男たちの表情を読むのとはわけが違う。最近は、女たちをただ満足させるだけでは気がすまなくなった。想像もしたことのないほどの高みにのぼりつめさせたかった。伯爵夫人の反応からすると――一瞬、気絶していた――いままでになくよくやったと自負していいのではないか。

自分の満足は二の次だった。肝心なのは、情事の相手が上流階級の女性であり、できればその夫が、アレックスのご立派な兄、つまり現ダンズワース公爵のジョージ・アシュリーの親友であることだ。彼女たちがこれから高貴な夫に不満を抱くようになるだろうと思うと、寝取るのがますますおもしろくなる。

貴族の妻と寝るたびに、路上で身体を売ってなんとか食べるものを得たり子どもたちを養ったりしている貧しい女性たちより、上流階級の人妻たちのほうがよほどふしだらだと実証された。

ジョージはいつでも模範生だった。アレックスが問題児だったイートン校時代も、アレックスがいつもの悪ふざけの果てに退学処分を食らったオックスフォード大学時代も、ジョージはいかにも公爵家の跡取りらしくアレックスを見くだしつづけた。アレックスは気にもとめていなかったが、一年半前、婚約寸前の関係だったレディ・アメリア・スタントンがジョージの妻になったのをきっかけに、いろいろなことが変わった。最初の怒りがおさまると、アレックスは悟った。最初からアメリアの目当てはジョージだった――いや、ジョージの爵位だったのだ。公爵夫人と公爵家の次男夫人では比較にならない。

あのとき、アレックスは富と地位のために結婚した浮気な貴婦人に片っ端から復讐してやると誓った。高貴な称号つきの女たちに、ベッドで純粋な肉欲と本物の快楽を思い知らせてやる――忘れられないようにしてやる、と。

ミランダ・ロックはドアに鍵をかけていた理由をもっともらしい嘘でごまかすはずだと、アレックスには確信があった。上流階級の女性たちは裏切りの達人だ。

伯爵の屋敷からだれかが追いかけてくる心配がなくなるまで離れると、アレックスは歩をゆるめ、夜の空気を味わいはじめた。この時間帯のロンドンは静まりかえっている。事務所や商店は閉まり、昼間に働く人々は帰宅し、上流階級の連中はせっせと社交に励んでいる。ときどき馬の蹄が石畳をカポカポと叩く音がする以外は、通りは静かだった。

メイフェアに点在する小さな公園のひとつのそばで、不意に獰猛な犬の吠え声がして、つづいて動物の甲高い悲鳴があがった。アレックスは、この夜マスケット銃を携帯していなかったので、ステッキを手に背の低い生け垣を抜けて公園に入った。

首輪から引き綱をぶらさげた大きなマスチフが、汚れた小型のテリアにのしかかっていた。アレックスはどなりながら駆け寄り、マスチフが大きな顎でテリアの首に咬みついているのを見て取った。マスチフは狩りを楽しんでいるらしく、テリアを振りまわして息の根を止めようとはせず、宙に放りあげた。

アレックスがマスチフに向かってステッキを振りあげたと同時に、奥の生け垣をかきわけて飼い主が駆けつけた。飼い主がドイツ語で厳しく命令すると、マスチフはおとなしくなった。

「このばか犬め、逃げやがった」飼い主は言った。「けがはないか？」

「大丈夫だ」アレックスは答え、横たわっている小さな犬を指さした。「だが、彼は大丈夫ではなさそうだ」

飼い主は小さな犬を一瞥して肩をすくめた。「ただの雑種じゃないか」

アレックスは飼い主のほうをステッキで打ち据えたくなったが、我慢した。「わたしの犬なんだが」

「ふん」マスチフの飼い主はまた肩をすくめた。「貴族さまが雑種犬を飼うとは知らなかったな」

アレックスは歯を食いしばった。「貴族のなかにも血筋など気にしない者はいる。犬を連れて失せろ」

賢明にもマスチフの飼い主はさっさと立ち去るのが得策だと察したようで、ひとことも口答えをしなかった。マスチフとその飼い主は、すぐさま闇のなかに姿を消した。アレックスは、ぐったりしているテリアのそばへ行き、ひざまずいた。テリアは目をあけてクーンと鳴いた。

「もう大丈夫だ」アレックスは犬の体にそっと指を這わせ、骨が折れていないか調べた。奇跡的にも、どこも骨折していないようだった。優しく犬を抱きあげた。「おまえは運がいいぞ、そうだろう？」

犬はまた小さく鳴き、感情豊かな目でアレックスを見つめ、それから腕のなかで丸くなった。アレックスは頭をなでてやった。

「運がいいぞ。おまえに安全な家を見つけてやろう」

ちょっと待って、冗談でしょう。イニス・フィッツジェラルドは、たったいま言われたことに仰天した。ウィリアムおじの書斎で机の前の椅子に座っていたからよかったものの、そうでなければひっくり返っていたかもしれない。「まさか、あの嫌みったらしいぼんくらと結婚しろとおっしゃるのですか」

ウィリアムおじは顔をしかめた。「サイラス・デズモンドはアデア伯爵の長男だ。いずれ爵位を継ぐ」

「そうだとしても、嫌みったらしいぼんくらであることに変わりはありません。あの方はダリーズ・クラブで怠け者の同類と飲んだくれているか、お金がないのを領地の農民や織工の働きが悪いせいにして愚痴をこぼしているか、どちらかです。ご自分の手も服も汚そうとはしない。畑仕事など下々の仕事だと――」

「口の利き方に気をつけなさいと何度言えばわかるのだ？　そんなふうにずけずけものを言うから、もうすぐ二十二になるのに、だれももらってくれないのだよ」

おまけに若い娘というより子どものように見えるほどやせっぽちだからだとは、おじは言わずにおいてくれた。ほかの娘たちには、あれではお見合い市場で売れないなどと陰口をたたかれているが、イニスはそれを承知のうえで、凹凸のない体を欠点どころか長所だと考えていた。襟ぐりのあいたボディスからいまにもブルンとこぼれ出そうな大きな胸など、邪魔だとしか思えない。

おじの眉間の皺（しわ）が深くなった。「わたしはおまえの後見人だ。亡き兄に代わって、おまえによい結婚相手を見つける責任がある。サイラスは紳士だし、アデア伯爵もよい縁組みだとおっしゃっているのに」

イニスが鼻を鳴らすと、おじはたじろいだ。イニスはおじに、つい最近その紳士とやらが、晩餐会で葡萄酒をこぼしたメイドをどなりつけて泣かせたのを思い出してほしかった。そもそも、おじもその場にいて一部始終を目撃している。

「伯爵が熱心に賛成なさるのは、おじさまがキルデア公爵だからです。公爵家と姻戚になれば格があがりますし、もちろんわたしの両親が遺した持参金もほしいでしょうし。伯爵はいま素寒貧ですものね」

おじがわずかに目を見ひらいた。「なぜおまえがそれを知っているのだ？」

イニスは机の帳簿を指さした。「おじさまは近隣の限嗣相続財産をすべて記録していらっしゃるでしょう。解読するのは簡単です」

おじはため息をついた。「まったく、おまえに簿記を教えるなど、兄はよけいなことをしてくれたものだ」

「勧めたのは母です」数年前に男の子を死産し、みずからも命を落とした母親を思い、イニスの胸は痛んだ。「それに父は、馬主に調教料を請求するために、調教の時間数を記録する手伝いを必要としていましたので」

「兄はなぜおまえに馬の調教をさせようなどと思ったのか、わたしには理解しがたい」おじは、納屋から戻ってきても婦人用のズボンをはいたままのイニスをじろりと見た。「女の仕事ではないぞ」

イニスは何人もの馬丁や調教師からまったく同じことを言われていたので、もはやなんとも思わなくなっていた。何度となく尻餅をつきながらも、風に吹き散らされる大麦の穂よろしく男性調教師を鞍から振り落とした馬たちを馴らしてきたという自負がある。イニスは肩をすくめた。「父は、わたしが動物の扱いに長けているのをよく知っていたんです」

おじもしぶしぶうなずいた。「たしかにおまえはそうだ。だがアデア伯爵は、奥方を亡くしたから、おまえを息子と結婚させて、屋敷の切り盛りをまかせたいと考えているのだ」

「わたしがあの間抜けと結婚しない理由は、まさにそれです」イニスは言った。「リネンの数を数えたり、家具を磨いたり、そんなことに興味はありません」

おじがまたたじろいだ。「おまえはそうかもしれないが、それが女の仕事だ」

イニスは顎をあげた。「わたしは――」

「もういい」おじが言った。「おまえの結婚相手はだれか、最後にもう一度だけ言うぞ。自分がアイルランド屈指の誇り高き一族、名誉ある一族であるフィッツジェラルド家の一員だということを覚えておけ。おまえの父親は、あやふやな状況で亡くなった。このうえさらに悪い評判を呼びこむようなことをするな」

イニスは口をひらいたが、すぐに閉じた。涙があふれそうで、目の奥が痛くなった。いつものおじなら、こんなひどい言い方はしない。イニスの父親は、妻が亡くなってからというもの酒と賭博に溺れて財産をかなり減らしたあげく、ある夜、銃の暴発で亡くなった。ただの事故だと周囲に認めさせるため、おじはずいぶん苦労した。イニスは両親の名誉を穢したくなかったし、フィッツジェラルドの名に泥を塗るつもりもなかった。ごくりと唾を呑みこむ。「失礼してもよろしいでしょうか？」

結婚を了承する言葉を待っているかのように、おじはじっとイニスを見つめていたが、さがってよいと言わんばかりに手を振った。「よく考えれば、結婚するのが賢明だとわかるはずだ。伯爵の息子の妻になったほうがましだと思えるような不運が、この世にはざらにあるのだからな」

ドアへ歩きながら、イニスはこれ以上ひどい不運などないように思った。数週間後には、ひとりよがりで浅はかなサイラスにほとほとうんざりさせられることになるだろう。しかし、おじに逆らうことはできない。おじは後見人だ。姪の結婚相手に適当だと考えた男にイニスを嫁がせることができる。女は口出しできない。

イニスはつかつかと廊下を歩いていき、公爵夫人が今夜のディナーのメニューについて料理番と打ち合わせをしている厨房を抜け、身震いしたいのをこらえた。結婚させられたら、まもなく同じことをしなければならなくなる。献立作りなど興味はない。それよりもっといやなのが、社交の集まりを企画して女主人役を務めなければならないことだ。イニスは足早に裏口を出た。

外に出たとたん、カントリーハウスの裏手にあるオークの木立に駆けこみ、さらさら流れる小川のそばの小さな草地を目指した。ひとりで考えごとをしたいときに、いつも行く場所だ。いまこそよく考えなければ。ただし、サイラス・デズモンドと結婚するのが賢明かどうかは、考えなくてもわかる。

小道をたどり、草地にたどり着くと、一頭の牝鹿がびっくりして飛びすさった。「わたしから逃げなくても大丈夫よ」イニスは言いながら、日差しに温められた川岸の岩にのぼった。ブーツと靴下を脱ぎ、冷たい水に足を浸した。川の向こう側のプリムローズの群生した草地から、牝鹿が耳をピンと立て、鼻をうごめかしながらイニスをじっと見ていた。

「あなたに悪さはしないわ」

どうやら牝鹿は信じてくれなかったらしく、くるりと後ろを向き、白い尾をひらめかせて茂みのなかに消えた。風はやみ、水が岩の上を流れていく穏やかな音だけがしていた。

まだ日が高く、狩人たちが森をうろついているのに、牝鹿が現れるのはめずらしい。イニスはプリムローズの群生地に目を落とした。冬のさなかにプリムローズが咲いているのも奇妙だ。イニスはじっと目を凝らした。この前ここに来たときも咲いていたかしら？　プリムローズの群生地は妖精(シー)の住む国の入口と言われている。イニスは迷信深いわけではない。レプラコーンと黄金の壺の伝説は信じていないが、フェイとなると話は別だ。フェイの存在を疑うのは愚かだ。アイルランドじゅうに妖精の丘や願掛けの泉があり、イニスはそんな場所に出くわすたびに、手近な木に布きれを結びつけて贈り物にする。

牝鹿も妖精に気づいてプリムローズの群生地にいたのだろうか？　イニスはそう思ってほほえんだ。いっそ妖精を頼るべきかもしれない。どんな司祭も迫り来る結婚から助けてはくれないだろうから……治安判事もだめだ。彼らは男だから。妖精の国は——伝説によれば——女王が統べているという。妖精の女王ならこの窮状をわかってくれそうだ。試してみてもいいのでは？　母親には、突飛なことを思いつく癖があるといつも言われていたし。

イニスは岩から降り、馬具を磨く布をポケットから取り出しながら、小川をばしゃばしゃと渡った。ひざまずき、そばの野バラの枝に布を結びつけた。なんだかばかばかしくなり、あたりを見まわしてだれもいないことを確かめ、願いごとをささやいた。

静かなままだった。イニスはますますばからしい気持ちになり、立ちあがった。なにを期待していたのだろう？　不意に靄が立ちこめて、なかから透き通った翼を持つなにかが現れるとでも？

岩へ戻り、靴下とブーツを履いた。迫り来る結婚から逃れる方法はあるはずだ。でもどんな方法が？　おじを説得するつもりはなかった。結婚の適齢期を二歳か三歳ほど過ぎていることは自覚している。サイラスの父親はすでに結婚に同意している。イングランドと同様に、アイルランドでも貴族は貴族同士で結婚することにこだわるが、近親交配の馬がどうなるか考えれば、まったくばかげた習慣だ。すぐさま、イニスは頭のなかからその考えを押しやった。交配のことなど考えたくもない。とくにあの、パン種そっくりにぷよぷよのなまっちろい手を持つサイラス・デズモンドを相手に。

イニスは屋敷へ帰ろうと小道に入ろうとしたが、そのとき突然、風に赤い巻き毛を吹き乱され、ほがらかな笑い声を聞いたような気がした。子どもが森までついてきたのだろうと思って振り返った。こんな場所に子どもをひとりで置いていくのは危険だ。ところが、だれもいなかった。そのとき、また小さな鈴を鳴らすような音がした。もう一度、周囲に目を凝らした。やはりだれもいない。想像力が活動しすぎだ。突飛な思いつきとはよく言ったものだ。

だれを頼ろうか？　サイラスとの結婚からどうやって逃れるのか、真剣に考えたほうがいい。女たちの厳しい規則をことごとく破ってしまうからではなく、公爵のおじが捜しにこようものなら、すぐに突き出されるからだ。味方をしてくれる人などいるのだろうか？　修道院に逃げこむわけにはいかない——一日もたたないうちに修道

また風が吹き、今度は顔に髪がかかった。イニスは梢を見あげた。木の葉は一枚たりとも揺れていない。いまの突風はなんだったのだろう？　もう片方のポケットから帽子を取り出し、馬に乗るときのように、髪をたくしこんでかぶった。髪を帽子ですっぽり覆って馬にまたがり、野原を駆けていると、女だと気づかれにくい。

ふたたび歩きはじめたものの、しばらくしてふと足を止め、つかのまその場に立ちつく

した。女にはなんの権利もないのに、男は多くの権利を持っている。イニスは自分のズボンを見おろした。ある思いつきが形になりかけていた。屋敷に帰り着いたときには、結婚から逃れるためになにをすべきかわかっていた。

帆をおろしたイングランドの大きな船がアイル・オブ・ドッグズを過ぎ、船着き場へテムズ川をすべるように進んでいくあいだ、イニスは甲板の手すりの前に立っていた。船員がロープを投げ、船体がしっかりと舫われるのを見てイニスはほっと息を吐いた。安心していられるのはいまのうちだけかもしれないが、ここまで気づかれずに逃げてくることができた。計画が成功したのだ。イニスは頬がゆるみそうになるのをこらえた。

おじからサイラスとの結婚を迫られたあの悲惨な会話のあと、ダブリンに帰ってきたイニスは、屋敷が寝静まるのを待ち、等間隔に結び目を作ったロープをベッドの支柱に結びつけ、それを足がかりに二階の寝室の窓から脱出した。以前から、おじに知られたら禁止されそうな地区を探検したいときは、このロープを使い、変装もしていた。イニスの大好きな場所のひとつが埠頭で、いつも大きな船を見送りながら、その行き先はどんな冒険に満ちているのだろうと思いを馳せた。埠頭は危険だから女が行ってもいいところではないとおじに言われなくても承知していたが、男のような格好をしていれば、いやな目にあうことはなかった。それに、ブーツにはこれ見よがしに短剣を差すようにもしていた。

おじには、ベルファスト行きの郵便馬車に乗ることにしたという手紙を残しておいた。アルスターに遠い親戚がいるので、疑われることはないだろう。どのみち、おじは真っ先にアルスターを捜索するだろうから、その分時間を稼げると見込んでのことだった。

埠頭に到着したのは、日が昇り、そろそろ潮目が変わるころだった。これまで何度も埠頭に来たことのあるイニスは、人手の足りない船の船長たちが、引き潮に変わる直前まで乗組員を募ることを知っていた。イニスは帽子を目深にかぶり、雇われるのを待っている若者たちのなかに紛れこんだ。

運のよいことに——いや、妖精が味方してくれたのかもしれない——料理番の助手が腕を骨折したらしく、湯を沸かす以外に料理の心得がある者はいないかと、操舵手が尋ねに来た。食事を用意する仕事に興味も才能もなかったが、シチューをかき混ぜるくらいならできないことはあるまいと、イニスは手を挙げた。さらに幸運なことに、夜明け前に起床してストーブに火を入れなければならないので、特別に——やっぱり妖精のおかげかもしれないと、イニスは本気で思いはじめていた——男たちが眠る大部屋ではなく、厨房で眠ることを許されていた。

甲板にいるイニスの隣に、しょっちゅう味見をしているらしく、腹のたるんだ中年の料理番がやってきた。「とうとう着いたな。ロンドンはどうだ、坊主？」

料理番が〝坊主〟という言葉をかすかに強調したので、イニスは女だと気づかれたのだろうかと思った。もし気づいていたとしても、二日間の船旅ではおくびにも出さなかった。イニスは数年前、両親がまだ生きていたころにロンドンを訪れたことがあるが、料理番に話すわけにはいかない。「建物がいっぺえあるなって思ってた」わかりやすい西アイルランド訛りで答えた。

「だろ」タラップが降ろされ、乗組員たちが大きな木箱を倉庫へ運びはじめた。「ここからイースト・エンドまではすぐだ。このへんはスリや強盗がうようよしているから、船から降りないほうがいい」料理番は懐中時計を取り出した。「船長は八点鐘が鳴ったら出航するつもりだ。あと四時間ないってことだな」

イニスは、航海をつづけるつもりがないのに、料理番に嘘をつきたくなかった。彼は親切にしてくれた。シチューに文句を言う者もいなかった。だが、狭苦しい船内では、女だと気づかれるのは時間の問題だ。それに、船長に迷惑をかけたくない。イニスはフィッツジェラルド姓ではなく、母方のオブライエン姓を名乗っていたが、キルデア公爵の姪を乗組員に雇ったと知られたら、船長は二度とダブリンに船を停泊させることができなくなる。

「ちょっとばかし運動してきたいんだ」イニスは言った。

「あんまり遠くに行くなよ、坊主」

「用心するよ」

イニスは深呼吸をしてタラップを降りた。ロンドンのこのあたりにはまったく馴染みがなかった。真っ昼間なのだから危険はないはずだ。通りで客待ちをしている辻馬車を探したが、一帯は倉庫街だ。客船はおそらくもっと先の埠頭で乗客を降ろすのだろう。少し歩けば馬車も見つかり、ロンドン中心部へ行って清潔な宿を見つけられるに違いない。シャツの下に隠した財布に触れた。しばらく宿に泊まれるだけのお金はあるし、貸し馬屋の仕事はすぐに見つかり、新しい生活にも慣れるだろう。

イニスは帽子のつばをさらに引きおろし、背筋をのばして歩きだした。ダブリンを何度か冒険しているうちに、きょろきょろせずにまっすぐ前を見据えているのが、厄介ごとを避けるコツだと学んだ。

しばらく行くと、細い運河の手前で倉庫街がぷつりと途切れた。運河を渡ったずっと先に、埠頭が見えた。倉庫をまわり、細い路地を歩いていき、運河を渡る橋に通じる通りに出た。橋を渡って運河と並行になっている通りを進めば、次の埠頭にたどり着くはずだ。たどり着きますように。橋を渡ると、通り沿いには、おそらく朝は野菜市場になるとおぼしき無人の露店が並んでいた。

最初の露店の前を数歩進んだとたん、うなじの毛が逆立った。衣擦れの音につづいて足音が聞こえた。ブーツに差した短剣に手をのばそうとしたとき、がっちりとした腕に背後から腕をつかまれた。

「おやおや、そりゃなんだ？」粗野な声が尋ねた。

2

イニスは恐怖に呑まれそうになるのをぐっと我慢し、攻撃者のほうを振り向いた。不潔な体臭と、その体から漏れるウィスキーのにおいと、どちらがひどいのかわからなかった。つかまれた腕をぐいと引いたが、男の手を振りほどくことはできず、血走った目でじっと見つめられた。「あわてるな、坊主。べつに痛い目にあわせようってんじゃねえよ」

ここで油断するのはよほどの間抜けだ。イニスは男を膝蹴りしようとして、思いなおした。男はイニスを女だと気づいていない。それなら、適当に話をして切り抜けることができるかもしれない。イニスはできるだけ声を低くして、西アイルランド訛りで言った。

「じゃあ、なんの用だぁ?」

「まあ落ち着け。おまえ、やけにあわてて船を降りてきたじゃねえか。その若さじゃ、女がほしくてたまらんのも無理はねえ」男は、何本か歯の欠けた歯茎をむき出してにんまりと笑った。

女。イニスは一瞬ぽかんとして、売春婦のことだと気づいた。そうだった。陸にあがった船員は売春婦を探すものだ。そういう場所があるのはイニスも知っていたが、近づいたことはなかった。だがいまは、この男とふたりきりの状況から抜け出せるなら、そこにだれがいようがかまわなかった。

「案内してくれ」

男はイニスの腕を放し、手のひらを差し出した。「金は？」

イニスはかぶりを振った。「店に着いてからだ」

「おまえが金を持ってるって証拠は？」

酔っ払いの連中ときたら、まともにものを考えることもできないのだ。「おれが船から降りてくるのを見てたんじゃねえのか。給金を使うひまがあるわけねえだろ？」

男は眉間に皺を寄せて考えこんだ。「待たされるんなら、二シリング払ってもらうぞ」

「わかった」

男は指をさした。「あっちだ」

路地はまっすぐだったが、幅が狭く、両側には板を打ちつけられた家が並び、薄暗かった。イニスはすばやく考えを巡らせた。男の不意をついて走りだすことはできるが、路地に人影はなく、伸び放題の生け垣や荒れ果てた家がつづいている。男は酩酊しているわけではないし、イニスよりずっと脚が長い。追いつかれて、女だと気づかれる恐れがある。そうなったら、ほんとうに危険だ。もうひとつの選択肢は——こちらのほうがまだましだったらいいのだが——このまま男と一緒に歩いていくことだ。

歩いた距離はさほど長くなかったが、ところどころ日が差す狭い通りに入ったときには、イニスの全身は緊張してこわばっていた。「あとどれくらいだ？」

「もうすぐだ」男は二軒の建物に挟まれた別の路地を指さした。「あの道を抜ける」

また建物に挟まれた路地を見たとたん、イニスは息を詰めたが、さほど距離は長くなさそうだった。走りだしたいのをなんとか我慢した。もうすぐ逃げられる……いや、逃げられますように。イニスは深く息を吸い、男の前を歩きつづけた。

「着いたぞ」狭い路地の終点で、男が言った。

意外にも、そこは住宅街のようだった。もっとも、埠頭からは数ブロック歩いてきた。通りは土がむき出しではなく、石畳が敷かれ、二階建ての家々は塗装こそ色あせているが、堅牢そうに見えた。もっとも大きな家には緑色の鎧戸がおりていて、その前には数頭の馬がつながれていた。そのうち一頭が、イニスの目を引いた。馬車の前に立っているその栗毛の馬は、均整の取れた体格で、すべての脚が長靴下を履いているように白く、見たところ純血種らしい。そして、場違いだった。

「どれがそうだ？」

「緑色の鎧戸の家だ」男が背後で言った。「ただし、女がほしけりゃ便所掃除しなけりゃならないだろうな」

「掃除……どうして？」イニスは、男の手に肩をがっちりとつかまれるのを感じた。振り向くと、鼻先に短剣の切っ先があった。

「おまえの金を全部いただくことにしたからだ」男は反対の手を差し出した。「金を出せ、さもないとその若くてきれいな顔に傷がつくぞ」

イニスは固唾を呑んだ。男は少しも酔っ払っているようには見えず、両刃の切っ先はすぐ目の前にある。イニスはシャツの下へ手をのばし、男に手を出される前にすばやく財布を取り出した。

「ほら」

男は財布を振り、その重みに目を丸くした。「こんな大金を持ってるとは、おまえ、よほど長いこと海に出てたんだな」

裕福な家の娘だと気づかれるよりましだ。「あ、ああ」イニスは言ったが、男はとうに背を向けて駆けだしていた。

イニスは長々と震える息を吐き、落ち着こうとした。男はもういない。全財産をそっくり奪われたのだと思い、気持ちが沈んだ。どうして金を分けて身に着けておかなかったのだろう。さあ、これからどうしよう?

緑色の鎧戸の家のドアを叩き、鍋磨き、いや、それこそ便所掃除でもさせてもらうか。ひとまず、当初の計画に戻るための資金を稼ぐまでは。だが、ここは娼館だ。女だと見抜かれたら、別の仕事を与えられかねない。一か八かやってみるべきだろうか? 自分はアイルランドの公爵の姪で、伯爵の息子との結婚から逃げてきたと話しても、だれも信じてはくれないだろう。自分でも信じられないのだから。どう見ても、だらしなく汚れて、長いこと顔も洗っていない浮浪少年そのものだ。

イニスは、手入れの行き届いた栗毛の馬を眺めた。飼い主はロンドンの高級な地区に住んでいるに違いない。馬車も立派で、扉の真鍮の取っ手も車輪も磨きあげられている。御者の姿は見えない。主人は娼館を訪れていることを知られたくなくて、みずから馬車を御して来たのかもしれない。

狭い歩道を出て路地を渡り、あとをつけられていないかすばやくあたりを見まわしてから、馬車のドアをあけ、急いで乗りこんだ。持ち主が馬車を出す前になかを覗きこむかもしれないので、座席に体をくっつけるようにして床に伏せた。

こんなことをした理由をどう説明したものか、持ち主の家に着いてから考えることにした。当面は待つしかない。

ベントン伯爵夫人の寝室の窓から逃げ出して数日たった夜、窓がなくて煙の立ちこめた薄暗い部屋で、アレックスはウィスキーを一口飲んだ。このシャングリラは、ホワイツやブルックス――どちらのメンバーになるかは政治思想による――とは大違いで、ロンドン中のいかがわしい連中、ただし銀行口座にたっぷり資産のある者たちに娯楽を提供している。ここでは、どうやってそんな大金を稼いだのかなどと問う者はいない。だれも興味を持たない。やってくる男たちの目的は賭博だ。

アレックスは、客のほとんど全員を知っていた。そのうちひとりはアメリカ人で、アレックスは数週間前に彼からニューオリンズのフレンチ・クオーターにある屋敷の譲渡証明書を巻きあげていた。今夜はみじめなあの飲んだくれを勝たせて、屋敷を返してやってもいいのかもしれない。もっとも、前年に一八一二年戦争が終結したが、アレックスはまだ合衆国へ行ったことがない。万一、情事の現場に踏みこまれるようなことがあれば、転地が必要かもしれない。

ディーラーがファロのレイアウトでテーブルにカードを置き、客がチップを置いた。夜が深まるにつれて、ゲームはニューオリンズのアメリカ人が紹介したポーカーに変わり、ジョン・アドラーという男が――はぐれ者たちのなかでも、際立ってはぐれ者らしく見える――賭け金を増やしはじめた。アレックスは普段から酔っ払いの判断力のなさにつけこむようなことはしないが、男は酔っているようには見えなかった。現に、エールをちびちびやっている。では、病的な賭博好きだろうか？　それなら格好の餌食だ。アレックスは賭け金が積まれたテーブルの中央に札束を足した。

「おれには無理だ」客のひとりが言った。

「おれも」別の客が言い、さらにふたりが手札を置いた。

ジョンは手札をじっくり眺めてから、札束に目をやった。「手持ちが足りない」

アレックスは頬をゆるめた。「では、わたしの勝ちだ」

「あわてるな」ジョンはふたたび賭け金を見て顔をしかめた。「うちでただ働きをしている小僧を賭けてもいい」

アレックスはジョンをじっと見つめた。「ただ働きをしている小僧とは？　うちは奉公人など必要ないが」

「一週間前、おれの馬車にこっそり乗りこんでいた小僧がいた。売春宿から家に帰ってきたときに、そいつが乗っていたことに気づいた。身寄りがなく、売春宿へ来る道すがら、強盗にあったそうだ」男たちが声をあげて笑うあいだ、ジョンは黙っていた。「だが、そいつの馬の扱いを見て、治安判事に突き出さずにおいてやることにした。何カ月かは給金なしで働かせてもいいくらいの貸しはあるだろう」

アレックスは合法だろうが違法だろうが、だれかを無給で働かせるのは間違っていると思ったが、その若者が馬車にこっそり乗っていたのなら、自分の出る幕ではない。賭け金に手をのばした。「人手は足りている。これ以上、使用人は必要ない」

「アイルランドから来た小僧で、馬のことを知りつくしているぞ」

アレックスは手を止めた。アレックスにとって、馬はとても大切だ。子どものころ、ジョージやその鼻持ちならない友人たちから逃れるために、父親の領地を馬で駆け巡った経験は数えきれない。

「馬のことを知りつくしている？」

ジョンはうなずき、また金を一瞥した。「うちで貸している馬の蹄を手入れしたり走らせたりすることができた。おれの馬の扱いもうまかった。おまけに働き者だ」

ほんとうに馬を理解しているのなら、その若者を使ってもいいかもしれない。それに、その若者を解放してやりたいと良心が疼きはじめていた。ともかく、まともな給金は払ってやれる。「だったら、賭けを受けよう」

ジョンは手札を並べてにんまり笑った。「10が二枚、クイーンが二枚」

アレックスはほほえみ、手札を見せた。「キングが四枚」

翌朝、イニスはケンジントンの屋敷の砂利敷きの私道でジョンの馬車を降ろされた。城並みに大きな石造りの屋敷を見あげた。いまだに妖精がついてくれているのかもしれない。ジョンはリージェンツ・パークの近くに住んでいたが、イニスはコヴェント・ガーデンの貸し馬屋の馬具置き場に寝泊まりしていた。あの界隈では、日が落ちると、厚化粧をした女性たちが通りを練り歩く。どうやらロンドンには売春宿が多いらしい。

愛人のもとを訪れる男たちが、ひっきりなしに馬をあずけにくるので、厩舎の扉にかんぬきをかけるひまもなかった。馬を引き取りに戻ってきた男たちにじろじろ見られて肝を冷やしたことも一度ならずあった。若い男のほうが好みだと言われたこともあった。そろそろ男装では身を守るのも限界だった。そんなわけで、ジョンからポーカーとかいうゲームに残りの奉公期間を賭けて負けたと言われたとき、賭博は不謹慎だと考えているイニスも、おとなしく彼の借用書に署名した。

イニスは新しい生活の場を眺めた。敷地は手入れが行き届き、生け垣はきちんと刈りこんであった。ジョンからは、屋敷のなかで事務手続きをすませるまで外で待てと命じられていたが、屋敷の裏手になにがあるのか見てみたかった。それに、じっと立っているのは性に合わない。少しくらい歩きまわっても許されるだろう。

屋敷の角を曲がったとたん、漆喰(しっくい)を塗った厩舎に目がとまった。扉は塗り替えたばかりで、火事に強そうな瓦屋根だった。飼い主が馬を大切にし、茅(かや)やこけら板で屋根を葺いていないことに好感が持てた。

そのとき砂利を踏む音がして、振り返ったイニスは息を呑んだ。長身で肩幅が広い男が歩いてくる。濃い褐色の髪が風になびく様子が、獲物に忍び寄る豹を思わせた。いや、そんなふうに思ったのは、イニスを獲物のように見据える深緑の瞳のせいかもしれない。白い麻のシャツの袖はまくりあげられ、日焼けした屈強そうな前腕があらわになっている。襟元のボタンもいくつかはずしてあり、彫像のような胸板が覗いていた。ぴったりとしたズボンがたくましい太腿に張りついている。まるで野生の動物のようだった。イニスは思わずぞくりとしたが、自分が男のふりをしていることを思い出した。

男が目の前で足を止めた。「イニス・オブライエンか？」

「はい」イニスはできるだけ低い声で答えようとしたが、うまくいかなかった。

「アレクサンダー・アシュリーだ」男はさっと腕を広げた。「ここはダンズワース・ハウスだ」

イニスは血が凍ったような気がした。信じられない。妖精はなんといういたずらをしてくれたのだろう。ここはダンズワース公爵の屋敷だったのだ。一度も会ったことはないが、ダンズワース公爵はおじの友人だ。正体はレディ・イニス・フィッツジェラルドだと知られたら、間違いなく故郷（くに）へ送り返される。

「お仕えできて光栄です、閣下（ユア・グレイス）」イニスは早口で言い、声が詰まったのは正体を知られるのではないかとうろたえているからではなく、貴族の前で緊張しているせいだと、相手が勘違いしてくれるよう願った。

アレックス・アシュリーの表情が、ふっとゆるんだ。「わたしは公爵じゃない。わたしの兄がそうだ」

イニスは、凍った血が少し溶けたように感じた。公爵の弟と聞いても、油断はできない。いままで以上に正体を知られないよう、気をつけなければならない。「でも光栄です、閣下（ミロード）」

「わたしは爵位など興味がないんだ。ミスター・アシュリーと呼んでくれ」

イニスは驚きを隠した。本来なら彼はアレクサンダー卿と呼ばれる身分だ。知っている貴族は呼称にこだわるが、父親はいつも――安らかに眠りたまえ――貴族の地位は運任せの結婚の結果に過ぎないと言っていた。「はい、閣……ミスター・アシュリー」

アレックス・アシュリーは、イニスにじっと目を凝らした。「馬丁のわりには細いな」

「やせっぽちだからって、ごまかされちゃいけません」イニスは、ダブリンの若いごろつきがやるように歯をむき出して笑ってみせ、今度は成功した。「アイルランド屈指の騎手には、ほんの小僧くらいの体格のやつがいるんですよ」

「たしかにそうだ」彼はつかのま考えこんでいたが、納屋のほうを指した。「あそこに調教が必要な若い牝馬がいる。おまえの仕事ぶりを見せてくれ」

わたしはなにを考えていたのだ？　イニスというあの少年はほんの子どもじゃないか。まだ声変わりもしていない。いったいいくつなんだろう？

アレックスは、昨晩ジョン・アドラーから賭け金代わりにイニスを引き取ったとき、もっと深く追及しなかったことを悔やんだ。娼館へ行く途中で強盗にあったと聞いていたので、もっと年上だろうと思っていたのだ。そして、もっと大柄だろうと。アレックスはため息をついた。少年がきちんと馬を扱えないのなら、ほかの仕事を与えなければならない。屋敷から追い出すことは考えなかった。ロンドンには宿なしの子どもが大勢うろついているのだから、そんな子どもを増やすわけにはいかない。

アレックスは、イニスが若馬の馬房へ近づくのを見ていた。イニスは馬に優しく声をかけた。その声は、意外なほどかろやかで、ウエストミンスター寺院の少年聖歌隊の歌のように耳に心地よかった。せいぜい十三歳くらいだろうから、それも驚くべきではないのかもしれない。それに、若馬の首をそっとなでる手の小ささ。馬は低くいなき、気持ちよさそうに目を閉じた。アレックスは頬をゆるめた。

「なんて名前ですか？」イニスが尋ねた。

「ブライトン・ゴールド。ゴールドと名付けた理由は、毛色のほかに、父親が摂政皇太子殿下の所有馬だったからだ」

「ゴールディと呼んでもいいですか？」

アレックスはほほえんだ。尊大な兄だったら、尊い血筋の馬をそんなありふれた名で呼ぶなとうろたえるだろう。馬はアレックスのものなのだが。「ゴールディ、いいじゃないか」

「もう鞍はつけてるんですか？」

「ああ、だがこいつはじゃじゃ馬だ。まだ乗らないほうがいい」

イニスはアレックスをまっすぐ見つめた。「おれに馬の調教をさせたけりゃ、乗らせてください」

アレックスは、まだ調教が終わっていない馬にこんなに小柄な人間を乗せていいものかと迷ったが、馬はイニスの触れ方を気に入ったように見えた。「では、鞍を着けよう」

「おれがやります」イニスは馬房の扉をあけて馬を連れ出した。

たしかに、イニスは馬の扱いを心得ているようだった。アレックスは、イニスが馬具一式を運んできて、腹帯を検め、あぶみを調整し、はみを手で温めてから馬の口にはめるのを見ていた。イニスは乗馬台を使いながらも、ひらりと馬にまたがった。身長がせいぜい五フィート程度の人間が、あんなふうに楽々と馬の背に跳び乗れるなど、そもそもアレックスは予想もしていなかった。

イニスは、厩舎の隣のパドックへ馬を易々と導いていく。まるで馬と一体化しているかのように見える、まれに見る乗り手のひとりだ。馬を歩かせ、軽く走らせ、８の字にまわらせた。駈歩（かけあし）で走らせはじめたとき、帽子が脱げた。

アレックスは目を丸くし、赤褐色の長い巻き毛が若者の背中にふわりと流れ落ちるのを見ていた。

若者ではない。

娘だ。

イニスはあわてて帽子を押さえようとしたが、手に触れたのは風に吹き散らされた髪だった。顔から血の気が引き、イニスは手綱を引いた。ゴールディから降り、たてがみに顔をうずめた。新しい雇用主の顔を見ることができなかった——いや、元雇用主と言うべきか。ああ、この先どうなるの？

「いつ女だと打ち明けるつもりだったんだ？」

すぐそばでアレックスの声がして、イニスは跳びあがった。近づいてくる足音は聞こえなかった。手綱を握った冷たい手に彼の手が重なり、じわりとした温もりが広がった。

イニスは振り向き、乱れた髪越しにアレックスの顔を見あげた。彼は怒っているようには見えなかった。声にも怒りが感じられなかった。むしろ、とまどっているようだ。イニスは思いきってまっすぐ彼の目を見た。「打ち明けるつもりはありませんでした」

濃い褐色の眉が片方あがった。「黙っているつもりだったのか？　すぐにばれるに決まっているのに。そんな、子どものような体格で——」

「もうすぐ二十二です」そう言い返した瞬間、アレックスの反対側の眉があがり、イニスはあわてて口を手でふさいだ。彼の瞳の色がじわじわと濃さを増していった。彼の興味を惹いてしまったらしい。子どもだと思わせておいたほうがよかったのだ。なぜ口をつぐんでいられないのだろう？

アレックスは広い胸板の前で腕を組んだ。「アイルランドの若い娘が、どうしてイングランドで男のふりをしているんだ？」

「あの……」アイルランドへ送り返されたくなければ、大急ぎで理由を考えなければならない。「わた、あたし……両親がこっちへ仕事を探しにきて。ふたりとも……馬車の事故で亡くなって」嘘はつきたくなかったが、罪のない嘘だろう。涙が湧きあがった。ほんとうに両親は亡くなったのだから。「だから……男のふりをしていたほうが安全だと思ったんです」

アレックスがじっとイニスを見ていた。「それは気の毒だったな。アイルランドへ帰りたければ、旅費を出してやる――」

「いえ。帰りたくありません」

アレックスは眉をひそめた。「親類はいないのか？」

「あの……」ああ、嘘をつくのはいやだ。「アイルランドは不景気なんです。親類に、養わなければならない口をもうひとつ押しつけたくなくて」期待をこめてアレックスを見た。「ここで馬の世話をさせてもらえませんか？　女はだめですか？」

アレックスは喉を詰まらせたような音をたてて、咳きこんだ。「考えておく」

「ありがとうございます」イニスは笑顔で彼を見あげた。「決してがっかりさせません」

だが、アレックスは真顔だった。「雇うとは言っていないぞ。考えておくと言っただけだ」

3

「正気の沙汰とは思えないのはわかっている。でも事実なんだ」その日の午後、アレックスは客間で客の女性にイニスのことを話し、そう締めくくった。「一言一句、事実だ」

　キャロライン・ナッシュは扇子を閉じて膝に置き、おもしろそうに笑みを浮かべてアレックスを見た。「あなたって、みずから厄介ごとに巻きこまれる癖があるわね」

「そしてきみはいつもわたしの話を聞いてくれる」同病相憐れむとはよく言ったものだ。キャロラインは、アメリアと結婚することにしたジョージに捨てられた女性だった。キャロラインは勲爵士（ナイト）の娘だが、アメリアは伯爵の娘だ。アレックスとキャロラインは、どちらもジョージに対する怒りに苦しみ、戦友のような関係になっていたが、このときは彼女の言いたいことがわかり、顔をしかめた。「三日前にコンプトン男爵の晩餐会で起きたことは、わたしのせいじゃないぞ」

　キャロラインは片方の眉をあげた。「あら、認めなさい。レディ・コンプトンがあなたの席をレディ・ベントンとレディ・リンフォードのあいだにしたのは、たまたまじゃないでしょう」

　レディ・コンプトンが意図的にそうしたのかどうか、アレックスにはわからなかった。

社交界の女性たちが、だれとだれがねんごろだという噂話に励んでいることは、重々承知している。ジャネット・コンプトンはなかでも口が軽く、だからアレックスは彼女を攻略する奥方たちの名簿に入れていない。自分の名前が噂の種になるのはかまわなかったが――放蕩者だという評判は、退屈した社交界の人妻たちをますます燃えあがらせる――レディ・コンプトンの声はロバ並みに甲高く、たびたび考えなしに口をすべらせる。「いささか気まずい状況だったかもしれないな」

「気まずい？　メラニー・リンフォードがあと少し椅子をあなたのほうへずらしていたら、膝に座っているも同然に見えたでしょうね。ミランダ・ロックは、いまにもメラニーの目玉をえぐり出しそうだった」キャロラインはかぶりを振った。「あなたの愛情は独占できないって、愛人には伝えておかなくちゃ」

「わたしはだれかひとり(シングル)のご婦人に愛人だと言ったことはない」

キャロラインは声をあげて笑った。「独身(シングル)のご婦人にって、それはそうでしょうよ。あなたが口説くのは夫のいる人ばかりだもの」

「そんなことは言ってないだろう」アレックスは顔をしかめた。「それに、女の話をしたくてきみに来てもらったわけじゃないんだ」

「はいはい」キャロラインは笑いを嚙み殺そうとした。「あなたはいま、ひとり(シングル)の娘さんに困ってるのよね。忘れてたわ」

「どうしたものか、迷っているんだ」アレックスはキャロラインを見た。「きみの父上は、もうひとり使用人を雇ってくれないだろうか？」

キャロラインは目をみはった。「まあ、父が女の馬丁を雇うと思って？　うちの馬丁がみんな辞めてしまうわ」

「もしかしたら、母上が女中を必要としているんじゃないかな」

「人手は余ってるわ。あなたのお友達のブライスに頼んだらどうなの？」

アレックスは、その質問が終わるより先にかぶりを振りかけた。ブライス・バークレイはイートン校時代、若い娘を何度も部屋にこっそり連れこんで、危うく放校処分になるところだったのだ。当時からずっと親しくしているが、身寄りのないアイルランドの娘を自分よりひどい女たらしにまかせるのは気が進まなかった。「ブライスにはこの前会って、信託を取り崩すのに苦労していると聞いたばかりだ」

「あなたの愛人にしたらどうなの」キャロラインは真顔で言った。

アレックスはまた顔をしかめた。「言っただろう、わたしは愛人を作りたくない。それに、困っている娘の弱みにつけこむのはいやだ」

「そう。助けてあげたいところだけれど、いまのところ、手が足りないと言っている人が思い当たらないわ」キャロラインは立ちあがった。「きっと、なにかいい方法を思いつくでしょう」

「思いつかなければ困る」アレックスは言いながら、キャロラインを玄関まで送り、彼女の手を取って軽くキスをした。「きみは賢いからな」

「お世辞を言っても無駄よ」キャロラインは笑い、扇子でアレックスを軽く叩いた。「なにか考えてみるわ」

ペニントン子爵邸の舞踏会場で、アレックスは通りかかったウェイターからシャンパングラスを受け取り、あたりを見まわした。あの危うく大惨事になりかけた晩餐会の翌日、子爵夫人から、香水のにおいがぷんぷんする手書きの招待状が届いた。招待状には別の招待が隠れているのを、アレックスは承知していた。

ガラス扉のそばに、つややかに輝く蜂蜜色の髪と同じ色の胸元が広くあいたドレスを着た子爵夫人がいた。彼女はアレックスに視線を送り、グラスを掲げた。笑みを浮かべて扇子を開き、ブルーの瞳をぱちぱちさせた。

ブルーの瞳。イニス・オブライエンの瞳もブルーだ。彼女をどうすればいいのだろう？考えてみる、とは言った。いまいましいことに、この三日間はほかのことをなにも考えられなかった。イニスが嘘をついていることはわかるが——身の上話をしたときに何度もつっかえたし、たびたび目をそらしたし、アイルランドには帰りたくないと答えるのがやけに早かった——なにを隠しているのだろうか？　唯一信じられるのは、彼女の両親が亡くなったということだ。あのとき、涙を浮かべていただけでなく、口調もそれまでとは変わり、目にはたしかに苦悩が見て取れた。そのようなかすかなしるしに気づくことにかけては、アレックスは場数を踏んで達人の域に達している。

身寄りのない者、とくにイニスのように若くきれいな娘を路上に放り出すことはできない。そして、実のところ問題の核心はそれだ。キャロラインには愛人などほしくないと言ったし、それは嘘ではないのだが、アレックスはイニスに惹かれていた。あのまばゆく輝く赤毛に指を絡め、ふっくらとした唇を味わってみたかった。ほっそりとした華奢な体に自分の体を押し当て、服を脱がせてすべすべした肌をすみずみまでなで、脚を広げさせて本物のよろこびを与えてみたかった。

くそっ。

おそらくイニスは男性経験がないだろうし、いくらアレックスでも簡単に処女を奪うほど落ちぶれてはいない。イニスには、ほかの使用人たちの部屋がある三階ではなく、四階の部屋をあてがった。そこなら、ついふらふら近づいたりできない。厩舎にも行かないようにしている。馬丁頭のジェイミソンは、自分の馬が女に世話をされている――そして、その女がズボンをはいている――という衝撃から立ちなおると、イニスは実に有能だと言ってきた。それでも、やはり決めなければならない。いつまでも彼女を避けてはいられないのだから。

アレックスはふたたび室内に目を走らせた。部屋の奥にある火のない暖炉のそばで、アメリアが取り巻きに囲まれている。地位の低い女たちが公爵家の常連招待客名簿に入れてもらうべく、せっせと機嫌を取りにくるのでご満悦だ。アレックスは離れた場所からかつての許嫁を観察した。プラチナブロンドの髪は、最近の流行とは異なり、縦ロールの後れ毛を作らず、シニヨンにまとめてあった。銀糸の刺繡をほどこした水色のシルクのドレスが、氷河のようにほとんど銀色に見える淡いブルーの瞳を引き立てている。象牙色の肌の上で、ダイヤモンドを連ねたネックレスが輝いている。全体として氷の女王のように近寄りがたく、アレックスはおそらくそこに惹かれたのだ。彼女にとってはジョージの爵位が、そしてジョージにとっては彼女そのものが戦利品だった。

アレックスからさほど離れていない場所で、ジョージが旧友たちと話していた。彼はアレックスをにらみながら、シャンパンのおかわりを受け取った。アレックスは兄を苛立たせてやりたくて、グループに割りこんでやろうかと考えた。酔っ払っているふりをすれば、上品ぶっている兄は困惑するに違いない。

迷っているうちに、ジョージたちはカードテーブルのある応接間へ行ってしまった。アレックスは、間抜けどもから有り金を残らず巻きあげ、さらに借用書まで書かせてとどめを刺してやろうかと考えた。そのとき、背後からレディ・ペニントンの香水がふっと香った。彼女は出口で一瞬脚を止めてから、書斎へ通じる廊下へ消えた。アレックスはシャンパンを飲みながら、招待に応じるかどうか迷ったあげく、息を吐いて会場を出た。

わたしは借り物の時間を生きているのかしら。イニスはゴールディにブラシをかけ終え、馬用の櫛と蹄をきれいにする鉄爪を馬具収納室にしまうと、棚に並んだ手入れ済みの鞍を眺めて、自分の仕事ぶりを誇りに思った。この三日間、ジェイミソンに認められて引きつづき使ってもらえるよう、思いつくかぎりのことをしてきた。

そしてこの三日間、アレックス・アシュリーの影すら見かけなかった。いや、ここにやってきた日の午後は別だ。屋敷のおもてへまわろうとしたとき、玄関でアレックスが流行のドレスを着た女性の手にキスをしているのを見た。女性が扇子で気安げにアレックスを叩いていたので、ふたりは親しい間柄なのだろう。

イニスは顔をゆがめた。暑いときにあおぐよりほかに正しい扇子の使い途があるなんて、以前は知らなかった。家庭教師は、左手であおぐと「こちらへいらして」という意味、右手であおぐと「あなたは大胆すぎます」の意味になると話していたが、誘っておいて大胆すぎると拒否するとは、いったいどういう了見だろう。どちらかの手でさっと扇子を開くと「わたしには夫がいます」を意味し、反対の手で同じことをすると「ほかの人を愛しています」を意味するそうだが、どっちがどっちだったか覚えていない。ただ、閉じた扇子で自分の顔をぽんぽんと叩くのは「愛しています」の意味だということは覚えていて、いつもうっかりそうしないように気をつけていた。イニスは眉根を寄せた。あの栗色の髪の女性はアレックス・アシュリーを扇子で叩いていた。あれはなにを意味するのだろう？　あの女性はアレックスの愛人だろうか？　それとも、許嫁？　そう思うと口のなかが苦くなるのはどうしてなのか、イニスにはわからなかった。アレクサンダー卿——ではなくて、ミスター・アシュリーの私生活など、自分には関係がないのに。

このまま屋敷に置いてやるかどうか考えておくと、彼は言った。イニスは今朝、朝食室に乗りこんで、どうするのか問いただしたかったが、もちろん使用人は朝食室に乗りこんではいけないし、実のところ返事を聞くのが怖かった。それでも、ただ待っているだけでは神経がすり減る。なんらかの行動を起こさなければならない。

馬具収納室を出たとたん、鞍をつけた鹿毛の去勢馬を引いたジェイミソンとぶつかりそうになった。「今日、ミスター・アシュリーは馬に乗るんですか？」

「乗るからおれがこいつを引いてるんだろうが」

妖精はまだ見捨てずにいてくれたようだ。「あたし、ゴールディに鞍を着けて一緒に行きます」

ジェイミソンの眉が髪の生え際まであがった。「ミスター・アシュリーにお供をしろと言われてもいないのに——」

「ゴールディも外に慣れる必要がありますよ、そうでしょう？」返事は待たず、ゴールディの馬具を運び出し、鞍を着けはじめた。

ジェイミソンはその場を動かなかったが、イニスが作業を終えたとたんにかぶりを振った。「おまえが決めることじゃない」

「なにを決めたんだ？」入口からアレックスが尋ねた。

一瞬、イニスの息が止まった。彼ははじめて会ったときより今日のほうがもっと素敵に見えた。黄褐色のズボンが太腿に張りつき、黒い乗馬服が広い背中をぴったりと包み、真っ白いクラヴァットが濃い褐色の髪を引き立てている。近づいてくる彼の目が、鷹のようにイニスを見つめていた。

「なにを決めたんだ？」彼は繰り返した。「アイルランドに帰ると決めたのか？」

「違います。今日は乗馬日和でしょう。あたしも馬でお供します」

アレックスはぽかんとした。「なんだって？」

「だめだと言ったんですよ」ジェイミソンが口を挟んだ。「でも――」

「ゴールディを外に出してやらなくちゃ。その去勢馬は気立てがいいから、ゴールディも落ち着きます」イニスはふたりの男の前を意気揚々と通り過ぎ、乗馬台からゴールディにまたがった。「あたしはいつでも出発できますよ」

アレックスは口を開き、また閉じた。ぶつぶつとなにかつぶやいているが、イニスはそれがだめだという命令かどうか聞き取ろうともしなかった。おじにはしょっちゅう頑固だと叱られたが、もともと従順な性質ではない。イニスはゴールディに進めと指示を送り、納屋を出た。

アレックスは鹿毛の去勢馬に跳び乗り、イニスを追った。いつも乗っているゼノスに鞍を着けるように、ジェイミソンに指示しなかったのが悔やまれる。あの去勢していない牡馬なら、牝馬とはくらべものにならないから、交渉の余地はなかったのに。いや、最初から交渉などしていない。イニスは勝手に馬を出してしまった。

馬の歩様に合わせてイニスのかわいらしい尻が上下するのを眺めていたくて、このまま後ろからついていきたかった。自分に乗っている彼女が思い浮かぶ。だが、横に並んだほうが、牝馬が落ち着くのはわかっていた。「ちょっと待て」

イニスは手綱を引いて振り返った。「行かせてくださってありがとうございます」

いまだに自分に乗っている彼女が頭から消えていなかったので、〝いかせて〟という言葉はまずかった。アレックスは、イニスは使用人であり身寄りのない娘なのだと自分に言い聞かせた。けしからぬ欲望を押しやることができないのなら、いますぐ厩舎に戻すべきだ。ところがそのとき、突風が吹き、翻る赤い旗のように彼女の髪がなびいた。ハイド・パークで馬車に乗っている上品な女たちは、ズボンをはいて馬にまたがっているイニスを見て驚愕するだろう——そして、公爵の堕落した弟がまた関係しているという噂が広がり、ジョージの耳にも届くだろう。アレックスは頬をゆるめた。「せっかく同行するなら楽しませてもらうよ」

「ありがとうございます。馬丁として雇ってもらえるのかどうか訊きたいと思ってました」

イニスは率直だ。たいていの女は微笑を浮かべ、場合によっては頬を赤らめ、遠回しに答える。そうは言っても、イニスは貴族の娘ではないから、貴族の娘のような振る舞いをしなくても当然だ。アレックスには、そこが新鮮に感じた。「とりあえず馬に乗るのを楽しまないか？　仕事の話はあとにしよう」

イニスはまっすぐに口を引き結び、なにか言いたそうな顔をしていたが、最後はうなずいた。「いい馬に乗って出かけるにはうってつけの日ですね」

ケンジントンの屋敷からハイド・パークへ向かうあいだ、イニスはロンドンの街並みや騒音に驚いた様子を見せなかった。親を失った貧しい移民にしては、豪壮な屋敷や洒落た馬車に見向きもしないとは意外だと、アレックスは思った。その無関心さが気になった。上流階級の令嬢たちは、ダンズワース・ハウスをデヴォンシャー公爵の屋敷と負けず劣らず立派だと思っている。イニスは溌剌(はつらつ)としていると同時に、浮ついたところがない――ふたつとも、アレックスの好む性質だった。この外出は楽しくなりそうだ。

クイーンズ・ゲートから入って最初に出会ったのは、上等なベルベットの乗馬服姿で馬に片鞍乗りしているレディ・コンプトンだった。少し離れた場所に、数人の付き添いが控えている。

手のこんだ作りの帽子の下で、レディ・コンプトンの目が丸くなり、イニスをまじまじと見た。アレックスは笑みを嚙み殺した。最高の相手に出くわしたものだ。きっとレディ・コンプトンは帰宅するや友人を呼び集め、アレクサンダー卿がハイド・パークで髪もきちんと結っていない、はしたない格好をした女と馬に乗っているのを見たと吹聴するのだろう。一時間もすれば、親愛なる兄も噂を聞きつけるはずだ。おそらくレディ・コンプトンは、イニスの燃えるように赤い髪のことも話すだろう。赤毛の女は女優か歌手と相場が決まっている。アレックスが芸能を生業にしているとおぼしき女と、公然とつきあっていると思いこみ、ジョージはますます怒るに違いない。

姿は目撃されたいが、会話はしたくなかった。上流階級の俗物根性にイニスをさらす必要はない。アレックスは右側にいる女たちに会釈し、左に曲がった。だが、女たちのなかにいたミランダが、馬の胴を蹴って驚かせ、ゴールディのほうへ突進させた。一瞬、アレックスはゴールディが暴れだすのではないかと思い、心臓が止まりそうになったが、イニスは手綱を操ってゴールディの顔の向きを変え、女たちとは反対方向へ向かわせた。

「ごめんあそばせ」ミランダが言った。「わたしの馬がこんなことをするなんて思わなかったわ」

アレックスはミランダを一瞥した。彼女は少しも申し訳なさそうではなかった。「乗馬は得意でしょう。不注意ではありませんか」

「謝ったでしょう」ミランダはアレックスに流し目をくれ、妖艶にほほえんだ。「どうすれば許してくださるの？」

アレックスは片方の眉をあげた。「あなたが謝るべきなのは、わたしではなくイニスだ」

ミランダの笑みが消えた。「その方、どちらさま？」

「わたしの知り合いだ」レディ・コンプトンはあんぐりと口をあけ、ミランダはからかわれていると思ったのか、不愉快そうな顔をした。だが、アレックスは返事を待たず、馬をイニスのほうへ向け、駈歩で走らせた。

ミランダはじっと眉をひそめ、イニスのあとを追うアレックスを見送った。この自分が誘っているのに、あの女のほうを追いかけて行くとは、いったいどういうつもりなの？彼には誘われていることがわかっていたはずだ。あの小娘はどこのだれなんだろう？

「アレクサンダー卿のお宅に泊まっていらっしゃる方かしら」ミランダの頭のなかが読めたのか、レディ・コンプトンが言った。

赤毛のおてんばがアレックスの屋敷に滞在しているなど考えたくもない。ミランダは喉元にこみあげた苦いものを呑みこんだ。「リンフォード家の夜会には来ていたの？」その夜会には、ミランダは二日酔いの夫に禁じられて参加できなかった。アレックスとベッドをともにした夜、ドアに鍵をかけていたせいで、夫はミランダをまだ疑っているのだ。

「見かけなかったわねえ」

「アレクサンダー卿のお宅に泊まっているのなら、卿が連れていきたいと申し出たのではないかしら」

レディ・コンプトンは笑い声をあげた。「メラニー・リンフォードはいやがったでしょうよ」

ミランダはさりげない口調で尋ねた。「あら、どうして？」

レディ・コンプトンはきらりと目を光らせてミランダを見た。「メラニーはアレクサンダー卿をなんとかしてベランダへ誘い出そうと粘っていたわ。成功したのかどうかは知らないけれど」

ミランダは努めて冷静な顔をした。コンプトン家の晩餐会は最悪だった。邪魔なメラニーをなんとかしなければならない。だが、ここで感情をあらわにして、ジャネット・コンプトンに噂の種を与えるのは避けたかった。話題を変えたほうがいい。

レディ・コンプトンがかぶりを振った。「あの髪の色からして、きっと舞台の仕事をしているわね」

「アレクサンダー卿の大事な馬に、どうして女優が乗っているのよ？」

レディ・コンプトンはミランダを探るように見つめた。「このあとアレクサンダー卿に乗ることになっているのではなくて？」

「あなたったら、とっても豊かな想像力をお持ちね、ジャネット」ミランダは言いながら、ザ・リングのほうへ馬を向かわせたものの、また険しい目をしていた。こんなことがあっていいわけがない。アレックスと自分は一緒になる運命なのだ。あの一夜だけでそう確信できた。ミランダはそれまでずっと、ひとときだけでも体の渇きを癒すため、複数のパートナーを必要としていた。ところが、アレックスはひとりでミランダを満足させた。ミランダの求めていることを——必要としていることを察し、申し分のない最高の満足という貴重な贈り物をくれた。

アレックスはわたしのもの。ほかの女には邪魔させない。

4

「おまえ、正気の沙汰じゃないぞ？」

「そんなことはない」翌日の午後、アレックスは書斎でブライス・バークレイをにらみ、ブランデーのグラスを渡して向かいの椅子に座った。「実に巧妙な思いつきじゃないか」

ブライスは片方の眉をあげた。「そんなことを思いつくとは、いったい何杯コニャックを飲んだんだ？」

「一杯も飲んでない。わたしが機会さえあればジョージを困らせたがるのは知っているだろう」

「おまえは知り合ったころからずっとそうだったが、しかたないとは思うね。ぼくの知るかぎり、おまえの兄上ほど鼻持ちならない男はほかにいないからな」ブライスはグラスのなかでブランデーを揺らし、一口含んで味わい、ふたたび口を開いた。「だが、女中に上流階級の娘の振る舞いを仕込むとは――」

「イニスは女中ではない。馬丁だ」

「馬の世話係だろうが同じことだ。さっき、ここに着いたときに本人と会った。わたしの馬を裏へ連れていってもらったんだ。たしかに、ズボンをはいた女は珍奇だし、男にとっては眼福だが、馬糞を掃除する女が社交界に受け入れられるわけがなかろう」

「この計画のおもしろいところは、まさにそこじゃないか」

ブライスは半分空のデカンタを見やってから、アレックスに目を戻した。「おまえ、ほんとうに素面で考えたのか？」

アレックスはうなずいた。「ハイド・パークの女たちのぎょっとした顔をおまえにも見せてやりたかったよ。いまごろ、社交界の連中の半分は、あの謎めいた娘はいったいだれなんだろうと噂しているぞ」

「狼の群れよろしく、あの娘を追い詰めるだろうな」

「そんなことはわたしが許さない。うちにいるかぎり、わたしが保護者だ」アレックスは言った。「屋敷の外ではわたしがかならず付き添う。それから、正しい作法を完璧に教えこむまでは、社交界の連中の前にさらすようなことはしない」

ブライスの眉が両方あがった。「正しい作法をおまえが教えるのか？」

アレックスも眉をあげた。「わたしには無理だと？」

ブライスはにやりと笑った。「ほら、おまえの……女とのつきあいかたは、正しいとは言えないからな」

「そういうことじゃない」アレックスはそう答えたものの、ブライスの言葉にはそそられた。場合によっては……。アレックスは、乱れたベッドに裸で横たわっているイニスを頭から追い出した。「そうじゃなくて、おまえもわたしも、ちょっとした会話をするとか、正しいフォークを選ぶとか、パートナーの足を踏まずにダンスをするとか、さんざん叩きこまれたじゃないか。ほかの人間に教えることができないわけがないだろう？」

「母親たちが娘を何年も寄宿学校に預けるのはなんのためだと思ってるんだ？　それに、イニスに礼儀作法を教えてどうしたいんだ？　行く方知れずだった令嬢にでも仕立てあげるつもりか？」

「できるだけ謎のままにしておくんだ。社交界の連中の興味をかき立てて――」

「狼の群れをますます興奮させるのか」

「さあね」アレックスは答えた。「だが、だからこそジョージの舞踏会にイニスを連れていく前に、作法どおりに振る舞えるようにしておきたいんだ。ジョージと取り巻き連中があら探しをしようが、ひとつも欠点が見つからないように。だまされたと知ったら、ジョージも取り巻き連中も憤慨するぞ」

「おまえは大事なことを忘れている」

アレックスは眉をひそめた。「わたしの鼻持ちならない兄だけじゃなく、おまえまで人間の価値は爵位で決まるなどと言ってくれるなよ。おまえはもっと賢いやつだと思っていた――」

「そんなことを言うわけがない。まったく、ぼくも男爵なんだがね。そのことをいつ自慢した？」

　アレックスはほっとして、にやりと笑った。「女を口説くとき」

「そこまで必死に口説かなくても大丈夫だ」ブライスはむっとしたふりをしてみせた。

「おまえはそうかもしれないが」

「わたし（モワ）が？」アレックスはブライスの表情をまねした。「話がそれた。わたしがなにを忘れていると言うんだ？」

「イニスにその素敵な思いつきについて相談したのか？　イニスはおまえの計画に協力すると同意したのか？」

「身分が高くなる機会を与えられてよろこばない女がいるか？　イニスだって教養を身に付けたがる、いっときでも上流階級の特権を楽しみたがるに決まっている」アレックスは笑みを大きくした。「それに、わたしは全力で口説くつもりだ」

　イニスはアレックスをぽかんと見つめた。聞き間違えたのだろうか。まだ午前中なのに、この人は朝っぱらから酒を飲んでいたのかもしれない。だが、彼の息に酒のにおいが混じっていたとしても、馬糞のにおいで消されていた。「ここはこれから掃除しなければならない馬房のなかですけど、あたしにレディのふりをしろって言うんですか？」

「そうだ」

イニスは眉をひそめた。「すいません、頭は大丈夫ですか？」

アレックスはにっこり笑った。「ああ大丈夫だ。まあ、うちの兄は大丈夫じゃないかもしれないが」

「公爵閣下が？　イングランドの貴族ってみんなそうなんですか？　王様は木に話しかけるって聞いたことがありますけど」

「ジョージ国王陛下は病に苦しんでおられる」アレックスは言った。「だが、わたしが言いたいのは、わたしの兄のジョージは自分のことがよくわかっていない。だから、きみにレディになってほしいんだ。もちろん、わたしがその方法を教える」

イニスには、自分の目が丸くなるのがわかった。「旦那さまが？」

「そうだ。ちょっとびっくりするのはわかる。ブライスも――バークレイ男爵も驚いていたが、ちゃんと説明したら納得したからな」

昨日の午後、フリージャン種とおぼしき漆黒の馬に引かせた粋な軽四輪馬車でやってきた男のことだろう。イニスは、あの美しい馬を厩舎へ連れていこうと、ほとんど飛び跳ねんばかりに迎えに出たのだが、男爵に――狼を思わせる黄金色の瞳で射貫くようにこちらを見つめる男だった――その必要はないと言われたのだった。

「あまりくさくない場所でゆっくり話さないか？」アレックスが尋ねた。

イニスは熊手を馬房の壁に立てかけ、アレックスのあとを追ってパドックに出た。アレックスは手すりにのんびりともたれたが、イニスは警戒したまま彼を見ていた。いったいなにを目論んでいるのだろう？　バークレイ男爵か、屋敷を訪ねてきたあの女性が、アイルランドの公爵の姪が行方不明だと話したのではないか。そして、この人はわたしの正体を問いただそうとしているのかも。イニスはそわそわと体を左右に揺らした。

「不安がることはない」アレックスが言った。「安心しろ、わたしの教育を受ければ、正式な晩餐会の席でもまったく緊張せずにすむし、劇場で礼儀正しく会話することができるし、舞踏会で上手に踊れるようになる」

イニスはじっと彼を見た。そういうことは全部できるとうっかり言わせようという魂胆なのだろうか？

「どうして黙っているんだ？　またとない機会だと思わないのか？」

まったく思わない。貴族が集まる場所で目撃されることだけは、なにがなんでも避けたい。「あたしは馬を相手に働ければ幸せなんで。気取った人たちの仲間になりたいとか思いません」

アレックスはうなずいた。「だからこそ、おまえをレディにしたいんだ」

イニスはじわじわとあとずさった。やはりこの人は変だ。「言ってることの意味がわかりません、旦那さま」

「旦那さまと呼ぶな。たまたま貴族の身分に生まれついたからといって、ほかの人間より偉いとは、わたしは思わない」

父親もそう言っていた。イニスは首をかしげた。「そんなら、なぜあたしにレディのふりをしろと言うんです？」

「わたしの考えが正しいことを証明したい。寄宿学校を出たデビュタントに負けないくらい、きみを完璧なレディにして、社交界に紹介したいんだ」

イニスはかぶりを振った。「あたしに恥をかかせたいんですか？」

「とんでもない」アレックスはぎょっとした。「きみがもう大丈夫だと自信を持つまでは、社交界の催しに連れていく気はない。それから、きみの身分は曖昧にしておくつもりだ」

やはり身分を知られてしまったのだろうか？　イニスはまた警戒をあらわにアレックスを見た。「なぜですか？」

「社交界の連中がどう考えるか。ハイド・パークでレディ・コンプトンとレディ・ベントンに見られてから、すでに憶測が広がっている。ここ数日で、きみがだれか、なぜうちにいるのか、噂が噂を呼んでいるんだ。昨日の午後、ブライスがうちに来たのはそのせいだ。自分の目で確かめにきたわけだ」

「どうでもいいことじゃないんですか？」

「わからないことだらけだから、ますます好奇心を煽られるんだ。きみをデビューさせるころには、女たちはわれ先にきみと近づきになろうと群がってくるぞ。それまでは、馬で出かけてだれかに会っても、口をきかなくていい。連中は、きみがどんな声をしているんだろうと、知りたくてたまらなくなる」

イニスは片方の眉をあげた。「訛りを直せってことですか?」

アレックスは肩をすくめた。「ダブリンから来たような訛りのほうが好ましいな。それも練習しよう」

イニスは笑みを噛み殺した。彼にはわからないだろうが、西アイルランドのコノート地方の訛りでしゃべりつづけるのはほんとうに骨が折れるのだ。不意にいたずらっけがむくむくとふくらみ、いや、妖精のしわざか、このばかげた計画に乗ってやってもいいという気がしてきた。彼に〝教育される〟のはおもしろいかもしれない。彼の男らしさやたくましさに気づかなかったわけではない。それに、彼が〝教育〟しようとしていることは、こちらはもうすべて身に付けているのだと思うと、おかしくてたまらない。やはり自分は根っからアイルランド人なのだ。

「ほんとに自信が持てるようになるまでは、社交界の催しに無理やり引っぱり出さないって約束してくれますか?」

アレックスはうなずいた。「約束する」

イニスしだいでデビューのタイミングが決まるのなら、夏のシャノン川に雪が降るまでそのときは来ない。大丈夫、安泰だ。イニスは握手をしようと手を差し出した。「わかりました」

ところが、アレックスは身を屈めてイニスの手の甲にキスをした。「楽しみだ」

ほんの一瞬触れただけなのに、彼の唇が熱く引き締まっていることに、イニスは少し驚いた。ちりちりした感覚が腕を駆けのぼった。

なんだか変だ。

その日の午後、イニスは女性使用人たちの部屋がある三階を素通りして四階へと階段をのぼりながら、自分の置かれた状況を考えていた。自分だけが屋根裏部屋を与えられている。

もうすぐ女中のエルシーが、小部屋に据えられた腰湯の盥(たらい)に入れる湯を運んでくる。イニスは、個室を与えられたのは――せいぜい衣装部屋ほどの広さしかないけれど――ほかの女たちが馬のにおいがする者と部屋を共有したがらないからだろうと思っていた。おそらく、だから腰湯も用意されるのだ。イニスとて不満はない。以前は、湯に浸かるのは特別なことではなかった。いまでは深さがほんの数インチの湯だろうが、贅沢に感じる。

ドアをノックする音につづいて、エルシーと一緒に、湯を張った手桶を抱えた従僕がふたり入ってきた。ふたりは盥に湯を注ぎ、イニスを値踏みするように眺めたが、無視をされて出ていった。エルシーは清潔なタオルを小さな箪笥の上に置くと、腰を屈めてお辞儀をしようとしたが、イニスが客ではないことを思い出したらしい。馬の世話係という身分にはふさわしくない部屋だ。馬丁たちは普通、厩舎のそばの簡素な建物で寝起きするからだ。イニスは家事も割り当てられていないので、使用人の上下関係のなかでどの位置に属するのか、ますますわかりにくかった。エルシーは親しみやすいが――ほかの使用人たちより親しみやすい――ほかの使用人たちは憤慨しているのではないか、しているとすればどのくらいだろうかと、イニスは考えた。

エルシーはイニスにほほえみかけた。「ほかに必要なものは？」

毎日、そう訊かれる。望まぬ結婚を強いられてアイルランドから逃げてきたときは、次にどうするか決めるまで当面の生活を維持できる程度のお金を持っていた。いずれはアメリカへ渡って、新生活をはじめてもいいとすら考えていたのだ。だが、強盗にあってその選択肢はなくなった。

この状況がいつまでつづくのか定かではないが、使用人たちにかしずいてもらう必要はない。ひょっとすると、だからエルシーは気さくに接してくれるのかもしれない。アレックスの〝教育〟がはじまったら、使用人たちはどう反応するだろうか。遠回しに探ってみたほうがよさそうだ。

「旦那に仕えてる人たちはみんな読み書きができるのか？」

エルシーはその質問に驚いたようだった。たしかに妙な質問に聞こえるだろうが、〝教育〟を受けることになるなら、ほかの使用人たちには、上流階級のしきたりではなく読み書きを教わっているのだと思わせておいたほうがいい。

「ほとんどは、多少の読み書きができるわ」エルシーは答えた。「なぜそんなことを訊くの？」

イニスは肩をすくめ、ベッドの端に腰掛けてブーツを脱いだ。「今日、旦那に言われたんだ。あたしの訛りがちょっと聞き取りにくいから、ちゃんとした話し方を教えるって」

エルシーはひたいに皺を寄せた。「旦那さまがあたしたちのしゃべり方をとやかく言うのって聞いたことがないけど。あたしたちみんな、大事なのは誠実さだって言われて雇われたもの」

イニスはもう片方のブーツを脱ごうとして手を止めた。「あたしたちみんな？　このお屋敷にはあまり人がいないけど？」

「このお屋敷は、旦那さまのお兄さまのものだから。ジョージさまは爵位を継いだと同時にメイフェアへ引っ越して、使用人もみんな連れていっちゃった」

「それって、偉くなったってことよね」

「たぶん」エルシーは言った。「でも、あたしは公爵さまよりアレクサンダーさまの下で働くほうが絶対にいい」

イニスはもう片方のブーツも脱いだ。「どうして？」

「公爵の奥方がねえ。あたしのいとこが長いことあの方のおつきの女中をしてるの。その子が言うには、まあ難しい人らしいわ」エルシーは手でぴしゃりと口をふさいだ。「公爵の奥方の話をしちゃだめだった」

イニスは怪訝な顔をした。「なんでだめなんだ？　公爵夫人と言ったたって人間じゃないか」

エルシーはかぶりを振った。「そういうことじゃないのよ。アレクサンダーさまはこのお屋敷であの方の名前が出るのをいやがるの」

イニスはやや興味を抱いた。「どうして？」

エルシーはためらい、廊下にだれもいないことを確かめてから、ドアを閉めて振り返った。「たぶん教えてあげてもいいと思うんだけど。どうせ、すぐあんたの耳にも入るし。旦那さまには黙ってるって約束してよ」

好奇心が勝った。アレクサンダー・アシュリーは、なぜみんなに兄嫁の名を口にしてほしくないのだろう？「わかった、約束する」

ドアが閉まっているのに、エルシーは声をひそめた。「もともと旦那さまが公爵夫人と結婚するはずだったの。まだレディ・アメリア・スタントンだったころね。いとこが言ってたけど、旦那さまのほうが夢中だったらしいわ」

イニスは、胃袋がつま先までずしんと落ちこんだような気がしたが、その理由はわからなかった。「それで？」

エルシーはいったん黙った。「レディ・アメリアは……野望を抱いてたわけよ」

イニスにも結末がなんとなく読めてきた。「レディ・アメリアは、公爵のほうと結婚したかったんだなぁ？」

エルシーはうなずいた。

「でも、公爵は旦那の気持ちを知ってて結婚したのなら、どうしてそんなことを？」

「それはわからない。いとこが言うには、公爵と旦那さまは仲が悪いんですって。それに、レディ・アメリアってすごい美人なの」

またみぞおちにさっきの奇妙な感覚があった。アレクサンダー・アシュリーほど見目よい男が美女に惹かれているのがわかっても、べつに驚くほどのことではないはずなのに。相性のいい馬同士のように、美男美女は自然とくっつくものだ。

「お湯が冷める前に行くわ」エルシーが言った。

「ありがとう、ほんとに……」イニスは礼を言おうとしたが、エルシーはしゃべりすぎたのを後悔しているかのように、そそくさとドアから出ていった。イニスは引き止めず、シャツとズボンを手早く脱ぎ、小部屋に鏡がなくてよかったと思った。曲線より直線のほうが目立つやせっぽちの体も、梳かしても梳かしたように見えない暴れん坊の巻き毛も、目にしたくなかった。

イニスは盥に腰を沈めた。数年前、ダンズワース公爵がダブリンへおじを訪ねてきたことがある。なぜあの公爵とアレックスを混同していたのか、自分でもよくわからなかった。ここへ連れてこられて、ダンズワースの名を聞いたときは狼狽していたに違いない。数年前のあの晩、晩餐ではメインテーブルに着席していたおじとダンズワース公爵とは同席しなかったが、公爵はずいぶん年を取っていたような印象がある。葦のようにひょろひょろで、絶えずしかめっつらをしていたせいかもしれない。給仕をする女中に対しても優しくなかった。銀器を取り落としておきながら、新しいものを持ってくるのが遅いと、メイドを叱りつけたくらいだ。サイラス・デズモンドを彷彿とさせる。いや、爵位のことを考えると、サイラスが公爵を彷彿とさせると言うべきか。

爵位。イニスはぬるくなった湯に身を浸しながら、アメリア・スタントンのように地位を手に入れようとする野心的な女性はいくらでもいるのだろうと思った。けれど、ああ、サイラスと結婚するのもいやだけれど、ダンズワース公爵が相手だなんて想像もしたくない。よくもまあ、あんな人と結婚するものだ。

だが、もっと大事な疑問がある。アレックスはまだアメリアを愛しているのだろうか？

5

イニスはダンズワース・ハウスへ来て以来、厨房で使用人たちと夕食をとっていたが、この夜もそうした。アレックスには、銀器の使い方だけでなく、従僕や女中にサービスされることに慣れるため、食堂で一緒に食事をしようと誘われた。だが、イニスは断固として断った。

アレックスの〝レッスン〟を受けていることをほかの使用人たちに知られたら、きっとそのなかの何人かには嫉妬されるだろう。奉仕されるのを当然だと思っているなどと勘違いされては困る。エルシーは例外で、ほかの女中たちはよそよそしく、イニスが通りかかるといつもおしゃべりをやめる。これ以上、彼女たちを遠ざけることになるのはいやだ。毎日午後に、従僕が湯を部屋に運んできてくれることだけでも贅沢なのに。

おじの屋敷には数えきれないほどの使用人がいて世話をしてくれたが、イニスは普段、たいていのことを自分でやった。自分で髪を梳かすことも服を着ることも完璧にできるのに、わざわざ女中の時間を無駄遣いしなくてもいい。

イニスは、広い厨房の中央に据えられた大きなテーブルを囲んでいる者たちを見まわした。自分とエルシーのほかに、四人の女中が着席していた。メアリーとアイヴィがイニスを横目でちらりと見たということは、おそらく個人レッスンの噂を聞きつけたのだ。いちばん年長のアリスは、あからさまにイニスをじろじろ眺めた。エルシーは黙っていてくれても、大きな屋敷の壁や納屋には耳があるものだ。厩舎で働いているだれかが、アレックスとイニスの会話を盗み聞きしたのかもしれない。使用人は噂に目がない。数週間前に雇われたばかりだとエルシーが言っていた女中のファーンは、イニスから目をそらしていた。

この夜、テーブルには家政婦のミセス・ブラッドリーもいた。管理者という職務上、一定の距離を置いている彼女は、いつもは女中たちと食事をしない。それなのに今夜はテーブルをともにするのは、アレクサンダー卿に特別扱いされているわたしが意地悪なことを言われるのを防ぐためかもしれないと、イニスは思った。男性の使用人を監督するのは執事だが、女性の使用人を担当するのは家政婦だ。

「アレクサンダー卿もシーズンのあいだは大勢お客さんを招いたりするんですか?」イニスはミセス・ブラッドリーに尋ねた。

「いいえ」家政婦は答えた。「独身でいらっしゃるから、催しを開くことはほとんどないわ」

イニスもそんなことだろうとは思っていたものの、貴族が集まる場にいきなり放りこまれることはないと確認しておきたかった。

メアリーがアイヴィに目配せし、イニスを無視して話しかけた。「旦那さまから女主人役を仰せつかるとでも思ってるのかしらねえ」

アイヴィがくすくす笑った。「馬丁のくせに――」

「おやめなさい」ミセス・ブラッドリーがふたりを鋭くにらんだ。「旦那さまがなにをなさるか、あるいはなにをなさらないか、あなたがたには関係のないことです」

「はい、わかりました」メアリーとアイヴィはそろって答え、神妙な顔で食事に戻った。

イニスはため息をついた。友人がほしいわけではないが、できれば憎まれたくはない。

「よけいなことを言ったのはあたしです。あんな質問をしたのが間違ってました」

「ここへ来たばかりなのだから、いろいろ訊きたいのは当然でしょう」ミセス・ブラッドリーが言った。

エルシーが話を変え、庭師はいつ春の植え付けをするのかと尋ねた。どうやらそれはミセス・ブラッドリーの重大な関心事らしい。たちまち、年に一度の花壇に球根を植え付ける作業に適した天候と日程の話になった。イニスは口を挟まずに話を聞いていた。食事を終え、静かに立ちあがり、空の皿を集めはじめた。テーブルを片付けるのは料理番の助手の仕事だが、イニスは厨房の使用人たちに偉ぶっていると思われたくなかった。ミセス・ブラッドリーは片方の眉をあげたが黙っていた。一方、料理番のミセス・オルセンは、イニスに笑顔を向けた。

イニスは作業台に皿を積み重ねはじめたが、大きな蜘蛛が流しの縁を這っていたことに気づかず、そのひょろ長い脚にうっかり手を触れた。びっくりして手を引いた拍子に水差しをひっくり返し、中身のミルクをすべて床にぶちまけてしまった。料理番は真顔になった。

「すいません」イニスは布巾を取ってひざまずいた。「掃除します」

「おやまあ、どうしたの？」ミセス・ブラッドリーが席を立って近づいてきた。

「あの……蜘蛛が……」

アイヴィとメアリーがくすくす笑った。

「蜘蛛がいたの？」ミセス・ブラッドリーが訊き返した。「この厨房に？」

料理番は見るからに憤慨していた。「あたしの厨房には蜘蛛なんか入れないわ。きっと手押しポンプのなかを通ってきたのよ」

「はい、そうだと思います」イニスは立ちあがり、ミルクを吸った布巾を絞った。「蜘蛛なんか見るの久しぶりで」

ミセス・ブラッドリーは顔をしかめた。「厨房に蜘蛛がいるなんて気持ちが悪いけれど……」料理番をちらりと見て、イニスに目を戻した。「別に悪さはしないわ」

イニスは顔が赤くなるのを感じた。「蜘蛛に咬まれて、ひどく腫れたことがあるもんだから」

ファーンがついにイニスを興味深そうに見たが、彼女もアリスも黙っていた。メアリーとアイヴィはまた低く笑いだしたが、ミセス・ブラッドリーに目で制され、静かになった。

エルシーが目を丸くした。「かわいそう。いつのこと？」

「まだほんの赤ん坊だったころ」イニスはなんだかばかばかしくなってきた。「二度とごめんだわ」

「そりゃそうよね」エルシーはメアリーとアイヴィをにらみつけた。「あんたたち、イニスをからかうんじゃないわ。あんたたちだって鼠が怖いんでしょう」

ミセス・ブラッドリーの眉が両方あがった。「このお屋敷に鼠なんか一匹もいませんよ」顔をしかめて言葉を切った。「だけど、春の大掃除は徹底的にやらなくちゃ」

ほかの女中たちのほうを見なくても、槍のような鋭い視線を向けられているのがわかった。うめき声が漏れた。わざとではなかったとはいえ、彼女たちの仕事を増やしてしまったのだ。とうぶん許してもらえそうにない。

イニスの教育をはじめるにあたって、アレックスはぐずぐずしなかった。翌朝イニスは、第一回のレッスンをおこなうので、五時きっかりに応接間へ来るようにと言い渡された。通りかかった使用人に立ち聞きされるような部屋ではなく、書斎にこもって〝レッスン〟をするのだろうと思っていたのに。おそらくアレックスは、不埒なおこないを疑われたりしたくないのだろう。

アレックスの目的は、平民でも名門貴族のふりをして社交界の連中の目をあざむくことができると彼の兄に証明することだと、最初から明確にされている。レッスンはイニス個人となんらかの関係があるとは、ひとことも言われていない。

イニスが約束どおりの時刻に応接間へ入ったときには、数日前にアレックスを訪ねてきた栗色の髪の女性がソファに座っていた。やはり、アレックスはイニスに個人的な興味があってこの計画を実行するわけではないのだ。当たり前でしょう？　彼は雇い主だ。一方、イニスは使用人であり、この企てに協力する謝礼に、ばかばかしいほどの大金を提示された。アレックスはまた、上流階級の作法を身に付ければ、この先もっといい仕事につけるはずだとも言った。あのときはあまりにも皮肉な状況に、イニスは笑いだしそうになったのをなんとかこらえたのだが、いまこうしてソファに座っているレディを見ていると、なんだか……なにかがヒュッと体のなかを駆け抜けた感じがする。その正体はわからないが、落ち着かない気分にさせるなにかだ。

イニスはもう一度、黄色いモアレ模様の絹のアフタヌーンドレスを着こなしたレディに目をやり、それから自分のはいているズボンを見おろした。レディのほうから薔薇水の香りがかすかに漂ってきたせいで、自分は入浴していないことがひどく気になった。

レディが小さく鼻をうごめかしてイニスのほうを振り向き、とたんに目を見ひらいた。ガラス扉の前に立っていたアレックスが顔をしかめた。自分の格好のせいだろうか、それとも染みついている厩舎のにおいのせいだろうかと、イニスはうろたえた。

「時間がわからなくなってしまいました」イニスは弁解がましく言ったが、レディはとがめるというよりも不思議そうにこちらを見つめている。そのとき、イニスは正体を隠すために演技をしなければならないことを思い出した。このレディがだれにせよ、イニスは叱られるかもしれない。「おたくの馬ァ、行儀が悪かったですよ。ゴールディを外に連れ出そうとしたら、馬房の扉を蹴破りそうになったんです。さかりがついてんのかもしれないけど、ゴールディはまだ若すぎるんだよね」

アレックスと貴婦人はまじまじとイニスを見つめた。レディの口が開き、また閉じた。イニスは、アレックスの唇がぴくりと動いたのを見た気がしたが、口を開いた彼はいたってまじめに言った。

「その話はあとにしよう」アレックスはソファに座っているレディを身振りで示した。「友人のミス・キャロライン・ナッシュだ。この計画の一部を手伝いに来てもらった」キャロラインに向きなおった。「うちの馬丁のイニス・オブライエンだ。わたしがかなり難しいことに挑戦しようとしているのがわかるだろう、キャロライン？」

いまの言葉には傷ついた。イニスは眉根を寄せ、そもそもこんなばかげたことを考えたのはあなただとアレックスに言おうとしたが、そのときキャロラインが彼に向かっておかしそうに笑った。「あなたってほんとうに挑戦するのが好きよね？」

それは侮辱なのだろうかとイニスが考えるひまもなく、キャロラインがなんのたくらみもない顔で振り返った。「アレクサンダーがどうしたいのかは聞いているわ。お手伝いさせてくれるわね」

キャロラインは感じのいい女性に見えた。アレックスは、彼女を友人だと紹介し、ミス・ナッシュではなくクリスチャンネームで呼んだ。ふたりは気の置けない間柄らしい。キャロラインはアレックスの愛人なのだろうか？　わたしには関係のないことだけれど。イニスはキャロラインのそばに置いてある黄色いボンネットや山羊革の手袋や象牙色の扇子をちらりと見やった。

イニスは扇子を指さした。「あたしにそいつの使い方を教えてくれるんですか？」

キャロラインは目をぱちくりさせた。「まあ、そのうちにね。でも、まずは言葉遣いからはじめましょうか。レディは汚い言葉は遣わないのよ」

たしかにそのとおり。おじに聞かれたら、お仕置きで寝室に閉じこめられるだろう。だが、汚い言葉を遣うと、なぜか解放された気分になる。やはり、アレックスには教養がないと思われているのだ。少しばかり楽しませてもらってもいいだろう。

「そいつっていうのは悪い言葉遣いなんですね？」イニスは尋ねた。「でもあたし、〝くそいまいましい〟とか言ってませんよね？」

アレックスが喉を詰まらせたような音をたて、キャロラインがグレーの目を丸くしたが、すぐに真顔に戻った。「ええ、そうね。では、はじめましょうか」もう一度、イニスのズボンを見た。「レッスンはドレスを着て受けたらいかがかしら？」

「それでもいいですけど」イニスは言った。「ドレスは持ってないんです」

キャロラインは一瞬驚きをあらわにしてから、アレックスを振り向いた。「イニスはドレスを持っていないの？」

アレックスはあわてたようだった。イニスはおもしろがる一方で、自分が女性用の服を持っていないのをアレックスに気づかれていなかったことに少しがっかりした。もっとも、気づく機会がなかったのだからしかたがない。イニスは使用人たちと食事をしていたし、アレックスと会うのは厩舎にいるときだけだった。

「明日、マダム・デュボアの店へ行こう。リージェント・ストリートで一番の仕立屋だ」

キャロラインはアレックスに向かって人差し指を振った。「あなたからレースの部屋着以外になにかを注文されたら、かわいそうに、マダムは気絶するわよ」

「レースの部屋着？」キャロラインとアレックスに振り返られ、イニスはとっさに口を手でぴしゃりとふさいだ。声に出すつもりはなかったのに。でも……。

キャロラインはいたずらっぽい目でアレックスを見やった。「話してあげれば？」

「いやだ」

驚いたことに、アレックスの耳の先が桃色に染まるのが見えた。「すいません……あたし、黙ってるべきでした。あたしとは関係ないことですし」

「とんでもない」キャロラインが言った。「アレクサンダーの企みに協力するつもりなら、自分がどんな厄介ごとに巻きこまれることになるのか知っておいたほうがいいわ」

「その話はあとでいいだろう」アレックスが言った。

キャロラインは聞き流し、イニスを見据えた。「殿方はいつも都合の悪いことを先延ばしにしたがるのよ。ことに、女性が関係することはね。そして、これは女性が関係することなの」

アレックスはキャロラインをにらんだ。「やめてくれないか？」

「やめません。イニスは知っておくべきよ」キャロラインはアレックスが言い返す隙を与えず、イニスに向きなおった。「レースの部屋着は餞別よ」

イニスはわけがわからなかった。アレックスがうなり声のような音をたてた。「餞別？」

「愛人に贈るの。アレックスはいつも、ことの終わりにレースの部屋着を贈るのよ。感謝のしるしに……強いて言えばね」

またうなり声のような音がした。キャロラインの話にすっかり引きこまれ、イニスはアレックスをちらりとも見ずに言った。「ことの終わり？」

「アレクサンダーは、一度会っただけで捨てるのよ……社交界のある種のレディたちをね」キャロラインは片方の手を小さく振った。「一度だけ関係して、終わってから部屋着を贈る。おかげで、マダム・デュボアは何カ月も大忙しよ」

イニスは自分の目が丸くなるのを感じた。上流階級の男女が浮気をするのは知っていたが、それにしても、そんなにたくさんの女性と？　ろくでなしという言葉に新たな意味がくわわった。

「もういいか？」窓辺に根が生えたように突っ立ったアレックスが尋ねた。「イニスは聞きたくないことまで聞かされたぞ」

イニスが口を挟むひまもなく、キャロラインはつづけた。「イニスはこの先引き合わされる女性たちに、クラブの一員なのかしらと思われることになるのよ、そのことも教えておかなくちゃ」

イニスは気づいたら訊き返していた。「クラブ？」

「〝略奪(ラヴィッジド)された女たちのクラブ〟。略してRクラブ」キャロラインが答えた。「部屋着を受け取った女性たちは、浮気を自慢する権利を手に入れたと思ってる。勲章かなにかをもらったつもりなのよ」

「やめろ」アレックスの声は低い雷鳴のようだった。「戯れ言はいいかげんにしてくれないか？」イニスに向きなおる。「違うんだ。話せばわかる」

イニスはなんとかわれに返ってかぶりを振った。「話さなくてもいいです、旦那さま」アレックスと目を合わせないようにした。「でも、ちょっと部屋に帰ってもいいですか。

体を洗いたいんです」

体を洗えばいま聞いた話も洗い流せるとは思えなかったが、イニスはくるりと向きを変え、待ってくれというアレックスの制止も聞かず、応接間を出ていった。

「かしこまりました」

「それで、イニスはすべてを聞いてしまったというわけか」ブライスはウェイターが充分に離れるのを待ってから言った。「飲もう」

「デカンタは置いていってくれ」その晩ホワイツで、ブライスがアレックスと自分のグラスにコニャックを注いだウェイターに言った。「まだ必要かもしれない」

「明日の朝、二日酔いでイニスに会うはめになったら困る」

ブライスはちらりとアレックスを見た。「ここへ来る前に会わなかったのか？」

アレックスはかぶりを振った。「イニスは自分の部屋に戻ったあと一度も出てこなかった。いつもは厨房で使用人たちと食事をするんだが、料理番が言うには、パンとチーズを自分の部屋へ持っていったそうだ」

「ぐずぐずしていると、彼女もあれこれ考えてしまって、よろしくない結論に達するぞ」

アレックスはブライスをにらんだ。「そんなことは言われなくてもわかっている。くそっ、なぜキャロラインはよけいなことばかり言うんだ？　とくに、あのクラブの話はたわごとだ」

ブライスは片方の眉をあげた。「丸っきりのたわごとでもないぞ」

「なんだと？」アレックスはコニャックをがぶりと呑みくだした。「冗談はよせ」

「ぼく自身、晩餐会で、レディ・コンプトンがそんな話をしているのをたまたま聞いた」

「あのゴシップの女王の言うことを鵜呑みにするのか？」

「そんなことはないが、おまえに落とされたご婦人も、その噂はほんとうだと言っていた。おまえがはじめて二度ベッドへ連れこむのはだれか話題になっているそうだ」

「二度目はない。無駄でしかないからな」

ブライスは肩をすくめた。「どうやらご婦人方は賭けをしているらしい」

「なんとまあ」こんなときでなければ、アレックスもまんざら悪い気はしなかったかもしれないが、イニスにそんな話は聞かせたくなかった。「ばかばかしい」

「ご婦人方にそう言ってやれ」ブライスは頬をゆるめた。「もっとも、かえって彼女たちをよろこばせるだけだろうがね」

アレックスはコニャックを飲み干した。「なんてこった」キャロラインは大げさに言い立てているんだろうと思っていたのに」

「いやいや。ぼくが聞いた感じでは、レディ・コンプトンはおまえから部屋着を受け取っていないのを悔しがっていた」

「これからも受け取ることはないね」

ブライスはグラスのなかのコニャックをまわした。「部屋着を贈るというのは、おまえにしては軽率だったな。ご婦人方の競争心に火をつけてしまった」

「わたしだってそもそもそんなつもりはなかった」そもそも、部屋着を受け取ったレディたちがそれを着て——とくに夫の前で——アレックスとの一夜かぎりの情事で味わった快楽を思い出すようにと考えていたのだ。当初は、純白のシルクを贈るのは皮肉が効いていておもしろいと思ったが、普通、結婚した女性は白い部屋着を自分で買ったりはしないから、夫に怪しまれるかもしれない。だから、濃厚な象牙色にした。結局、濁りのある色のほうが彼女たちにはふさわしい。

「どんなつもりだったかにせよ、現実はこうだって話だ」ブライスは言い、ふたりのグラスに二杯目のコニャックを注いだ。「上流階級のご婦人方の半分、つまりおまえがまだ口説いていないご婦人方も、一着ほしがっている」

「わたしは上流階級の人妻全員をベッドに連れこむ気はない」アレックスは言い、コニャックをあおった。「ジョージの友人の奥方だけだ」

「夫を裏切りたくない女性であっても？」

「夫を裏切りたくない女性は逢い引きなどに興味を持たないし、わたしもその気持ちは尊重する」アレックスはグラスを置いた。「だが、そうじゃない女たちにとっては……ただのゲームだ。ゲームでしかない」

翌朝、アレックスは朝食をとってから厩舎へ歩いていった。イニスと話をしなければならないが、どんな話になるのかと思うと怖かった。いまでもイニスが協力してくれるという保証がほしかった。報酬はたっぷり提示したので、断られる理由はないはずだ。

けれど、キャロラインがあんなふうに交際だのばかげたクラブだのの話をぺらぺらしゃべったとき、イニスが驚いて顔色を変えたのがわかった。ただ、応接間を出ていく彼女の目には衝撃以外のなにかがあった。断言はできないが、アレックスの頭に繰り返し浮かぶは、落胆という言葉だった。アイルランド出身の身寄りのない娘になぜ幻滅されなければならないのか——そして、自分はなぜそのことを気にするのか——さっぱりわからない。輝く鎧に身を包んだ騎士気取りだったわけでは絶対にないのだが。

きっとこんなに気分が滅入るのは、頭が漆喰の塊と化して、目に見えないだれかに金槌で割られているように痛むからだ。ゆうべブライスとコニャックのデカンタを空にしたあと、賭博場へ行き、勝ち取った額より多くの金をすってしまった。ブライスはそこまで酔っていなかったので、アレックスがアメリカ人のポーカープレイヤーにニューオリンズの屋敷を取り戻される前に賭博場から引きずり出してくれた。おぼつかない足取りでようやく帰ってきたときには、空が白みはじめていた。

厩舎に入ると、イニスは入口に背を向け、ゴールディの馬房を掃除しているところだった。アレックスは扉の陰から彼女を眺めた。身を屈めてシャベルで汚れた藁を集めている彼女の腰の丸みが、ズボンのおかげではっきりと見て取れた。アレックスの肩の上にのっている頭は、この思いがけない誘惑をすぐには認識できなかったが、もうひとつの頭は即座に反応した。アレックスは股間が硬くなるのを感じた。

まずい。イニスに惹かれるなどもってのほかだ。彼女は使用人だぞ。上流階級の人妻たちをベッドに連れこむことにはみじんも疚しさを覚えないが――結局のところ、彼女たちも誘われてよろこんでいるのだから――使用人を食い物にしたことはない。たぶん、問題の一部は、イニスが使用人だと思えないことかもしれない。馬丁だから使用人であることに間違いないのだが、イニスの態度はほかの女使用人たちとは違う。率直にものを言い、みずからことにあたる。アレックスの目を見るが、思わせぶりではない。それに、遠慮もしない。そこが魅力的に映るのかもしれない。奇妙なことに、イニスには立派な人間だと思われたかった。それも、雇い主だから尊敬されるのではなく。

物音をたててしまったのか、イニスが振り返った。無表情に頭のてっぺんからつま先までさっと眺められ、アレックスはなぜか、一晩中飲んだくれていたのを見抜かれたような気がした。いや、飲んだくれていたのは見ればわかるだろう。

「ジェイミソンは馬を蹄鉄の交換に連れていきましたけど、乗るならゼノスに鞍をつけますよ」

アレックスは、イニスが去勢馬に鞍をつけると言わなかったことに気づいた。つまり、一緒に来る気はないということだ。「いや、いい。きみに話があって来た」

イニスはアレックスをじっと見た。「あたしの仕事ぶりに不満でもあるんですか？」

「とんでもない。きみの仕事ぶりは申し分ない」

イニスはまた汚れた藁をシャベルで集めはじめた。「じゃあ、あたしにレディらしい振る舞いを教えるのをやめることにしたんですか？」

「やめるつもりはない。キャロラインが言ったことについて説明したいんだ」

イニスは作業を中断し、シャベルの柄に両手を置いた。「説明することなんかないですよ、旦那さま」

アレックスは旦那さまという言葉にたじろいだ。イニスはわざとよそよそしくして、アレックスを遠ざけようとしている。「礼儀を守りたいのなら、ミスター・アシュリーと呼んでくれないか」

イニスは眉をあげた。「上品になるためには礼儀を守らないといけないんじゃないんですか？」

アレックスは否定したかったが、キャロラインにあんなことを話されてしまった以上、否定すればイニスに勘違いされるかもしれない。むしろ、勘違いしてほしいのだが。待て。

らまだ酒が抜けていなくて、頭に靄がかかってまともに考えることができないらしい。どうや待て、勘違いなどされては困る。いや、やはり。アレックスはひたいをこすった。どうや

その手をイニスが見ているので、なにを言われたわけでもないのに、アレックスは手をおろした。二日酔いの人間らしいところをこれ以上見せつける必要はない。「いや、少し打ち解けたほうがいいと思う。きみをレディとして社交界に紹介するときには、わたしをアレクサンダーと呼ぶんだ。キャロラインのように」

「あたしに心の準備ができるまではそうしないって約束でしたよね」

「ああ、そうだ」ああ、キャロラインがあんな話をしたせいで、イニスはきっと狼の群れに放りこまれると思っている——おそらく、そのとおりになるのだが。「きみに覚悟ができるまでそばについていると請け合う」イニスが一瞬、奇妙な表情をしたが、アレックスはその意味を読み解けなかった。

「ほんとうですか？」

アレックスは顔をしかめた。「つねにそばにいると約束する」

イニスはまた一瞬、奇妙な表情をしてから、かぶりを振った。「そういうことじゃなくて。あたしは……」イニスは顔を赤らめてうつむいた。「忘れてください。あたしはお願いする立場じゃありませんし」

「お願い？」イニスは気後れしているようだった。突然、その理由がアルコールに浸かっ

た頭に染みこんできた。「心配しなくてもいい。きみをキャロラインが言っていたクラブに入れようとは考えていないから」

イニスは目を丸くして顔をあげた。「あたしだってそんなクラブに入りたくないです。あたしをどういう女だと思ってるんですか？　あたしはあなたの取り巻きの尻軽たちとは違いますから、旦那さま」

「わたしの取り巻き……」しまった。いまのはイニスに対する侮辱だ。頭の靄が晴れるまでこの話は延期するくらいの分別はなかったのか。「そんなことを言いたかったんじゃない。ぜんぜん違う。わたしは絶対に――」

「もういいです」イニスが言った。「とにかく、あたしはぴらぴらした寝間着とかいりませんから。あたしたちの契約には入ってません」

「了解した」完敗する前に撤退するのが賢明だ。「昨日はレッスンができなかった。ただ、レッスンを再開するにあたって、キャロラインは唯一正しいことを言ったと思う。きみにドレスを買ってやらなければならない」

「それは結構です。ご親切に、あたしをただ働きさせるんじゃなくて、お給金はたっぷりくださるし――」

「ジョン・アドラーがきみを奴隷扱いしていたと思うと腹が立つな」アレックスは、馬車に忍びこんでいたからというだけで、アドラーがイニスを何カ月も無給で働かせようとしていたのを思い出し、顔をしかめた。

「そのことは感謝します、旦那さ……ミスター・アシュリー。だけど、あたしはお金を貯めて、自分の服は自分で買います」

アレックスは片方の眉をあげた。「正当な給金はもらっていても、ドレスを何着か買えるようになるまでには何カ月もかかるぞ」

「何着もいらないでしょう？　ついいましがた、あたしを無理やり社交界に放りこんだりしないって約束したばかりじゃありませんか。あっさりしたデイドレスが一着か二着あれば充分です」

それだけでは足りないが、こんなことでやりあうのは無意味だ。「わかった。では、デイドレスにする。ただし、わたしが金を出す。明日、十一時に店へ行かないか？」イニスは迷っているような顔をした。アレックスは一瞬断られるかもしれないと思ったが、彼女はうなずいた。

「では、十一時に」

アレックスはこれ以上しくじりたくなかったので、うなずき返した。だが、イニスに背を向けたとたん、レースの部屋着を着た彼女をはっきりと思い浮かべることができた。

6

イニスは、厩舎を出ていくアレックスの後ろ姿をじっと見送った。むこうを向く彼は笑みを浮かべていなかったか？　いや、にやにや笑っていたかもしれない。イニスは顔をしかめ、馬糞をシャベルですくって汚れた藁の山の上に放った。ベッドの相手にするつもりはないと、何度も言われる必要はない。男たちがベッドに連れこみたがる女たちのような、ふくよかな曲線が自分に欠けていることはわかっている。

べつに、アレックスのベッドに連れこまれたいわけではない。そう、ありえない。彼の友人のキャロラインが言うには、悪名高い女たらしとのことだし。イニスはまたシャベルで馬糞をすくって放った。それも、女が群がる女たらしだ。彼の技巧のすばらしさを知っていることを自慢しあう女性たちのクラブまであるという。

イニスは手を止め、また顔をしかめた。すばらしい技巧ってどんなこと？　発情期の動物の交尾なら何度も見たことがある。さほど素敵な感じはしなかった。おじの田舎の屋敷の納屋で、乳搾りの娘と厩舎で働く若者が交わっているところにうっかり踏みこんでしまったこともある。娘のスカートはまくりあげられ、ズボンをおろした若者の白い尻がポンプのハンドルのように上下していた。ふたりとも餌をむさぼっている豚のようなうめき声をあげていて、イニスが入ってきたことにまったく気づいていなかった。あれも、とくに素敵な光景ではなかった。どうしてあんなことをしたがるのかわからないし、ましてやあんなことをしたのを自慢する意味はもっとわからない。アイルランドの貴族の女性はたいてい世間ずれして飽きっぽいが、イングランドの貴族階級の女性のほうがその傾向が強いのではないかと、イニスは思っていた。けれど、アレクサンダー・アシュリーのなにが、彼女たちが興奮させ、二度目の情事を求めてたがいに競わせるのだろう?

イニスはシャベルを置き、手押し車を取りにいった。アレックスの高い頬骨、まっすぐな鼻筋、ふっくらとして大きな口、長めの黒っぽい髪がひたいに垂れかかる様子など、たしかに魅力的ではある。暗がりでよろけるほど眼が悪くないかぎり、どうしたってそういうことには気づく。それに、長身で肩幅が広いのに、大きな猫のように物腰が優美だ。若いデビュタントたちは彼のことを凜々しい騎士のように思い、ため息をつき、彼がダンスカードに名前を書いてくれようものなら失神しかねないだろう。彼は口がうまいし、頭も切れる——ただし、今回のようなことをたくらむとは、頭がどうかしているのではと思わざるをえないけれど。

また、アレックスは賭博好きでもある。賭けの賞品としてここへ連れてこられたイニス自身が生きた証拠だ。しかも、アレクサンダー・アシュリーは危険な賭けを好むらしい。上流階級の人妻たちを計画的に攻略して、火遊びどころか炎上させている。上流夫人たちをベッドに連れこむだけでも不埒なのに、ひとりひとりに部屋着を贈る？　まっ、たく、同じ品物を？　爵位のある夫たちに知られたらただではすまされまい。

イニスはこんなことを考えるのはやめようとかぶりを振った。アレックスがなにをしようが関係ない。なんと言っても彼はまごうかたなき放蕩者で、女性たちをその魅力で虜にしている。女性たちを魅了する彼の魔法にかかってはいけないと、イニスは自分を戒めた。明日、一着だけドレスを買ってもらい、あとでかならず代金を返す。そうすれば、部屋着など入りこむ余地はない……シルクやレースやなにかは。

翌朝アレックスは、イニスにはどれくらい待たされるのだろうと思いながら、十一時五分前に玄関へ出ていった。たいていの女性は、約束の時刻に最低でも二十分から三十分は遅れて現れる。だから、すでに玄関で待っているイニスを見た瞬間、アレックスは驚いたが、うれしくなった。

見たところ、イニスの着ているドレスはまったく体に合っていなかった。簡素なモスリンのドレスは女中のファーンのもので、イニスの細い体には布袋をかぶせたようにぶかぶかだった。今日の外出に備えて、あらかじめキャロラインにドレスを貸してほしいと使いを送ればよかったのかもしれないが、彼女はファーンより背が高く、体つきも豊満だ。イニスはますますやせっぽちに見えただろう。彼女の足元を見おろすと、ファーンに褒美で与えた上靴を履いていたのでほっとしたが、やはりサイズがかなり大きすぎる。

「自分の服を着たかったんですけど」アレックスの頭のなかを読み取ったかのように、イニスが言った。

アレックスはかぶりを振った。「ズボンで馬に乗るのはかまわない。だが、ズボンをはいたきみにリージェント・ストリートを歩かせるわけにはいかない。人目を引くからな」

「こんな格好も悪目立ちすると思います」

「外に出るのは馬車から店まで歩くときだけだ」アレックスはエルシーから借りたショールをイニスに渡した。「その店で、もうすぐ好きなだけドレスを選べる」

「一着あれば充分です」イニスが片方の足をあげると、上靴がかろうじてつま先に引っかかった。「それから、靴も買ったほうがいいかも」

まずい。イニスはストッキングをはいていなかった。アレックスには、彼女の華奢な足首の骨や、小さな足の白い肌が見えた。すべすべしたふくらはぎから太腿をなであげるところが思い浮かび、股間がぴくりと動いた。ごくりと唾を呑みこむ。「ストッキングをはかないと靴擦れができるぞ」

「そんなもの持ってません。ウールの靴下はこの上靴に合いませんから、はきませんでした」

おそらく下ばきもはいていないのだろう。ほっそりした両脚の付け根にある熱い部分が思い浮かんだが、アレックスはそのみだらな想像を押しやった。ふたたび下半身が勝手に動いたので、あわててドアのそばのコート掛けから外套をひっつかみ、ふくれあがった股間を隠した。「では、出発しよう」

アレックスはイニスの先に立って階段をおり、二頭の栗毛をつないだ馬車へ歩いて行った。イニスは馬がしっかりとつながれているか確かめようとしたが、アレックスは彼女の腕に触れて制止した。「今日は馬を見なくてもいい」

彼女はしかめっつらになった。「念のためです」

「町の外へ出かけるならいい心がけだが、リージェント・ストリートに近づくほど亀の歩みよりのろのろ進むはめになる。馬車が止まっても、軽い揺れくらいしか感じないさ」

「でもやっぱり、そんなことになってほしくないです」イニスは答え、馬車の扉をあけてはしご段をおろした。

アレックスは先に乗りこみ、イニスに手をさしのべた。「ほら、つかまって」

イニスはあきれたようにアレックスを見た。「あたしが自分で馬車に乗ることもできないと思ってるんですか？」

「そんなことはないが、レディは紳士の手を借りるものだ」アレックスはにっこり笑ってみせた。「レッスンその一だ」

イニスは口をあけ、また閉じると、アレックスの手に自分の手をあずけた。彼女の手は小さかったが、握り返すその力は意外なほど強かった。また、指先に硬いまめができかけていたので、あとで丈夫な革手袋を用意してやることと頭のなかに書きとめた。

向かい合ったふたりを乗せた馬車は、ケンジントン・ハイ・ストリートを走っていった。イニスは窓の外を流れていく風景を見つめていたが、彼女がほんとうに風景に目を奪われているのか、それとも会話を避けようとしているのか、アレックスには量りかねた。ショッピングを楽しみにしているようには見えないのはたしかだ。アレックスの知るかぎり、若かろうが年を取っていようが、女性ならだれでも新しい服を買うのが好きだ。イニスは人一倍プライドが高く、他人に服を買ってもらうのをいやがっているが、今回はやむをえない。彼女もそこを理解しなければならない。イニスが雑嚢(ざつのう)に入れて屋敷へ持ってきたズボン二着とシャツ二枚だけで過ごしていたことに気づかなかった自分はばかだ。いつも清潔なのは、毎晩シャツを洗濯しているからに違いないのに。

イニスにどこまで教えたいのだろうか――教えなければならないのだろうかと、アレックスは考えた。おそらくアイルランドの小作農だった移民の親を亡くした娘は、馬車に乗るのに男の手を借りることにも慣れないかもしれない。上流階級の令嬢たちは、応接間のドアすら自力であけられないかのように振る舞う。ましてや、馬車の扉をあけてはしご段をおろすわけがない。噂好きな連中が気づくのは、そのようなささいなことだ。先ほど自分の手にしっくりとおさまったイニスの小さな手を思い出し、アレックスはひそかに頬をゆるめた。温かくしっかりとした小さな手からは、やはり心地よい温もりが伝わってきてアレックスの全身に広がった。レッスンの時間を最大限に活用すれば、彼女にもっと触れることができるかもしれない。

馬車が速度を落として止まった。イニスがついに振り返った。「着いたんですか？」

「ああ」アレックスが答えたと同時に、御者が扉をあけた。アレックスは先に降りて手をさしのべた。今回はイニスも実に優雅な物腰でアレックスに手をあずけ、はしご段をおりた。呑みこみが早い。「ここが例の仕立屋だ」

イニスが目を丸くした。「マダム・デュボアの？　部屋着の仕立屋さんですか？」

彼女がすぐさま馬車に戻ろうとしたので、アレックスは手を放さなくてよかったと思った。もう片方の手で彼女の肘をつかみ、逃げられないように店の入口へ引っぱっていった。必死に笑いを嚙み殺した。「部屋着はいらないんだろう？」

イニスは青い炎が噴き出しそうな目でアレックスをにらみつけた。「いりません」

アレックスは口元がぴくりと動くのを感じた。部屋着をまとったイニスはさぞ美しいことだろう。

イニスはなんとか怒りをこらえながら、店の入口へ引っぱられていった。アレックスはいかにも育ちのよさそうな手の持ち主だが、握力は強かった。馬車に戻ろうとしたときも彼に阻止され、御者も空いている場所を探して馬車を移動させてしまった。馬車がすぐさまふたたび発進したのは、この店に入りたがらないのをアレックスに読まれていたからではないだろうか。

部屋着はほしくないことは、はっきりさせておいた。もっとも、アレックスのほうも、イニスにそんな贈り物をやるつもりなど毛頭ないとはっきり言っていた。それなのになぜ、アレックスが愛人に服を一揃い買ってやろうとしていると店主に勘違いされるに決まっている店に来ているのだろう？

「緊張しなくてもいい」店に入りながら、アレックスがささやいた。

イニスは言い返しそうになったのをこらえ、店内を見まわした。片側のウィンドウに飾ったマネキンには、杏色のシルク地のボディスに象牙色のレースを重ねた短いパフスリーヴの素敵な夜会用ドレスを着せてあった。ハイウェストのスカートは、裾まで届くサテンの花綱（はなづな）に覆われている。ダンスフロアで踊り手は花吹雪に包まれているように見えるだろう。ドアを挟んだ反対側のウィンドウには、深いバーガンディ色の乗馬服を着たマネキンがポーズを取っていた。ベルベットのスペンサージャケットには金色の飾り紐と真鍮のボタンがあしらわれている。何台ものテーブルには数えきれないほどの反物が積まれ、一面の壁はリボンやボンネットの飾りで埋まっていた。

白髪交じりのぽっちゃりとした女性が、笑みを浮かべてせかせかと近づいてきた。

「ムッシュー・アシュリー。ご機嫌いかが（コマンタレヴ）？」

「悪くないよ、ありがとう、マダム・デュボア。ぜひお願いしたいことがあるんだ」アレックスはイニスを身振りで示した。「友人のミス・オブライエンだ」

「かしこまりました」マダムはイニスに目をやり、眉をかすかにひそめてぶかぶかの服を眺めてから、アレックスに向きなおった。「一式そろえましょうか、ムッシュー？」

「ああ、頼むよ」アレックスが言った。

「いえ、いりません」イニスは言った。

　ふたりを交互に見やったマダム・デュボアが、ちらりと意外そうな顔を見せた。用途に合わせた何十着ものドレスをいらないなどという女性は、マダムの客にはいないのだろう……それに部屋着。イニスはそう思い、とたんに顔が熱くなった。みすぼらしい格好で裕福な男性に伴われ、衣装一式をあつらえてもらおうとしている自分は、間違いなく不本意なラベルを貼られている。マダムの表情は自然で、なんの偏見も見て取れないが、そんなことは関係ない。アレックスは明らかに上客だ。マダムはいままで彼の愛人のために部屋着を何着仕立てたのだろう？

　イニスは胸を張った。「デイドレス一着でいいです」

「三着だ」アレックスが言った。

「かしこまりました（ウイ）。寸法をお測りしましょうね」マダム・デュボアはたんたんと答えると、店の奥へ行ってカーテンを引いた。「こちらへどうぞ（シルヴプレ）」

イニスはしぶしぶそちらへ歩いていき、アレックスが後ろからついてくることに気づいて、足取りをますますのろくした。声をひそめて彼に言った。「ここで待っててください」

アレックスは片方の眉をあげた。「どうして？」

イニスはアレックスをぽかんと見あげた。見物してもいいと思っているなんて、とんでもない遊び人では？　この人の愛人たちはそういうのを楽しめるのかもしれないけれど、わたしは違う。「いけないことだから」

「マダム・デュボアもお針子たちも、男性客が品定めすることには慣れているぞ」

「愛人に買ってやる場合はそうでしょうけど」イニスは噛みつかんばかりに返した。「あたしは愛人じゃないし、愛人だと思われたくもないです」

アレックスはおもしろそうな顔をした。「マダム・デュボアは口が堅いと言っただろう。悪い噂が立つ恐れはない」

でも、わたしの尊厳はどうなるの？　ただでさえドレスを作るのに寸法を取られるのは嫌いだ。お針子に貧弱な体つきを嘆かれたり、腰の丸みがないと舌打ちされたり、小さな胸をごまかすためにフリルやレースの肩掛けでボディスをごちゃごちゃ飾られたりでいたたまれない。アレックスに見物されるのはやっぱりいやだ。

「だめです」

アレックスはため息をついた。「ほんとうに頑固だな」

「いつもそう言われます。シュミーズ一枚の自分は見せたくないんです」

また彼はおもしろそうな顔をしたが、了解したとうなずき、早口のフランス語でマダムになにか言って立ち去った。

イニスはほっとし、マダムを追って奥の部屋へ入った。そこでは数人のお針子が忙しそうに働いていた。マダムが両手を打ち鳴らすと、ひとりのお針子がやってきた。お針子は矢継ぎ早のフランス語の指示にうなずき、カーテンのむこうの反物が置いてある部屋へ消えた。

寸法を測る場所はカーテンで仕切ってあり、外から見えないようになっていたので、イニスはありがたく思った。お堅く気取るわけではなく、女らしさに欠ける体つきを揶揄されるのがいやなだけだ。それに、いまはストッキングもはいていないし、目の粗い生地のドレスを着ているので、アレックスに街角で拾われたかのように見える。なんにせよ、マダム・デュボアは職業柄、イニスが裸足でいることも、ぶかぶかの古びたシュミーズを着ていることにも気づかないふりをしてくれた。

そのとき、色とりどりの反物を十本ほど抱え、ほとんど姿が見えなくなっているお針子が戻ってきたので、イニスは息を呑んだ。

「ドレスは一着でいいんですけど」

「ムッシュー・アシュリーが、あなたに色と素材を選んでほしいとおっしゃってるのよ」マダム・デュボアが言った。「どれがお好き？」

イニスは、お針子が隣のテーブルに並べた反物を眺めた。素材は――麻、上等なモスリン、やわらかなウール――デイドレスにちょうどいい。サテンのシルクだのベルベットだのはない。ということは、アレックスも衣装箪笥が一杯になるほどの衣装を押しつける気はないのだ。生地の色は、淡いブルー、ライラック色、明るいグリーンや黄色。ありがたいことに、お針子は赤毛と衝突するピンクは避けてくれた。

「ライラック色がいいです」イニスは密に織られたやわらかな麻の反物を指さした。

マダム・デュボアはうなずいた。「素敵な選択ですわ。ほら、鏡をごらんになって」

イニスは、マホガニーの枠にはまり、鉤爪で玉を握っている意匠の猫脚四本に支えられたチッペンデールの姿見のほうを見た。マダムは黄色いモスリンを掲げた。「これもお似合いだと思いますよ」と言い、それを置いてグリーンの反物を取った。「これだけ明るいグリーンなら、御髪に混じった金色が引き立ちますわ」

イニスは自分の髪に金色が混じっていたとは知らなかったが、マダムがグリーンの生地を広げたとき、たしかにそのとおりだと思った。

「やっぱりライラック色はやめて、こっちにしようかしら」

姿見の場所がもう少しずれていたら、アレックスがカーテンをあけてイニスがシュミーズ姿で立っているところを、視界の隅でとらえることができなかったかもしれない。彼に気づいたとき、イニスはとっさに体を隠したくなった。ドレスをひっつかみ、部屋から逃げ出したかったが、ドレスのある場所は離れているうえに、体が動いてくれなかった。まるで操り糸をきつく引っぱられた木偶になったような気持ちで、鏡を見つめて突っ立っていることしかできなかった。

アレックスはまったく意に介さないようだった。「むこうでこれを見つけたんだが」ロイヤルブルーのサテンの反物を広げて近づいてくると、イニスの肩に掛けた。彼の指が腕をさっとかすめた瞬間、麻痺していた感覚が一気に戻ってきた。すぐそばに彼の存在を感じ、彼のにおいが――さわやかな石鹸と革の香りがした直後、彼はイニスの反対側の肩越しに腕をのばし、サテンの生地でイニスの胸を完全に覆った。

「この色はきみの瞳をサファイアのように輝かせるだろう？」

イニスにはほとんど聞こえていなかった。シュミーズ一枚でアレックスの温かなにおいにすっぽりと包まれているせいで、どうにもいたたまれなかった。ちょっと体を動かしたが、それが間違いだった。ああ、助けて。彼のウールの外套にむき出しの腕を軽くなでられ、そのうえオークのドアのようにがっしりとした胸板に背中が当たってしまった。アレックスが布の位置を直そうとして体重を移動させたとき、イニスの膝の内側に彼の脚が触れた。とたんにイニスの膝はバターに変わってしまい――あっというまに溶けていく

——全身が彼の体が発する熱に覆われた。サテンの生地がロープのような縛めとなり、イニスは逃げ出すこともできず、完全に捕らわれていた。

「おっしゃるとおり(アブソリュ)ですわ」マダム・デュボアが大声で応じた。「サファイアのネックレスを合わせたらいかが？」

アレックスはうなずいた。「いいな」

親指でネックラインを軽くなぞられ、イニスは息を止めた。硬いまめができている親指と喉元のやわらかな肌が、心地よい摩擦を生んだ。アレックスが身を乗り出すと、温かな吐息がイニスの耳をくすぐった。「ダイヤモンドをつなげた一連のネックレスはどうだろう？　いいと思わないか？」

イニスが鏡を見ると、アレックスと目が合った。いま、彼の目は森の色になり、片方の眉が問いかけるようにあがっている。イニスの返事を待っているのだ。なにを尋ねられたのだったかしら？

「サファイアとダイヤモンドですわね。完璧(パルフェ)」マダム・デュボアが言った。

宝石。宝石の話をしていたのだ。アレックスがサテンの布をおろし、後ろにさがって反物に折り重ねはじめたとき、イニスの頭はふたたび作動しはじめた。ドレスをつかんで頭からかぶると、髪をとめていたピンがはずれた。髪が全方向にばさりと流れ落ちた。イニスは頭を振って目にかかった髪を払いながら、ボディスのボタンをかけようとした。ありがたいことに、使用人用のドレスは前にボタンが並んでいたので、助けは必要なかった。だが、指が震え、ようやくボタンをかけ終えたと思ったら、いちばん上のボタンホールが余っていた。それでも、このいまいましい作業を最初からやり直すつもりはなかった。肩をそびやかし、顎をぐいとあげた。

「サファイアとダイヤモンドはいりません、旦那さま」イニスは、マダム・デュボアが受け取ったブルーのサテン地を見やった。ほんとうにきれいな色だ。「それに、舞踏会のドレスもいりません」

「いや、必要だ」アレックスが言った。「いつまでもきみを隠しておく気はないぞ」

「ちょっと失礼（エクスキユゼモワ）」マダム・デュボアが如才なく言った。「帳簿を確認してまいりますわね」

イニスはマダムが声の届かないところへ行くのを会った。「じゃあどうする気ですか、ミスター・アシュリー？」

「アレクサンダーと呼んでくれ」アレックスはイニスの手を取り、甲に軽くキスをした。

「あのブルーを着たきみはきっときれいだぞ」

イニスはさっと手を引いたが、アレックスの唇のほんのりとした温もりはアイロンの熱のように肌を灼き、とうに腕へ広がっていた。なんてこと。扇子と気付薬の手放せない、にこにこ笑うしか能のないデビュタントじゃあるまいし。次の愛人にしてもらおうと順番を待っている女でもない。

「お世辞もいりません。あたしは自分がなにを承知したかわかってます」イニスはアレックスを見た。「なにを承知してないかもわかってます」

彼の顔に奇妙な感情がよぎった。それがなにか、イニスには読み解けなかった。彼の返事も、わけがわからなかった。

「まあいいだろう」

くそっ。あの娘に触れたのは間違いだった。アレックスは、御者にイニスを屋敷へ連れ帰るように命じたあと、近くにある紳士クラブ、ホワイツまで歩いた。いまはイニスと狭い空間でふたりきりになると、自分がなにをしてしまうかわからなかった。

午後のこんな早い時間にアレックスが現れたので、クラブのドアをあけた従僕や飲み物の注文を取ったウェイターは驚いたかもしれないが、表情は変えなかった。もちろん、よいサービスとはそういうものだ。自分の顔にも内心の動揺があらわれていなければいいのだがと、アレックスは思った。

クラブは空いていたが、アレックスはメインの部屋の隅の席に座った。こんなときに、社交を求めてやってきた上流階級の相手をするのは面倒だ。なにより、ミランダの夫のベントン伯爵に出くわしたら最悪だ。逢い引きのあと、ミランダは二度手紙をよこした。一通目は、表向きは夜会に出席したことへの礼状だったが、ベッドをともにできてよかったというメッセージが暗にこめられていた。二通目はもっと大胆だった。偶然を装って公園で会えないかというものだった。アレックスはどちらにも返信しなかった。ミランダも、アレックスが戻ってこないことはわかっているはずだ。それでも、いまは彼女の夫に礼儀正しく振る舞う気にはなれない。

ウェイターがブランデーを置き、声をかけずにそっと立ち去ったので、アレックスはほとんど気づかなかった。これもよいサービスだ。チップをはずまなければならない。アレックスはグラスを取り、中身を二周まわしてから、上品とは言えないほどの量を一気にあおった。ブランデーがするすると喉をすべり落ちてから、一瞬おいて胃袋がぽっと熱くなった。

アレックスのなかで燃えているのはブランデーだけではなかった。もう一口、先ほどよりは少ない量を飲み、詰め物をした革の椅子に背をあずけた。もともとはイニスにまともな服を仕立ててやるつもりで、それ以上のことは考えていなかった。だが、あのブルーのサテン地を見つけた瞬間、それで仕立てたドレスを着た彼女が目に浮かんだ。できれば、兄の主催する舞踏会にそのドレスを着せて連れていきたい。けれど、反物をカウンターに置き、マダム・デュボアが出てくるのを待っていてもよかったはずだ。それなのに、見えない手に押されたかのようにカーテンの前へ歩いていき、いたずら鬼に頭を乗っ取られたのか、反物を持っていくのを口実に奥の部屋へ入ってシュミーズ姿のイニスを見てしまった。

こんな愚かなことをしたのは、オックスフォードを卒業して以来はじめてだ。

それだけではない。衝動を抑えきれず、イニスに近づいて生地を肩にかけた。そして彼女の素肌に軽く触れてしまい、歯止めがきかなくなった。イニスを抱きこむようにして、甘く温かな女らしい香りを吸いこんだ。イニスが後ろによろめいたとき、サテンの生地を利用してわざと彼女を引き寄せた。かわいらしい尻がぴったりと当たり、薄いシュミーズ越しに彼女の体温を感じた。ありったけの自制心を振り絞り、両手で彼女の乳房を揉み、乳首をとがらせたいのを我慢した。やわらかな耳たぶに歯を立てたいのをなんとかこらえ、指を喉に這わせるだけですませた。

記憶にあるかぎり、これほどだれかをほしいと思ったことはなかった。だが、イニスは使用人であり、その彼女を食い物にするのは間違っている。

イニス本人にもはっきりと言われた事実だ。

アレックスはため息をつき、グラスを空けて二杯目の合図をした。夜までここでだらだらと酒を飲むことにしよう。

そのほうが、屋敷に帰るより安全だ。

7

イニスは試着の旅から帰ってきて、ダンズワース・ハウスの玄関前で馬車を降ろされたとき、なんだか笑いだしたくなった。だが、貸し馬車の御者はイニスが馬丁であり、屋敷の客ではないのを知らなかったのかもしれない。

御者台から降りた御者は、馬車の扉をあけてはしご段をおろした。イニスは馬車を降りながら、きっとアレックスが御者にチップを渡してこうするよう命じたのだろうと考えた。いや、御者はダンズワース・ハウスがあまりに立派なのでびっくりしたのかもしれない。どちらにしても、御者はイニスが玄関の巨大なドアのなかへ入っていくのを待っているので、裏の厩舎へ向かうわけにはいかない。とは言え、執事のエヴァンズが玄関をあけて、突っ立っている自分を見つけたらどう思うか。よく思わないのはわかりきっている。

イニスは御者に笑顔で言った。「ありがとう。そこで待ってなくてもいいわ」

御者は動かなかった。「お嬢さんが屋敷に入るのをちゃんと見届けろって、さっきの旦那に言われてるんで」

いまいましいアレクサンダー・アシュリー。これもまた、行儀作法のレッスンなのだろう。レディは裏口から屋敷に入らない。ぶかぶかの服を着ている自分はレディには見えないのに。イニスは偽の笑顔を保った。「そう」

向きなおって階段をのぼり、ずっしりした真鍮のノッカーを持ちあげ、二度ノックした。ドアがさっと開いたということは、エヴァンズはドアの両脇にある中方仕立ての窓のどちらかからなりゆきを見ていたのだろう。

エヴァンズはイニスの前に立ちはだかり、外を見まわした。「旦那さまは？」

「どこに行くか教えてくれませんでした」イニスは一瞬、エヴァンズが通してくれないかもしれないと思ったが、いつも無表情な彼がほんのわずかに片方の眉をあげ、脇にさがった。イニスは笑みを噛み殺した。きっとエヴァンズは、馬丁のためにドアを、それも正面玄関のドアをあけてやるなんて体面にかかわると思っているはずだ。お高くとまった使用人は、お高くとまった貴族より始末に負えない。執事はその最たるものだ。おじの執事も高圧的だったが、もちろんイニスに対しては違った。イニスはエヴァンズにごく小さくうなずいてみせ、颯爽とした足取りで彼の前を通り過ぎた。ドアが閉まると同時に、エヴァンズがむっとしたように息を吐いたのがわかったが、イニスは振り向かなかった。

自室に戻り、急いでシャツとズボンに着替え、厩舎へ向かおうとしたとき、開け放っておいたドアをエルシーがノックした。

「使用人の半分があんたのことで騒いでる」エルシーは言いながら入ってきた。

「どうして？」

「ファーンがみんなに言いふらしたの。ゆうべ、旦那さまがドレスを借りにきたって」エルシーはくすくす笑った。「まるで、いま着ているものを脱げって言われたみたいに話したのよ」

イニスは顔をしかめた。そんなことは想像もしていなかった。「ほんとにそうじゃないの？」

「まさか」エルシーはぶんぶんとかぶりを振った。「旦那さまは絶対に使用人を食い物にしたりしない」

イニスは唇を嚙んだ。今日、アレクサンダー・アシュリーは間違いなく奥の部屋にずかずか入りこんできて、シュミーズ姿のわたしを見たわ。遊び人の彼がわざとそうしたのはわかっている。彼の腕に包まれたときのことを思い出し、つかのま体が熱くなった。ああ。いま深呼吸すれば、彼が触れた肌からまだコロンの香りを嗅ぎ取ることができそうだ。イニスは思わず深く吸いこみかけた息を止めて吐き出した。「ミスター・アシュリーは、あんたにはまだ手を出そうとしないの？」

エルシーはぎょっとした。「手を出す？　そんなことするわけないでしょう？」

それもそうだ。キャロラインの話では、アレックスは上流階級の奥方の相手で忙しいようだから。「ミスター・アシュリーは色ごとが好きだって噂を聞いたものだから」

「上流の人たちはそういうものでしょ」エルシーは肩をすくめた。「でも、あたしたちのほとんどは、旦那さまがほかの貴族とは違って、あたしたちを大事にしてくれるからここで働きたいのよ」

それは事実だ。彼が使用人を侮辱したり、不必要な命令をしたりするのを見たことはない。「そんなら、なぜみんなが騒ぐの？」

「あんたよ」エルシーはにんまりした。「今日、旦那さまがファーンのドレスを着たあんたを馬車に乗せて出かけたのをみんな知って……もっぱらその話題で持ちきりよ」

どんな話題か想像はつく。使用人たちになんらかの説明をしなければ、アレックスに操を捧げただの、愛人になろうとしているだのと思われてしまう。新しいドレスが届こうものなら、ますます噂を助長するだけだ。ブルーのドレスはもちろん隠しておかなければならない。

「ミスター・アシュリーがあたしを教育したがってるって話したの覚えてる？　あたしの訛りをどうにかしたがってるって」

エルシーはうなずいた。「覚えてるわ」

「で、ミス・ナッシュが来たでしょ？」エルシーがまたうなずいたので、イニスはつづけた。「で、ミス・ナッシュが考えたんだ。ズボンじゃない格好でレッスンを受けたほうがいいって。でも、あたしはミスター・アシュリーにドレスなんかいらないって言ったのよ」

エルシーはその説明に納得したようだった。「旦那さまは気前がいいものねえ」

「ドレス代は、お給金から返すつもりなんだ」イニスは言った。あとでエルシーがほかの使用人たちにそう話したら――おそらくみんな下で待ち受けているだろうからそうなるに決まっている――ドレスはなにかと引き換えにもらった贈り物ではないと理解してもらえたか確かめたい。

「ファーンに、ドレスは洗濯して返すって伝えてちょうだい」アレックスは靴職人のところへは連れていってくれなかったので、ぶかぶかの靴は取っておかなければならない。

「返さなくてもいいわ」エルシーが言った。「ドレスはあんたのものよ。ご主人さまが半ギニーで買い取ったの」

イニスは自分の目が丸くなるのを感じた。「半ギニー？」なんてこと。あの粗い毛織りのドレスと履き古した靴にはそんな価値などない。そんなに払ったら、ますます変な噂が広がってしまうではないか。

エルシーがうなずいた。「ファーンはほくほくよ」

「教えてくれてありがとう。それも旦那さまに返さなくちゃ」力なく笑うのもやっとだった。「早く厩舎に行ってお給金の分、働かなくちゃ」

ふたりは部屋を出て使用人の部屋のある階におり、エルシーは厨房へ、イニスは厩舎へ向かった。夕食の時間に広い厨房でほかの使用人たちと顔を合わせるころには、午後にはじまった噂はすっかりゆがんで広がっているかもしれない。自室にパンとチーズを持っていきたいが、隠れるのはかえってよくないだろう。できるだけ早いうちに、アレクサンダー・アシュリーは正しい礼儀作法を教えてくれようとしているだけで、それ以上のことはなにもないのだと、使用人たちに直接伝えたほうがいい。

　イニスは馬丁だ。だれよりもイニス自身がそのことを忘れてはならない。マダム・デュボアの店の奥で起きたことばかり思い出しているのではなく。

　ミランダは、つまらない茶会が終わって辞去するまで完璧な表情と態度を崩さず、地獄のような数時間を耐えた。

　馬車に乗りこみ、詮索好きな目や耳から逃れたミランダは、怒りを発散させた。手をのばして窓のカーテンを引き破り、爪を食いこませた。日にさらされて脆くなっていた生地はたやすく裂けた。ミランダはものを引き裂くのが好きだ。なにかを引き裂いて価値のないゴミにすると、このうえなくすっきりする。つかのま、いつも手さげ袋（レティキュール）に入れているペンナイフを取り出し、革の座席に突き刺して深く切り裂きたいという気持ちに駆られた。だが、自分の手を止めた。間抜けな夫は、猫が馬車に入りこんでカーテンを破ったのだと言われれば信じるかもしれないが、猫が革の座席をめちゃくちゃにしたとはさすがに思わないだろう。むしろ、また医師を呼んで、ミランダに薬を飲ませようとするはずだ。

阿片チンキで頭をぼうっとさせて横にならなくても結構だ。ただでさえ、ベントン伯爵との毎日は退屈なのに。それに、精力旺盛な男と情熱的な一夜を過ごしても癒やされないからといって、自分は病気でもなんでもない。

アレクサンダー・アシュリーのような男と。

ミランダはふたたびぼろぼろになったカーテンを引っかいた。爪が引っかかって割れ、血がにじんでもかまわなかった。ジャネット・コンプトンのたくらみのせいで、ミランダはメラニー・リンフォードがアレックスの完璧な性的技巧を楽しんだことに気づいた。あばずれメラニーは、あろうことか頬を赤らめていた。メラニーが何人も愛人を作っていることはたしかなので、あんなふうに頬を染めたのは、アレックスがひとり目だからではない。間違いなく、彼のしたことを思い出したからだ……ミランダは、ぼろきれと化したカーテンを丸めて床に投げ捨てた。ミランダ自身、彼の男性のしるしの大きさはもちろん、手と口が才能にあふれていたことまでまざまざと思い出せる。ミランダが先に絶頂に達しても、アレックスはやめなかった。ミランダはさらに二度もよろこびの極致を味わわされ、最後には気絶しかけた。アレクサンダー・アシュリーは悪魔並みの体力の持ち主だった。

彼はわたしのものになる。

アレックスが二度と来てくれないとは、ミランダは一瞬たりとも信じなかった。あのばかげたクラブの女たちは、アレックスが一度しか寝てくれないことを嘆き、ため息をついているが、きっとミランダのように男をよろこばせるすべを知らないのだ。それでも、あの夜以来アレックスが連絡をよこさないのはなぜか、ミランダもずっと考えていた。いまではその理由がわかる。あの赤毛の無作法な娘が、アレックスをがっちりつかまえているからだ。

馬丁ですって。そんな嘘臭い説明など聞いたことがない。アレックスは信じてもらえると本気で考えているのだろうか？　もちろん、舞台女優に懸想しているなどと認めたくはないだろう。マダム・デュボアの店に連れていかせるくらいなのだから、あの娘はよほど演技が上手なのだ。どうしてあんな下品な娘にそこまでしてやるの？

そのとき、ミランダはあることを思いつき、衝撃のあまり座席の上で倒れそうになった。あの赤毛娘がほんとうにアレックスの愛人だったらどうしよう？　ただの気の迷いではなかったら？　ああ、ひどい。アレックスはあの娘に簞笥いっぱいの衣装をそろえてやるつもり？　もしかしたら、とうにメイフェアのはずれに小さな家を買ってやって、お手当を渡しているかもしれない。

ミランダは目をつぶり、あの小娘の顔をめちゃくちゃに引っかくのを想像した。深呼吸をして目をあけたと同時に、馬車が屋敷に到着し、速度を落として止まった。妹がダンズワース・ハウスの仕事に応募したと、侍女が話していたのを思い出した。そのときは聞き流した。その侍女の妹は――たしか、ファーンという名前だった――雇われたかもしれない。もしそうなら、その娘を通してなんらかの事実を手に入れることができるのではないか。

ミランダはほくそえんだ。愛人だろうが、邪魔はさせない。

8

金曜日、イニスはゴールディを馬房に入れながら、アレックスに婦人服店へ連れていかれたことを大げさに考えすぎたかもしれないと思った。自分がなにを承知してなにを承知していないかわかっている、なんて言うべきではなかった。月曜日以降、アレックスは顔を合わせるたびに礼儀正しく振る舞った。もっとも、彼は今週ほとんどをフリート・ストリートの事務所で過ごしていたので、めったに会うことはなかったのだけれど。

恥ずかしさに頬が熱くなった。アレックスは、個人的な興味があるようなそぶりはみじんも見せなかった。ブルーのドレスを着たきみはきっときれいだと言われたことを思い出してばかりいるのはイニスのほうだ。きれいだと言ってくれた人はいままでひとりもいないのに、アレックスはそう言った。彼の両腕に包まれ、花崗岩のような胸板に背中が当たったとき、自分はやせっぽちなのではなく、女らしく華奢なのではないかという気がしたのが忘れられなかった。

昨日の午後、キャロラインがやってきて、噂がすでに広まっていると言ったのも気になる。キャロラインはアレックスの留守を知ってうろたえた様子で、すぐに帰ってしまったので、イニスはどんな噂が広まっているのか尋ねることができなかった。それに、ああ、ほんの一瞬、上流階級の淑女たちの頭のなかでは、自分がアレックスを夢中にする女になっているのを想像し、楽しくなってしまった。

イニスはゴールディにブラシをかけ終えたが、ため息をついてぐずぐずと馬をなでていた。「あなたのご主人さまは魔王並みの魔力を持ってるわね」小声で馬に話しかけた。「あの人の頭に角（つの）が生えても驚かないわ」

「安心しろ、わたしの頭に角は生えない」

イニスはゴールディのたてがみに触れたまま凍りつき、振り向くこともできずに目を見ひらいた。しまった。

「わたしが魔力を持っているというのは、ほめ言葉と受け取っておこう」背後でアレックスが言った。

彼が近づいてくる。馬房の藁に火がつくのではないかと心配になるほど、イニスの顔は熱くなっていた。

「悪魔がそれほど魅力的なのかどうか、わたしにはわからないが」アレックスは話しつづけた。

彼は立ち去る気がないようだ。逃げ場がない。でも、いつまでも馬房に突っ立ち、ゴールディの背中越しに壁を見つめているわけにもいかない。イニスは深く息を吸って振り返り、ついさっきまで思い浮かべていた岩のような胸板にまたぶつかりそうになった。ごくりと唾を呑む。「べつに、旦那さまを悪魔呼ばわりしたんじゃありません」

アレックスは頬をゆるめた。「もっとひどい名で呼ばれたことがある」身を屈めた彼の前髪がはらりと垂れ、イニスの鼻をくすぐった。彼はイニスの空いているほうの手を取った。

「あの……なにをするんですか？」

「わたしに角があるかどうか確かめさせてやろう」アレックスはイニスの手を自分の頭に当てた。

アレックスの髪のなかで指が勝手に丸まった。ああ。髪は絹糸のようにやわらかく、彼が使っている石鹸の清潔な香りがした。

「角はあるか？」温かく官能をそそる声が、耳のすぐそばで聞こえた。「好きなだけ探してもいいぞ」

だめ。わたしはなにをしているの？　イニスは、べつの生き物になってしまったような自分の手を見つめていた。ほんとうに、自分の手ではなくなってしまったのかもしれない。指はアレックスの頭皮を揉み、うなじへおりていく。イニスはさっと手を引いた。今度こそ、火照った顔が藁を燃やしそうだ。

「すみません――」

「謝るな」アレックスが体を起こした。一瞬、瞳が暗い森の色になった。彼はかぶりを振ってあとずさった。「わたしのほうがどうかしていた。マダム・デュボアからドレスが届いたと伝えにきたのに」

「ありがとうございます」イニスは答えたが、声が震えそうだった。「お代はあたしのお給金から返します」

アレックスはほほえんだ。「ミス・オブライエン、そんなことをすれば、いつまでもうちにいなければならないぞ」イニスがなにも言い返せないうちに、彼は背中を向けて立ち去った。イニスはその後ろ姿をぽかんと見送った。

いまのはどういう意味？

その答えがわかったのは、しばらくして小さな自室へ戻ったときだった。エルシーが、まるでクリスマスのようにたくさんの箱に囲まれていた。「なんなの、これ？」

エルシーが満面の笑みで振り向いた。「あんたの衣装でしょ」

「あたしの？」イニスは、さまざまな大きさの箱を見まわした。「お願いしたのは一着だけなのに」

「でも……」

エルシーがくすくす笑った。「一着じゃないみたいね」

「先にお風呂にする？」エルシーが尋ねた。「それか、いますぐこの箱全部あける？」

イニスはためらった。自分は納屋のにおいがするはずだ。エルシーはどう見ても箱をあけたくてうずうずしているが、あのブルーのドレスはだれにも見られたくない。「お風呂に入ってからにする。お湯を頼んじゃったから」エルシーはがっかりしたようだが、これだけ多くの箱になにが入っているかわかったものではない。行き当たりばったりは避けたかった。「待っててくれなくてもいいから」

エルシーは箱の山をちらりと見やってからうなずき、出ていった。イニスは息を吐いた。使用人たちは好奇心ではち切れそうになっているのだろう。中身を隠せば、ますます噂になるだろうが、それは困る。ブルーのドレスだけ隠して、デイドレスをしまうのをエルシーに手伝ってもらったほうがよさそうだ。

その妥協案に満足し、イニスは湯が届くのを待ち、手早く風呂を使った。エルシーに借りた丈夫なフランネルの部屋着を着て、狭いベッドに腰掛け、最初の箱を引き寄せた。なかには、注文した明るいグリーンのドレスが入っていた。

次の二箱はそれぞれ、マダム・デュボアがいい色だと言ってくれたライラック色と黄色のドレスだった。四箱目から、ブルーのドレスが出てきた。やはり美しいドレスだと認めざるをえない。ぴったりしたボディスは二層に分けて細かいひだが寄せてあり、さびしい胸の谷間を覆う淡いブルーのレースのフィシューとともに、胸元を豊かに見せてくれそうだった。同じ色のレースが短いパフスリーヴにもあしらわれ、すらりと流れるようなラインのスカートには数本のリボンが縫いつけられていた。シンプルで、斬新すぎず上品なデザインだ。箱の底には、同じサテンの生地の上靴が入っていて、驚いたことにイニスの足にぴったり合った。

イニスはしばらくその組み合わせをうっとりと眺め、ドレスを丁寧にたたんで箱に戻した。こんなにきれいなものを隠さなければならないのは残念だが、アレックスに舞踏会用のドレスを買ってもらったと使用人たちに思われてはまずい。しかも、着るつもりのないドレスを。蓋を閉めて箱をベッドの下へすべらせた。部屋の掃除は自分でしているが、念のためだ。

残りの箱に向きなおり、アレックスはほかにいったいなにを追加したのだろうと考えた。すべての箱をあけたイニスは突っ立ったまま、ベッドに並んだ品物をぼうぜんと眺めた。なんとまあ。マダム・デュボアはこれだけの仕事をするのに十人はお針子を雇ったに違いない。ドレスに合わせた長手袋、短い山羊革の手袋、最高級のダークブルーのラシャで仕立て、暖かそうな裏地をつけた外套。それよりもイニスを驚かせたのは、まだ残っていた箱から取り出したものだった。コットンローンの寝間着が二枚、やわらかいウールの部屋着、それぞれのデイドレスに合わせた上靴、ハーフブーツ、シルクのストッキングが数足、それにシルクのように見えるほど細かく織りあげたモスリンのシュミーズが三枚。ピンクのサテンの紐で縛る下ばきも入っていた。アレックスがそれを注文するところを想像し、イニスの顔は熱くなった。

ベッドにのっているのは一財産だ。イニスが給金から返そうとすれば長い時間がかかるとアレックスは言っていたが、もっともだ。一年分、いや二年分の給金を全部合わせても、品代を全額返すことはできない。イニスは眉根を寄せた。アレックスはわたしを逃がさないように、わざとこんなことをしたのだろうか？　年季奉公には反対だと言っていたくせに、これではまさに年季奉公じゃないの？　ほとんどがあつらえ品だから、返品することもできない。

もともとイニスは、お金をためて田舎の村に小さな家を探し、自立するつもりだった。いつか旅もしてみたかった。それなのに、ほしくもない衣装の代金をアレックスに返すまでは、その夢も先延ばしだ。

気持ちが沈んでみぞおちがずっしり重くなり、イニスは立っていられなくなる前に、小さなテーブルの隣にある簡素な椅子に腰をおろした。この衣装の量をほかの使用人たちが目撃したら、たどりつく結論はひとつだ。つまり、アレックスがこれほどの大金をイニスに費やしたのは、愛人にしたから、もしくは愛人にしようとしているから。使用人たちは、イニスが四階の個室を与えられたのは、アレックスが夜な夜な通いやすくするためだと思いこむだろう。ゴールディの世話以外の仕事を命じないのも、イニスを依怙贔屓しているからだと思われるに違いない。

もうひとつ、べつの考えがふと頭に浮かんだ。もしかしたら、アレックスはほんとうにそのつもりなのでは？　もちろん、ばかげた思いつきだ。自分には、男がじろじろ見たがるふくよかな胸も豊かなお尻も、女性らしい曲線もない。それに、はにかんだり思わせぶりな態度を取ったりして男性の気を惹こうとも思わない。多くの娘たちがそうするのを見ているとあきれてしまうが、男というものはそんなやり取りによろめくらしい。

そもそも、アレックスに興味を持たれるわけがない。イニスは、なぜ自分がそんなことを考えているのかもわからなかった。たぶん、先ほど納屋でアレックスが近づいてきて、頭をさげて角のありかを探らせてくれたことが関係している。角。ほんとうに彼の指に指を通した自分の行動は、みだらな女そのものだった。ああ。男の人の髪があんなにやわらかくて、あんなに清潔なにおいがするなんて。

全身がカッと熱くなり、イニスはもぞもぞした。アレックスにからかわれているのだろうか？　彼は名うての女たらしだ。彼もまた、やせていようが太っていようが、長身だろうが小柄だろうが、どの女も攻略する対象、勝ち取るべき戦利品と見なす男かもしれない。キャロラインが言うには、アレックスは名簿を作れるほどの多くの女性を落としてきた。女性のほうから誘惑されたがっていたようにも聞こえる。でも、わたしは違う。

イニスは衣装を眺め、ふたたびため息をついた。自分はアレックスの魔力に落ちたりしないと思っていても、使用人たちが信じてくれるとはかぎらない。ブルーのドレスを隠しておくことはできても、残りはどうしようもない。使用人たちは、いくつもの箱が配達されたのを知っている。噂は風に舞う落ち葉よりも早く散らばっているだろう。

まったく、こんな状況に追いこんでくれた彼が恨めしい。主人との関係を説明しようとすれば——あるいは、なんの関係もないと否定しようとすれば、ますますなにかあるように見られるだけだ。イニスは胸を張った。せめて、アレックス・アシュリーのそばでは修道女のようにお堅く潔癖に振る舞うしかない。

「一時間以上、そいつをちびちびやっているぞ」その夜ホワイツで、アレックスはブライスにそう言われた。「飲む気も打つ気もないのなら、どうして帰らないんだ?」

それは、臆病者だからだ。

アレックスは声に出してそう言わなかったものの、すっかり臆病者の気分だった。自分がしたことをイニスが知ったら、どんなに怒るだろう? アレックスは、イニスが自室へ行って配達された大量の箱を目にする前に、さながら沈んでいく船から逃げ出す鼠のごとく、そそくさと屋敷を出てきた。

イニスは、ドレスは一着あればいいと言って譲らなかった。一着のドレスで満足できる女性など、アレックスは会ったことがない。イニスが誇り高く、ほどこしを受けるのをいやがるのはわかる。自分には兄にも手をつけられない信託財産があるから、あの何倍もの衣装を買っても余りある金は持っているのだと、あっさり伝えることができればいいのだが。貧しい家で育った者には、自慢にしか聞こえないだろう。イニスを侮辱したくない。給金を増やそうと持ちかけてもいいのだが、イニスはかたくなに断るだろうと想像はつく。それとも、マダム・デュボアに、本来の金額よりずっと安い額で領収書を出してもらおうか。イニスは高級婦人服の値段など知らないはずだ。

「体はその椅子に根を生やしたようだが、心はどこかにふわふわ飛んでいったようだな？」

アレックスは、あれこれ迷っている状態から無理やり抜け出した。「すまん。予算超過について考えていた」

「どの事業で？」

「事業ではないんだが。まあ、ある意味ではそうかもしれないな」

ブライスは訳知り顔でアレックスを見た。「おまえの厩舎で働いているアイルランド人の娘に関係があるのか？　例の突飛な計画に？」

アレックスはうなずいてブランデーを一口含んだ。「なぜわかる？」

ブライスはにやりと笑った。「簡単なことだ。まず、おまえは身寄りのない娘を引き取った。それからレディになる教育と、レディに必要な飾りを用意してやると持ちかけた。当然、娘はまたとない機会を利用するだろう。なにをねだられた？　シルクか？　毛皮か？　宝石か？」

「いや」アレックスはグラスを置いた。「その反対だ。仕立屋へ連れていったのに、ドレスは一着で充分、サファイアはいらないと言われた」

ブライスはコニャックにむせそうになった。「そんな女がいるのか」

アレックスは顔をしかめた。「少なくともひとりはいるんだ」デュボアの店でのやり取りと、アレックスが勝手におまけの品も注文した話を聞き、ブライスは口笛を吹いた。

「高級な衣装一式を〝おまけ〟とは言わないぞ。いまどきの娘はみんな世慣れているから、いきなりの贈り物は体の関係に同意させるための貢ぎ物だと見なすものだ。たいていの女性は、もっと要求しても大丈夫だとわかっているから同意するんだろう」ブライスはかぶりを振った。「だが、イニスはそういう娘ではないらしい」

アレックスは眉をひそめた。「おまえの言うとおりだ」ベッドをともにしたくて金を出しているとイニスに思われているはずだと、アレックス自身も考えていた。貴族の妻たちの寝室に侵入して略奪することにためらいはいないが、本来の仕事以上の義務を課されていると感じるような状況に、使用人を追いやるのはいやだ。そのときアレックスは、ブライスの探るような視線に気づいた。「なんだ?」

ブライスはグラスのなかのコニャックを揺すり、おもむろに一口飲んでから答えた。

「ほんとうはその娘を抱きたいと思っているんじゃないのか」

アレックスはブライスをにらみつけた。「わたしはそこまで人でなしじゃないぞ」

「そんなことは言っていない」ブライスは言った。「そうじゃなくて、ほんとうにその娘が気に入っているんじゃないかと思ったんだ」

「もちろん、気に入っている」アレックスは苛立ちが声に出ないように我慢した。「すがすがしいまでに気取らない娘だからな」

ブライスはにやりと笑った。「それはめずらしい」

アレックスは口を開いてすぐに閉じ、返事をせずにすむようグラスを取った。イニスの奔放な心持ちに惹かれている自覚はある。両親の死後、自活しようとしている勇気にも憧れる。財産も将来の見通しもない若い娘が、生まれた土地を離れてひとりで生きていくのはなまなかなことではないだろう。イニスの頑固なところも好ましい。なによりも手応えがある。だから、あんなに大量の衣装を買ったのだ。彼女を説得するのが楽しみだった。

いや、そうだろうか？　臆病にもホワイツに逃げこんだくせに？

「知ってのとおり、わたしは使用人に関して自分にルールを課している」アレックスはようやく言った。

「いいことだ」ブライスが答えた。「主人に手込めにされるまでもなく、女中はただでさえ大変な仕事をしている」またグラスに口をつけた。「しかし、イニスはほんとうに使用人と言えるのか？　普通、馬丁とは仕事を請け負う金銭契約者だ」

そこなのだ。アレックスは、イニスを使用人と思っていなかった。自立心旺盛で意見もはっきり言う彼女はだれにも追従（ついしょう）せず、地階の皿洗い女中や洗濯女中から、階上の寝室や客間付きの女中まで、どの地位にも当てはまらない。馬丁見習いでもなく、御者でもなく、ましてや本物の馬丁ですらない。ゴールディを調教しているが、ジェイミソンによれば、彼女はほかの牝馬数頭にはみをつけ、一頭の若駒に鞍をつけたという。ブライスの言うとおり、普通の馬丁は都度都度、報酬を受け取る。そういうのとも違う。

「イニスはわたしの屋敷で寝起きしている」アレックスは言った。

「自由にしてやるべきだな」

「わたしの所有物ではない。出ていきたければ、いつでも出ていける」それが事実ではないことは、言い終わる前に気づいていた。イニスをうまく説得できず、代金を支払うと言い張られたら、短くとも一年は借金で縛りつけることになる。イニスは自活できなくなる。アレックスとしては、よそに行ってほしくはないのだが。

ブライスは肩をすくめた。「考えたんだが、その娘を抱けば使用人ではなくなるから、おまえの良心もとがめないかもしれない」

イニスを愛人にしようかなどと考えてはいけない――考えたくない、ない、ない。だめだだめだ。アレックスはグラスを置いて立ちあがった。「話がばかげてきた。わたしはイニスの友人になりたいだけだ」

ブライスはまたにやりと笑った。「ものは言いようだな」

土曜日の午後、ミランダは苛立ちを抑えながら、妹に会いに出かけた侍女のリアの帰りを待っていた。じっとしていられず、刺繍入りのハンカチで両手を拭い、奥の寝室のドアを閉めて隣の居間をうろうろと歩きまわった。ベッドが目に入ると、アレックス・アシュリーとの甘美な時間を思い出してしまう。

あのベッドにまた戻ってきてほしい。いや、はっきり言えば、彼がほしい。どこでもいい。どんな場所でもいい。むしろ、決まりきった逢い引きの場所でないほうがおもしろい。

公園でアレックスと一緒にいるのを見かけたあの赤毛は何者だろう？　それに、いったいリアはなにをぐずぐずしているのだろう？　午後に休みをやったのは、妹のところへ行って、なんでもいいから事実を調べてこいという意味なのに。それまでにも、リアを使って愛人の身辺を調べたことがあった。リアはよその屋敷の使用人たちをしゃべらせることにかけては有能さを発揮した。ミランダが報酬をはずんだからだろう。

そのとき、突然ドアをノックする音がして、ミランダはさっと振り返った。やっと帰ってきたのだ。「お入り」

リアが入ってきてドアを閉めた。「妹からおもしろい話を聞きました」

ミランダは、あの赤毛が何者なのか知りたくてたまらなかったが、その気持ちを気取られないよう、落ち着いた声で言った。「座って話しましょう」

リアは暖炉の火が消えかけていることに気づかない様子で、そばの象牙色の錦織の椅子にさっさと腰をおろした。いや、気づいているのに、火をかき立てるのは自分の仕事ではないと思っているのかもしれない。もっとも、ミランダとしては、侍女が生意気な振る舞いをしようが――長椅子ではなく、高価なチッペンデールのひとり掛けの椅子に座っている――正確で役に立つ知らせを持ち帰ってきたのなら、とがめる気はなかった。

ミランダはリアの向かいの椅子に座り、膝の上でハンカチをたたんだ。「妹は元気にしていたの？」どうでもいいことだけれど。

「はい。アレクサンダー卿は、イニスを仕立屋に連れていくために、半ギニーで妹のドレスを買い取ったそうです」

ドレス？　アレックスはあのちびの赤毛の服を引き裂いたから、家から連れ出すために使用人の服を買い取るはめになったのかしら？「イニスとは？」

「イニス・オブライエンですわ。奥さまが調べてこいとおっしゃっていた赤毛娘のことです」リアは答えた。「馬丁とか言って、いつも厩舎にいます」

厩舎。ミランダは、愛人と厩舎で逢い引きしたことなどない。髪に干し草がへばりついたら取り除くのが大変だ。でも、アレックスが好むのなら……。「ほんとうに馬丁なの？」

リアはうなずいた。「ファーンはイニスが部屋に入ってくるといつも馬のにおいがするって言ってました」

これは予想外だった。厩舎の掃除をしている娘のことでやきもきしていたなんて。アレックスはきっとあの娘を馬房で押し倒したから、新しいドレスを買ってやったのだ。アイルランドの農民の娘なんかにシルクの部屋着は必要ない。

「びっくりだわ、そんな娘が屋敷に入っても許されるなんて」ミランダはハンカチの刺繍糸をいじった。「普通、馬丁は厩舎で寝起きするでしょう」

「イニスは違うんです。個室をもらってます」

ミランダは目を険しくした。いやな予感がする。アレックスは愛人を屋敷に住まわせているの？「それはおもしろいわね。イニスはほかの仕事もしているの？」

「お屋敷の仕事じゃありませんけれど、ファーンが言うには、なにか個人的なことみたいです」リアがくすくす笑った。「どういうことか、おわかりでしょう」

ミランダには答えがわかった。その答えは気に入らなかった。「つまり……イニスは……アレクサンダー卿の愛人なのね？」

「ファーンはそう思ってます」リアは肩をすくめた。「だから、アレクサンダー卿はイニスに衣装一式をそろえてやったんでしょう？」

怒りがミランダの全身を貫いたが、なんとか――かろうじて――麻のハンカチを引き裂きたいのを我慢した。「衣装一式をそろえたとは？」

「昨日、二十個くらい箱が配達されたんですって。ファーンは数えきれなかったそうですわ」

真っ赤な怒りが白熱の憤りに変わった。ミランダはそれもなんとかこらえた。「二十個？」

「だいたいそれくらいです」リアが答えた。「言いましたでしょ、ファーンは数えきれなかったって」

ミランダは無理やり深呼吸した。「そんなにたくさんの箱になにが入っていたの？」

「ファーンは見ていないんですけど、エルシーは上等な冬の外套からドレスから靴から下着まで、なんでもそろってたって言ってました」

下着。やっぱりアレックスはあのちびにシルクの部屋着を買ってやったの？　それどころではない。衣装一式。衣装一式。それも、ロンドン屈指の高級婦人服店の。愛人でもない女にそこまでしてやる男はいない。

「そう。もうさがっていいわ」ミランダは立ちあがり、硬貨の入った小袋を取ってきてリアに渡した。「助かるわ」

リアは袋を受け取り、ミランダに満面の笑顔を向けた。「なんでも言いつけてくださったら、よろこんでやりますわ」

「ありがとう」リアが出ていったあと、ミランダはどすんと椅子に座りこんだ。考えなければ。よくない状況だ。アイルランドの農民の娘が計画を邪魔しようとしている。

9

日曜日の午後、イニスは客間の低いテーブルに並んだ銀の茶器を眺めてから、向かいに二脚並んでいる丈夫そうな椅子の片方に座っているアレックスに目をやった。彼の座っている椅子は、たしかに男性ひとりを支えられそうだった。この部屋にある椅子のほとんどは、マホガニーでできた盾の形の背もたれにつややかな錦織の座面がついたヘップルホワイト様式だった。先細りの華奢な脚は、先端がスペード型にふくらんでいるとはいえ、耐荷重性は高くなさそうだ。アレックスは、背もたれにも座面にも詰め物がしてあり、アームレストと短く頑丈な脚がついたウィングチェアを選んでいた。イニスは、キャロラインと長椅子に並んで座るよりも、ウィングチェアに座りたかった。

「それでは、お茶の注ぎ方のレッスンをはじめましょうか」キャロラインが言った。

「そんなに難しいこととは思えないんですけど。このピッチャーには取っ手がついてるし」イニスは答えた。

「正しくは、ピッチャーではなくティーポットと言うのよ。手に取ったら、お茶をソーサーにこぼさないように、注ぎ口を低くしてね」キャロラインはポットを取って手本を示した。「こんなふうに」

「カップに半分しかお茶が入ってませんよ」イニスは注ぎ終えたキャロラインに言った。

キャロラインはうなずいた。「これが一杯の正しい分量なの」

「それじゃあ一口か二口で終わってしまいます。そんなんじゃ喉の渇きがおさまらないでしょ」

「お砂糖とクリームを加えるから、その分少なめにしておくの」キャロラインは、ポットより小さな茶器を示した。「このクリームを入れる容器がピッチャーというの」

イニスは、そんなことも知らないふりをするのがおもしろくなってきて、怪訝そうにピッチャーを眺めた。「ややこしいですね」

「いまに慣れるわ」キャロラインは言った。「さあ、わたしにお茶を注いで」

イニスは眉をひそめた。「たったいま自分で注いだじゃないですか」

「いまのはお手本よ」キャロラインはほほえみ、イニスのほうへポットの取っ手を向けた。

「それから、忘れずにクリームとお砂糖は入れるか尋ねてね」

イニスは不思議そうな顔をしてみせた。「自分がクリームと砂糖を入れたいかどうか覚えていられないんですか？」

キャロラインは笑顔を崩さなかった。「クリームとお砂糖を入れてあげてからカップをお客さまに渡すのが礼儀なの」

イニスは小さく切り分けたクレソンのオープンサンドイッチが並んだトレイを指さした。

「これも小皿に取ってあげるんですか?」

「指をさすものではないわ。それから、お料理にもさわってはだめよ」

イニスは肩をすくめた。「お料理ってほどのものでもないでしょ。料理番はこの葉っぱの上になにかのせるのを忘れちゃったんですか?」

キャロラインは口角を引きつらせたが、笑みは絶やさなかった。イニスはなにも知らないふりをするのが少しだけ申し訳なくなったが、キャロラインにもアレックスにも、正しい作法を知らずに育った貧しい孤独な娘ではないと見抜かれないようにしなければならない。

「そんなことはないわ」キャロラインが答えた。「これは食欲をそそるためのものなの」

「もっとおなかを空かせるってことですか?」イニスは混乱したようにキャロラインを見た。「まったくおかしな話じゃないですか?」

キャロラインの笑顔が消えかけた。「いいえ、だってこれはお茶ですもの。お食事じゃないのよ。さあ、お茶を注いでくださる?」

イニスはアレックスの鋭い視線を感じたが、彼は黙っていた。心のなかでイニスの振舞いに点をつけているのかもしれない。イニスはティーポットを取り、わざと少し手を震わせながら、繊細なボーンチャイナのカップの上に注ぎ口を持っていき、縁までなみなみとお茶を注ぎ入れ、ソーサーにもこぼした。キャロラインがため息をこらえたのがわかり、イニスはまたやましい気持ちになった。キャロラインには申し訳ないが、レッスンを長引かせれば、社交界に連れていかれるのを先延ばしにできる。

「クリームとお砂糖は？」イニスは尋ねた。

「これ以上は入らないわね」キャロラインは手早くカップを取った。イニスにまかせたらまたお茶をこぼすと思ったのかもしれない。

イニスはアレックスに向きなおった。「旦那さまは？」

「あ……いや。わたしは結構だ」

イニスは笑みを嚙み殺してティーポットを置いた。アレックスは、あつらえの上着にお茶を半分がたこぼされると思ったに違いない。お茶を淹れる作法のレッスンのために、彼はわざわざ着替えてきた。イニスは自分の服にもこぼしてみようかと思ったが、新しいドレスをしみで台無しにしたくなかった。

だから、かわりにトレイからクレソンのサンドイッチを取り、小皿にのせず、いきなり口に押しこんだ。


昨日のレッスンがさんざんなありさまだったので、キャロラインは次のレッスンまで数日あけたいと言った。アレックスは、無理もないと思った。キャロラインも上流階級の堅苦しい作法をよく茶化すが、昨日はひとつの間違いも犯さないように並々ならぬ努力をして、イニスにお茶の淹れ方を教えてくれた。だが、うまくいかなかった。

イニスにとっては、難しいレッスンだったのかもしれない。新しいドレスに慣れない様子だったが、いつもズボンをはいているのだからしかたがない。アレックスもスコットランドのキルトをはけば、心許ない気分になるだろう。また、ティーポットを持つイニスの手は震えていた。おそらく、銀の茶器のフルセットなど見たことがなかったからだ。馬が相手なら自信たっぷりで落ち着いているのだから。

だから、アレックスは今日イニスと一緒に馬に乗ることにした。

厩舎へ行くと、鹿毛の牡馬にはすでに鞍を着けてあった。ゴールディの馬房からイニスの声が聞こえたので、鞍を着けるのを手伝ってやろうかと思ったが、彼女の得意分野の能力を疑っていると勘違いされては心外だ。

ほどなくイニスがゴールディを踏み台の前に連れてきた。アレックスは自分の両手をあぶみ代わりにしてやりたかったが――彼女が馬に乗るのを手伝えば、脚に触れることができるかもしれないと思うと、下腹が硬くなった――いやがられるかもしれないので、やめておいた。彼女が鞍に落ち着いてから、アレックスも自分の馬にひらりとまたがってそばへ行った。

「誘ってくれてありがとうございます」ケンジントン・ガーデンへ向かいながら、イニスが言った。

「今日は二月の終わりにしてはまずまずの天気だからな」アレックスは答えた。「楽しんでくれると思った」

「はい。ゴールディもよろこぶでしょう」イニスは馬のなめらかな首筋をさすった。「パドックをまわるばかりで飽きちゃってましたから」

「ジェイミソンから聞いたが、調教は順調らしいな。時間を作ってきみを見に行けたらいいのだが――いや、馬を見に行けたら、という意味だ」うっかり本音を言いそうになり、アレックスの顔は熱くなった。なんということだ。顔を赤くすることなどないのに。

イニスは気づいていないようだった。「いろんなお仕事をしてるから、忙しいのはわかってますよ」

仕事で忙しいのではないとは、イニスには言えなかった。信託財産の管理を除けば、アシュリーの家業は公爵領の管理であり、責任者はジョージだ。アレックスが信託財産の管理をするのは、この五年間で財産を四倍に増やしたからに過ぎない。ジョージは思いきったことをしたり危険を冒したりするのを嫌うが、アレックスの投資の才だけはしぶしぶながら認めている。勤勉で几帳面な会計士が何人かいるが、事務所に行かなければならないという口実があるおかげで、ばかみたいにイニスを追いかけまわさずにすんだ。

「大陸とアメリカで戦争が終わったから、新しい事業がどんどん立ちあがっているんだ」

イニスはうなずいた。「戦争がはじまる前から、大勢のアイルランド人がアメリカに渡りました」

アレックスはちらりとイニスを見た。前世紀に、アイルランドで少数派のプロテスタントが農民から土地を奪ったことは知っている。飢饉も繰り返し起き、多くのアイルランド人が移住した。イニスの家族も、だからイングランドへ来たのだろうか？「親族のだれかがアメリカへ行ったのか？」

イニスはかぶりを振りかけ、肩をすくめた。「オブライエンの一族はずいぶん前にばらばらになりました」

「父はいつも、アメリカは好機にあふれていると考えていた」

「はい。あたしも聞いたことがあります。素敵なところみたいですね。あっちではだれも身分なんか気にしないって」

アレックスは頬をゆるめた。「上流階級の連中には衝撃だろうな」

イニスはほほえみ、ゴールディを先に進めてブラック・ライオン・ゲートから公園に入った。アレックスがブロード・ウォークで追いつくと、イニスに横目で尋ねられた。

「お兄さんだけじゃなくて、上流階級の人はみんな嫌いなんですか？」

アレックスが不意に手綱を引いたので、馬が頭を振り立てた。力を抜き、馬をなでた。

「どうしてわたしがジョージを嫌っていると思うんだ？」

「え……だって……そう言いましたよね」

アレックスは片方の眉をあげた。「ジョージは自分のことがよくわかっていないと言っただけだぞ」イニスの頬があざやかなピンク色になったので、アレックスは驚いた。使用人のだれかがイニスに残りを話したのだ……あるいは、脚色して。「兄とわたしは子どものころから違っていたんだ」

イニスの頬はますます赤くなった。「そこまで話してくれなくてもいいです、旦那さま」

「アレックスだ」ああ、イニスが名前を呼ぶ声を聞きたい。もちろん、彼女の言うとおり、説明する必要はない。ただ、イニスはもうすぐジョージに会うことになるのだから、アレックス本人の口からいきさつを話すべきだ。ため息が出た。くそっ。正直に言えば、イニスになにもかも話したい。

「説明させてくれないか」アレックスは言い、馬を止めた。「くだらない話を聞いてくれるのなら」

イニスはアレックスの顔を青い瞳で探るように見あげてからうなずいた。「聞きましょう」

アレックスは顎がこわばるのを感じた。「言ったとおり、わたしと兄は子どものころから違っていた。ジョージはずっとなんでも一番だった。イートン校では監督生で、オックスフォードではいつも上位にいた。いずれ爵位を継ぐのがわかっていたからだろう。醜聞を起こさないように注意を怠らなかった。なんにしても、わたしを競争相手と見なしていたが……わたしは兄を困らせるようになった」

「わざとそうしていたんですか？」

アレックスは苦笑した。「正直なところ、ときどきジョージをまごつかせて楽しんだこともあった。いや、ときどきどころじゃないな」

「だから、仕返しに愛する人を奪ったんですか？」

丸い池の手前で、アレックスは馬を止めた。イニスの顔をじっと見つめたとき、そばを小さな馬車が通り過ぎた。「どこまで聞いたのか教えてくれないか？」

またイニスは頰をピンク色に染め、顔をそむけた。「内緒だって約束したんです」

アレックスはため息をついた。「じゃあしかたないな」

イニスはアレックスのほうを向いた。「たいした話じゃないです。結婚しようと思っていた女の人が、お兄さんと結婚したって」

「そのとおりだ」アレックスは馬を進めた。「わたしにはわかっていなかった。交際していたときから、アメリアは兄と爵位を狙っていたんだ。わたしはばかだった」

イニスは隣へ来て、アレックスを横目で見た。「ばかだとは思いませんよ」

どういうわけか、アレックスにとってその言葉はこのうえなくうれしかった。「いや、信用すべきではない相手を信用してしまったのはたしかだ」

イニスはまたアレックスを横目でちらりと見たが、黙っていた。

「話の締めくくりに、ジョージはわたしを出し抜くまたとない機会に飛びついたと言っておこう。わたしが婚約を考えていた女性と結婚することで、仕返しをしたわけだ」

「お兄さんはあまり立派な人じゃないみたいですね」

「兄にしてみれば、アメリアは戦利品だ。わたしに対するとどめの一撃だ。でも、もう終わったことだ。アメリアはほしがっていた地位を手に入れたし、ジョージは仕返しを果たした」

しばらく馬を進めたあと、イニスが口を開いた。「それで、復讐のためにあたしをレディに仕立ててあげようというんですね」

アレックスはまた馬を止めた。「利用されていると思わないでほしい」

イニスもゴールディの手綱を引いた。「でも、それ以上にぴったりした言葉がありますか？　お兄さんに恥をかかされて屈辱を味わったから、同じように恥をかかせたいんでしょう？　庶民の娘を名門の娘だと勘違いさせるのが復讐になるんですか？」

「いや……」アレックスは口をつぐんだ。自分にもイニスにも嘘はつけない。たしかに恥をかかされて屈辱を味わったし、鼻持ちならない兄に仕返しをしたいが、イニスには利用されていると思ってほしくない。「そのとおり、わたしは復讐したがっている。では、わたしの駒ではなく共犯者になると思ってくれないか？　わたしのことは、取引の相手だと」

イニスは両方の眉をあげた。「取引の相手?」

アレックスはうなずいた。「きみは教育を受ける。社交界にデビューして、あの愚かな連中に受け入れられたら、そのあとは自由に、やりたいようにやってくれ。演技をつづけたければそうすればいいし、アイルランドに帰って、貴族の親類だということにしてもいい」

イニスの顔が青ざめた。「そんなことはしたくないです」

「わかった。正直なやり方じゃないかもしれないな。だが、家を用意して、口座を作って経済的に支援することもできる――」

イニスはかぶりを振った。「囲われ者になる気はないです」

囲われ者――自分の囲われ者にするという考えは、たしかに魅力的だが、アレックス本人もぎょっとした。愛人を囲おうなどと思ったことはない。アレックスは、無理やりその考えを頭から追い払った。アレックスのほうからそう持ちかけるより先に、イニスにきっぱりと拒絶されてしまった。ただ、これは取引上のやり取りで、それ以上の意味はないと考えたほうがいい。

「ロンドンでなくてもいい。住みたいところを選んでくれ。ほんとうの身許は秘密にしておけばいい」

「あたし……」イニスはなにか言いたそうだったが、思いなおし、さらに思いなおした。

「あたしをアメリカへ行かせてくれますか?」

アレックスは、腹を馬に蹴られたかのように、強烈な痛みを覚えた。イニスが世界の反対側へ行きたがるとは、思いも寄らなかった。この数分間で、ふたつ目の新たな事実に気づいた。イニスをそんな遠くへ行かせたくない。アレックスは深く息を吸った。自分からイニスに取引を持ちかけたくせに、なにを考えているのか。

「きみがそう望むのなら。カードゲームでニューオリンズの一軒家を勝ち取った。しばらくそこに住んで、住み心地を確かめればいい」

イニスはまじまじとアレックスを見た。「好きなだけいていいんですか?」

「好きなだけいてもいい」

イニスはしばらく虚空を眺めていた。アレックスは、彼女の目が妙にきらめいていることに気づいた。泣きだすのか? 麻のハンカチを取り出そうとしたとき、イニスが背筋を伸ばしてうなずいた。

「お兄さんに仕返しをするお手伝いをします。見返りに、あたしをアメリカへ行かせてください」

「わかった」その言葉は、アレックスの頭のなかで同意というより死を告げる鐘のように響いた。

公園で馬に乗りながら、イニスはゴールディの調教の話だけをするように気をつけた。ゴールディの呑みこみが早く、あっというまに指示を理解することや、この先の調教の予定など、カササギ並みにしゃべりまくっているような気がした。それから、どの馬がはみに抵抗を示さなかったか、どの馬が軽い鞍に我慢できそうだと思うかなど、担当している若駒や牝馬のそれぞれの状態を詳しく話した。帰り道、アレックスは黙っていたが、それもそのはず、イニスは口を挟む隙を与えずにしゃべりつづけていた。

またさっきの話をせずにすむなら、なんでもいい。

ようやくダンズワース・ハウスが見えてきた。イニスは、厩舎までゴールディをギャロップで走らせたいのを我慢した。最後は落ち着かせるために少し歩かせなければならないが、ありがたいことに、ジェイミソンがアレックスに、事務弁護士が書類に急いで目を通してほしいと言っていたと伝えにきた。これでとにかく、馬房でのんびりされずにすむ。

イニスは手早くゴールディの汗をふいてやり、あとでリンゴをあげるからねと約束して謝った。それから、使用人の階を通り過ぎて自室へ入り、ドアを閉めた。鍵があればいいのに。こんなに日の高いうちに部屋へ戻ってくることはないので、エルシーや従僕が湯の入った桶を運んでくるのはもう少しあとだろう。考える時間がほしい。

取引の相手。アレックスはそう言った。彼にはそう思われている。アレックスは言葉にこだわっていたが、イニスが彼にとって兄との感情のチェスの駒になっているのはたしかだ。そのかわりイニスは教育を受け、もっといい生活への足がかりを手に入れるというが、それは正当化ではないのか。仕返しが終わったらイニスに家と資金をやるというが、ちくりとした罪悪感の痛みをやわらげたいだけではないのか。イニスを復讐の手段に利用していることに変わりはないのに。

イニスはまぶたを閉じ、あふれそうになった涙をせき止めた。あんな人にうかうかと惹かれてしまうほど、自分は愚かだったのだろうか。あんなに整った顔立ちに、古い伝説の戦士を思わせる体をしている彼に魅力を感じるのはしかたないのかもしれないが、その魅力に流されるままになってはいけなかった。婦人服店で抱擁されたときの温もりに影響されてはいけなかった……襟元の素肌を親指でなでられたときの感覚や、耳をくすぐる吐息に、心を乱されてはいけなかった。ゴールディの馬房で彼の髪を指で梳いたときの絹糸のようなやわらかさや、あとずさった彼の瞳が深い森の色に変わったのを、いつまでも思い出してはいけなかった。

あのとき、イニスははっきりと欲望を覚え、アレックスとつながっているのを感じた。ばか、ばか、ばか。あの人は手練れの女たらしなのに。遊び人なのに。それもただの遊び人ではなく、彼からシルクの部屋着を受け取った女性たちのクラブまであるような、とんでもない遊び人だ。それを忘れていた自分は愚か者、救いようのない愚か者だ。彼にとって、自分は目的を果たすための手段に過ぎない。彼に少しでも惹かれてしまったのは、自分以外のだれのせいでもないのだ。

イニスは目をあけ、両手の甲で涙を拭った。とにかく、人が愚かになる過程はよくわかった。そもそもアレックスの計画の芯にあるのもそれだ。彼もまた、愚かなのだ。

ジョージはなんとなくいやな人のような気がするが、彼に対する復讐とは別に、アレックスはどのくらいアメリアを好きだったのだろうかと、イニスは考えた。アメリアに利用され、裏切られたわけだが、彼女を愛していたのかとイニスが尋ねたとき、アレックスは否定しなかった。いまでも愛しているのだろうか。

ため息が出た。アレックスがかつての恋人をいまでも愛していようが、自分には関係ない。ばかげた計画を最初に持ちかけられたとき、イニスは教育のない娘のふりをするのは楽しいかもしれないと思って協力を引き受けた。昨日のお茶の淹れ方のレッスンは、たしかにおもしろかった。イニスはもともと、無理やり社交界に連れ出したりはしないとアレックスの言質を取ったので、人前に出られるまで〝進歩〟しなければいいと考えていた。だが、アレックスに言われたとおり、これは取引であり、イニスは彼の復讐に協力すると同意してしまった。

ダンズワース・ハウスにいつまでもいられると、自分は本気で考えていたのだろうか？　現実的ではない。おじはきっといまごろ調査員を雇ってイニスを捜している。ロンドンへ来て数日後、ジョン・アドラーの厩舎にアイルランド人の馬商人が現れたとき、イニスは狼狽した。幸い、その商人の声を聞いてすぐに逃げることができた。遅かれ早かれ——遅くても数カ月後には――おじはイニスがアイルランドにいないと悟り、イングランドを調べはじめるだろう。イングランドにいるおじの友人に顔を見られたら、ますます猶予期間が短くなる。

アレックスからお金をもらうのは不本意だ。馬の世話で稼いだのではないお金をもらうのは。イングランドのどこだろうが、家や資金をもらおうなどと考えてもいけない。行き着く先はわかっている。アレックスは、いまのうちはまだ協力の対価だと言っているが、ダブリンの貴族社会を見ていればわかる。ものの数カ月、いや数週間で、アレックスは投資の見返りを求めるようになるはずだ。けれど、だれかの愛人になるのは耐えられない……というか、大勢の愛人のうちのひとりになるのはいやだ。

アイルランドに帰るのは論外だ。故郷に帰れば、おじが自活を許してくれないに決まっているから、アレックスにもらった報酬は必要なくなる。サイラス・デズモンドかほかの間抜けと縁談がまとまりしだい、結婚させられるのだ。ああ、オブライエンの親戚はいないのかと訊かれたとき、うっかり正直に答えそうになってしまった。もっとも有名なアイルランド上王ブライアン・ボルの流れをくむオブライエン家の親戚は、ウィリアムおじと同じくらい裕福だ。おじが結婚相手を見つけられなくても、オブライエン家のだれかが見つけてくる。レディ・イニス・フィッツジェラルドは結婚して跡取りと予備の子を産むべく期待される。イングランドだろうがアイルランドだろうが、それが貴族のすることだから。

でも、アメリカは違う。あの国では、身分は関係ない。望まない結婚を強いられることはない。アメリカ行きがどんどん魅力的に思えてきた。一からやりなおして、ほんとうになりたい自分になれるかもしれない。アメリカでは不可能なことはないと聞いている。イニスは唇を引き結んだ。このレディごっこが終わったら出発しよう。できれば正体が明らかになる前に。自分もまたアレックスをだましていたのだと、彼に知られる前に。

10

火曜日の夜、ミランダはメラニー・リンフォードの屋敷の客間で、ダンズワース公爵夫妻をはじめとする着飾った男女を見まわした。キャロライン・ナッシュは元恋人の公爵がそばにいるといつもおろおろするのに、残念ながら今日は違った。ミランダは、キャロラインがアレックスと親しげにしているのが気に入らなかった。キャロラインは、アレックスの屋敷にうまく入りこんだあのアイルランド娘とも親しいらしい。イニス・オブライエンがこの集まりにふさわしくないのはたしかだ。アレックスがどう思おうと、公爵とその取り巻きが集まっているこの場所には。

紳士たちがデビュタントの弾くピアノと下手な歌から逃れていなくなったあと、ミランダは言った。「アレクサンダー卿がいらしてくださるといいのに。チャールズはまだあの方に腹を立てているけれど、今夜こそ仲なおりすると思っていたのよ」

ジャネット・コンプトンが鼻を鳴らした。「その仲違いの原因があなただと思ったら、実におもしろいわ、ミランダ」

「まあ、ひどい。夫はわたしの部屋に殿方がいたことすら知らないのよ」ミランダは言い返した。「ドアをあけたときには、アレクサンダー卿は窓から逃げ終えていたわ」

「アレクサンダーがそこまで大胆だったとはびっくりよ」アメリアが言った。「まあ、以前から図々しくはあったけれどね」

よく言うわ、とキャロラインは思ったが、言葉を呑みこんだ。アメリアはためらいなくジョージを鉤爪のある手でつかみ、結婚の誓いが終わるまで、その鉤爪でがっちりと捕まえていた。「ここにいなくて反論できない人の噂話をするのは慎むべきではないかしら」

ジャネットはそう言われてやめるつもりはないらしく、ミランダに向きなおった。「シルクの部屋着が届いたとき、ご主人はなにかおっしゃらなかったの？」

ミランダはどうでもよさそうに手を振った。「わたしが自分で注文したと言ったの」

「わたしも夫にそう言ったわ」メラニーがうなずいた。

キャロラインは頬がゆるみそうになったのをこらえた。さすがはメラニー、自分に注目させる機会は逃さない。

「わたしも夫に同じことを言ったのよ」ロックウッド伯爵夫人のヴァネッサ・コールドウェルが言い、くすくす笑った。「あんなに洒落ていて、それでいて艶っぽい別れの贈り物をくださるなんて、アレクサンダー卿ってよくわかっていらっしゃるわ」

「別れの贈り物？」ミランダは声を震わせて笑った。「わたしは、今度アレクサンダー卿が会いにきてくださったら、あれを着るつもりよ」

「あら、あの方に二度目はないことはご存じでしょう」ヴァネッサが言った。「ご本人がはっきりそうおっしゃってるもの」

「あなたにはそうだったかもしれないけれど」ミランダは澄まして答えた。「わたしのもとには戻ってくるわ」

アメリアが優美な眉を片方あげた。「アレクサンダーったら、あなたがたを追い詰めているのではなくて?」

ジャネットがまた鼻を鳴らした。「追い詰めるだなんて。むしろ楽しませてくれると言ったほうがいいわね」

ヴァネッサがまたくすくす笑った。「たしかに」

「ほんとうに楽しませてくださるのよね、そうでしょう?」メラニーが言った。

ミランダは三人をにらみつけたが、アメリアはおもしろがっていた。「それで……そのあと、アレクサンダーはあなたがたに部屋着を贈ったの?」

「そうよ」ジャネットがだれよりも先に答えた。「象牙色のシルク。Rクラブに入会する条件よ」

またアメリアが眉をあげた。「Rクラブ?」

「略奪された女たち。メンバーはまだほかにもいるわ」ジャネットがそっけなく言った。

「もちろん、わたしはそんなクラブには入りたくないけれど」

キャロラインはまた笑みを噛み殺した。ジャネットは帰りたくていらいらしている馬のようだ。いや、この場合はアレックスのベッドに入れてほしくて、と言うべきか。たぶんその願いは実現しないけれど。

「そう」アメリアが言った。「ジョージは知っているのかしらねえ」

おしゃべりが急に止まった。四人の真っ青な顔がアメリアのほうを向くかたわらで、ジャネットは真っ赤な顔をしていた。だいたい、アメリアの前でこんな話をはじめたのが失敗だったのだ。キャロラインの見たところ、四人のレディたちはたったいま自分の夫がジョージの友人だと気づいたらしい。妻が寝取られたと夫が気づけば、もちろん妻は高級店で買い物ができなくなり、小遣いにも不自由することになる。

アメリアがほほえんだ。「でも、わたしは黙っていてあげるわ」

夫人たちはほっとした様子で、たちまちおしゃべりを再開し、アメリアに一生の借りができたと口々に言った。キャロラインは、みんな自分がなにをしているのかわかっているのだろうかと思った。アレックスに今夜のことを知らせておいたほうがよさそうだ。とにかく、さしあたってジョージの友人の妻に手を出すのをやめさせなければ。その一方で、いまの会話はキャロラインの頭に別のたくらみの種を植えつけた。

「ちょっと待ってくれ」翌朝アレックスは、書斎の椅子に座り、まじまじとキャロラインを見つめた。ゆうべ賭博場であんなにウィスキーを飲むんじゃなかったと後悔した。

「ジャネット・コンプトンはそんなに軽率だったのか？」

「そもそもミランダが言いだしたのよ。チャールズの逆立った羽をあなたがなでつけてくれると思ってたって。それで、ジャネットは妬いたのよ」

アレックスは砂糖なしの濃いコーヒーをがぶりと飲んだ。お茶よりコーヒーのほうが好きだ。とくに朝は。ゆうべは遅くまで飲んでいたので、今朝は気付け薬がわりになる。

「ジャネットがロバ並みにやかましくて、ロバ並みの魅力しかないというのはさておき、彼女の夫はジョージの親しい友人ではないよ」

キャロラインは首をかしげてアレックスを見つめた。「ジャネットに部屋着を贈ってあげたら、みんなの仲間入りをしたような気分になってくれるかもしれないわ。自分だけあなたのベッドに入っていないとは認めたくなさそう」

「いや、コンプトン男爵はまともな男だ」アレックスはまたコーヒーを飲んだ。「あの男に恥をかかせるのは気が引ける」

キャロラインはうなずいた。「ジョシュア・コンプトンはロンドンにいるより、領地をぶらぶら散歩しながら、執事と作物のできについて話し合うほうが好きみたいね」

「分別のある数少ない男のひとりだ」

「チャールズ・ロックのことはどうするの？　あの人は別問題でしょう」

アレックスは肩をすくめた。「妻の寝室にいたのがわたしだという証拠はない。ミランダの寝室に招かれた男は、わたしがはじめてではないはずだ」

キャロラインは、エヴァンズが置いていったホットチョコレートのカップを取った。

「贈り物の部屋着の噂がチャールズの耳に届いたら、ミランダが持っているのはあなたから贈られたものだと突き止められるかもよ」

「そんなに簡単にはいかないさ。わたしがみずからマダム・デュボアの店で選んで、うちの者に送り届けさせたんだから。マダムにも配達人にも報酬をはずんでいる」

「それでも、しばらくはおとなしくしているのが賢明よ」キャロラインは言った。「アメリアがジョージに話すことにしたら――」

「ありえない。とにかく、当分は黙っているはずだ。ゆうべアメリアは四人のご婦人方の弱みを握った。つまり、四人を思いどおりにする手段を手に入れたわけだ」アレックスは顎が引きつるのを感じた。「アメリアは人を思いどおりに動かすのが好きだ」

「ミランダもね。あの人はなんとしてもあなたをもう一度ベッドに連れこむつもりよ」

アレックスはかぶりを振り、とたんに後悔した。賭博場で出されるウィスキーの品質はよくない。二杯目のコーヒーを注いだ。「ミランダは勘違いしている。一度で終わりだ。深入りするのはごめんだからな」

「だったら、本人にそう言ってあげなくちゃ。わたしがこんな朝早くからここへ来たのは、アメリアがあなたのしていることを知っていると警告したかったからよ」キャロラインはるでしょう」

カップを置いて立ちあがった。「アメリアがずる賢いのはあなたもわたしもよく知ってい

ようやくはっきりしてきた頭のなかでそのことを考えながら、アレックスはキャロラインを玄関まで見送り、彼女の馬車が待っているのを確認した。書斎に引き返し、火の入っていない暖炉のそばのウィングチェアに深く座った。

書斎は冷え冷えとしているが、明らかにアレックスの悪ふざけはまずい場所に火をつけてしまった。アメリアはきっと、集めた秘密を大事に取っておき、その秘密が漏れた場合は、自分のいいように利用するはずだ。だが、アレックスとしては、決闘は避けたい。銃の腕に覚えはあるが——頭がアルコールに浸っていなければ、敏捷に反応できる——相手をいたずらに負傷させてもなんにもならない。

頭の内側からハンマーでがんがん殴られているような痛みが消えればいいのにと思いながら、コーヒーを飲み干した。あんなに飲むべきではなかったが、このレディごっこが終わったらアメリカへ行かせるとイニスに約束してしまったことを忘れたかった。

イニスを行かせたくない。よろこんでベッドに連れこまれたがる女性はいくらでもいるが、そのだれよりもイニスがほしい。素肌のすみずみまで両手を這わせ、唇でもそうしたい。そんな気持ちを抱きながらも、アレックスはなぜかイニスを守りたかった。主人としてではなく。一夜かぎりではない愛人がいてもいいのではと思ったのは、記憶にあるかぎ

りはじめてだ。キャロラインには、深入りしたくないと言いはしたが。逢い引きするのはひとり一回で充分だ。

けれど、イニスは違う。イニスには、もっと与えたい。小さな家を用意してやり、手当を出し、かわりに訪問する権利をもらう。イニスのような境遇の——貧しく無教養で、頼れる親戚もいない——女性の九割九分が、優雅な暮らしを手に入れる機会に飛びつくはずだ。

だが、イニスが残りの一分に入るのは、直感でわかる。

くそっ。

その日の午後、アレックスはコヴェント・ガーデンのジョン・アドラーの厩舎でブライスに会い、少し元気が出た。とくに馬を買うつもりはなかったが、カードゲームに負けてイニスを差し出した男なら、なにか役に立つ話を聞けるのではないかと思ったのだ。

ジョンはすぐにアレックスに気づき、警戒をあらわにした。「あの小僧、使い物にならなかったか？」

「あ……いや」アレックスは、ジョンがイニスを男だと思っていたことをやっと思い出した。「実によくやっている。ところで、あの子は兄弟がいるとか言っていなかったか？あの子のような若者がいれば雇いたい」

ジョンはかぶりを振った。「覚えているかぎりじゃ、そんなことは言ってなかったな」

「わたしたちは、ここのパドックで運動させている馬を見に来たんだ」ブライスが言った。「扉の脇に、馬を売るという看板があった」

「ああ、売るよ」ジョンの目から警戒心が消え、厩舎の裏手を身振りで示した。「あの扉のむこうだ、見てくれ」

アレックスは、サラブレッドとおぼしき二頭の牝馬に目をみはった。速く走るための細い胴と長い脚、豊富な肺活量を確保するための広い胸、そしてアラビア馬の血を引いていることを物語る、かすかにしゃくれた顔。

ブライスは二頭を指さした。「あの馬たちはどこで手に入れたんだ?」

ジョンはむっとした。「違法な手を使ったとでも言うのか?」

ブライスは、問題の多い地所を売るときに買い手を信用させるために使う親しげな笑みを浮かべた。ただし、いまは共犯者の笑みに見える。「もちろんそうじゃない。ただ、登録はすんでいるのかと訊きたかっただけだ」

「すんでいるとも。カードゲームでアイルランド人から勝ち取った。いかさまなしで、堂々と手に入れたんだ」ジョンはアレックスを見た。「おれだって負けてばかりじゃない」

衝動的な博打打ちがいつも負けていたら、結局は賭博から足を洗うことになる。勝負に勝つから――いつもではなくても――賭博をつづけるのだ。ただ、アレックスはそれよりもアイルランド人という言葉が気になった。

「この二頭を勝ち取ったのは、イニスが——あの若者がここにいたときか？」

「ここに来て何日かたったころだったな、たしか」ジョンは答えた。「なぜそんなことを知りたいんだ？」

アレックスは、澄まして肩をすくめた。「別に。あの若者はきついアイルランド訛りがあるから、同郷の人間に会えてほっとしたんじゃないかと思ったんだ」

ジョンは眉をひそめてかぶりを振った。「この二頭がうちに来たとき、あいつはおれのかわりにほかの馬を鍛冶屋に連れていっていた」

アレックスはうなじの毛が逆立つのを感じた。イニスはわざとアイルランド人を避けたのか？　どうしても、彼女がなにかを隠しているのではという疑念が拭えなかった。「あの若者は身寄りがないから、同郷の人間に会いたがると、普通は思うものだろう」

ジョンは不思議そうにアレックスを見た。「そんなもんかね。あいつはあまりおしゃべりじゃなかったし。ただ、馬車に忍びこんでいるのを見つけたときは、船乗りの格好をしていたし、売春宿の近くに、ちょうどダブリンから船が着いたばかりだった」

長年、賭博場でポーカーフェイスを作る経験を積んできたおかげで、アレックスは驚きを隠すことができた。イニスの話では、両親が仕事を求めてロンドンへやってきたものの、馬車の事故で亡くなったはずだった。ダブリンから船が着いた日に、イニスがジョンの馬車に忍びこんだのは、偶然にしてはできすぎていないか？

イニスは嘘をついているのだろうか?

水曜日の午後、イニスは不安な気持ちで自室まで階段をのぼった。名人に操られているヨーヨーのような気分だった。ほんとうにアメリカへ行けるのだと思うと、一瞬心が浮き立つが、またすぐに落ちこむ。

アレックスが約束を守ってくれるかどうかが心配なのではない。彼は絶対に約束を守る人だと、イニスは確信していた。

自分はどうだろう? 社交界の催しに出ていくつもりなど最初からなかった。けれどいまや、なんらかの集まりに出席しなければならなくなる可能性が高い。おそらく、メイフェアにあるダンズワース公爵の屋敷の催しに。だれにも気づかれずにすむかもしれないが――公爵に顔を見られたことはないはずだ――赤毛は目立つ。催しのあと一週間かせいぜい二週間でおじの耳に噂が届くだろうから、ぐずぐずしてはいられない。そこが悩みどころだ。ロンドンにいたいけれど、いれば見つかる恐れがある。

イニスは、従僕が湯を運んでくるのを待った。ゆっくりと腰湯に浸かったら、いい方法を思いつくかもしれない。数分後、湯を持ってきた従僕につづいてエルシーが入ってきた。イニスは、アレックスの屋敷の使用人の働きぶりに感心した。イニスは客ではないのに、従僕は毎日欠かさず湯を運んできてくれる。

盥に湯が満たされてから、エルシーが清潔な下着をベッドに置いた。「洗濯から戻ってきたばかりよ」

「ありがとう」イニスは言った。「でも、わざわざあたしのために取ってきてくれなくてもいいのよ」

「遠慮しないで。洗濯がすんだものが山積みになっていたわ。洗濯女中は下ばきのレースがなにかに引っかかってだめにならないよう、特別なたたみ方をしたみたい。皺になる前にと思って」

イニスはほほえんだ。「あたしの下ばきに皺が寄っていてもだれも気づかないけど、ほんとにありがとうね」

エルシーはうなずき、部屋を出てドアを閉めた。イニスはたたんだ衣類を眺めた。こんなに丁寧にたたまれた下着は見たことがない。洗濯女中にも忘れずに礼を言わなければ。化粧箪笥の缶から香りのいい石鹼を取り出し、盥に入って腰をおろした。湯に包まれ、体が温まっていく。イニスは目を閉じた。

月曜日の朝、馬で公園へ行き、これは取引だと念を押されたのを最後に、アレックスには会っていなかった。いまだにあのときのことが胸に刺さっていた。月曜日の夜は、アレックスにうっかり会わないよう、食事を部屋に運んだ。火曜日、彼は早くから仕事に出かけ、帰宅したのはイニスがベッドに入ったあとだった。たぶんどこかで飲んでいたのだろうと、イニスは思っていた。今朝、キャロラインの馬車を見かけた。なにをしに来たのかは知らないが、イニスはレッスンを早く再開してほしいとは考えていなかった。長引けば長引くほど都合がいい。ジェイミソンから若駒の世話をまかされて忙しかったので、アレックスの姿も見ていない。

体はくつろいだが、頭のなかは落ち着かなかった。いつまでもアレックスから隠れていることはできない。ただ、彼がそばにいてもしゃんとしていられるようになるまで、あと少し時間がほしい。そうなれるといいのだけれど。自分は彼にとって取引の相手なのだ。取引。それ以上のことは求められていない。こちらも求めていない。

イニスは立ちあがり、乾いた布で手早く体を拭き、洗濯したての下着に手をのばした。レースを包むように四角くたたまれた下ばきを広げ、腰の紐をゆるめた。その直後、手のひらに刺すような痛みを感じ、イニスは悲鳴をあげた。下ばきを落として手を広げ、奇妙な形の茶色い蜘蛛をまじまじと見おろした。

あわてて手を振り、蜘蛛を逃がした。早くも手のひらは腫れはじめ、にわかに吐き気がこみあげた。部屋がぐるぐるとまわり、床に倒れる、と思ったのを最後に、気を失った。

11

夕闇が降りる前に、アレックスは二頭の牝馬を買う交渉をしているプライスを置いて厩舎を出た。頭のなかがふたつに別れていた。片方は、屋敷に帰ってイニスを書斎に呼び出し、ほんとうのことを白状しろと迫りたかった。もう片方は、慎重になれと告げていた。ここは我慢のしどころだ、もう少し待て、と。そのほうが策としては妥当だとわかっていたが、辛抱強さはアレックスの数少ない長所のなかにはない。

屋敷のある通りに入ると、見慣れない馬車が私道に止まっているのが見え、アレックスは眉根を寄せた。今日は、仕事の関係者と会う予定はなかったはずだ。それも、こんな遅い時刻に。ほんとうにイニスと会わなければならないときに、思いがけない訪問者に邪魔されたくなかったので、屋敷の裏へまわって馬を降り、厩舎へ弾いていった。

イニスもジェイミソンもいないようだった。馬がそろっているかどうか、並んだ馬房に目を走らせると、どの馬もそれぞれの場所にいた。アレックスは、出てきた馬丁見習いに手綱を渡した。「ミスター・ジェイミソンはどこだ？　ミス・イニスは？」

若者はびくりとし、真っ青になった。アレックスは、はからずも怖い顔をしてしまったのだろうかと思った。普段、使用人がびくびくすることはない。アレックスは表情をやわらげ、穏やかに尋ねた。「知らないか？」

「ふたりとも……お屋敷にいます、旦那さま」

そうだ、そうに決まっている。アレックスはイニスを問い詰めることばかり考えていたせいで、日が暮れて厩舎の仕事は終わったことをすっかり忘れていた。ジェイミソンは厨房で料理番にお世辞を言って焼きたてのスコーンをせしめ、イニスはおそらく部屋で風呂を使っているはずだ。イニスが石鹼水を含ませた布を裸体にすべらせるところを想像すると、下半身が反応した。つかのま、アレックスは四階まで階段を駆けのぼり、いきなりイニスの部屋に突入して入浴中の彼女を見たいという衝動に駆られた。幸い、大人としての頭がまだ働いてくれたので、ぶるりとかぶりを振ってばかげた考えを追い払った。

「おもての馬車で来たのがだれか知らないか？」

ふたたび馬丁見習いはびくりとした。「お……お医者さまみたいです」

「医者？　バクスター先生か？」アレックスのうなじの毛がまた逆立った。「だれかけがをしたのか？」

馬丁見習いはまた真っ青な顔になり、ごくりと唾を呑みこんだ。「ミス・イニスです。部屋で倒れているのが見つかって――」

「なんだと」アレックスは、馬丁見習いが言い終わるのを待たなかった。屋敷へ走り、勝手口から入り、四階まで一気に駆けのぼった。なにがあったんだ？　イニスの部屋に飛びこみ、ひと目で室内の状況を見て取った。湯を満たした盥。床には濡れたタオルと下ばきが落ちている。隅でエルシーが泣いていた。ミセス・ブラッドリーがバクスター医師のかたわらで、水の入った洗面器を抱えている。ベッドの上のシーツが、小さな人間の体を覆い隠していた。

「どうしたんだ？　なにがあった？」アレックスは矢継ぎ早に問いただした。

ミセス・ブラッドリーが言った。「イニスが気を失っていたので、わたしの一存でお医者を呼びました」

「よくやってくれた」アレックスは答えた。

エルシーの泣き声が大きくなり、ミセス・ブラッドリーがにらみつけた。「泣くのをおやめなさい。イニスの体に障るわ」

エルシーはエプロンで口元を押さえて嗚咽をこらえたが、アレックスには鼻をすする音が聞こえた。ベッドへ近づき、ぴたりと足を止めた。イニスの顔はシーツと同じくらい真っ白で、まぶたも閉じていた。ぴくりとも動かず、息をしているのかもわからなかった。

「いったいどうしたんだ？　イニスは……」最後まで言いたくなかった。

「生きています」医師が言い、包帯を巻いたイニスの手を枕に置いた。

「くそっ、いったいなにがあったんだ？」ミセス・ブラッドリーがまた眉をひそめたが、アレックスは汚い言葉遣いを詫びる気になれなかった。とりあえず、いまは。

てやりたいので」

「廊下に出て話しましょうか」バクスター医師が言った。「いまはイニスを静かに眠らせ

アレックスは、動かないイニスを見やった。「昏睡しているのか、それともただ眠っているだけか？」

「そのふたつの状態を行き来しています」医師が答えた。「わたしが来たときには、なんとか手をあげて診察させてくれました。小さな傷があります。さあ、外に出ましょう」

アレックスは動きたくなかったが、バクスター医師が廊下に出てしまったので、しかたなくつづいた。「イニスのそばにいてやってくれ」ミセス・ブラッドリーに声をかけ、廊下に出てドアを閉めた。「詳しく話してくれ」

「患者は蜘蛛に対してひどく反応する体質のようです」医師が言った。「咬まれたところが壊死しないかどうか、経過を見なくてはなりません。傷口は、腫れと高熱を防ぐためにキニーネで洗いましたが、三十分ごとに冷たい湿布を交換してやる必要があります――氷があればなおいい」

「わたしがやろう。いったいどうして蜘蛛に咬まれたりしたんだろう？」

バクスター医師はかぶりを振った。「反応が激しいし、女中の話では床に倒れていたとのことなので、蜘蛛が部屋にいたのかもしれませんね」

ああ、あとで床から天井まで、小さな隙間も隅々までごしごし磨かせよう。それから、

新しいシーツも。アレックスは尋ねた。「ベッドに蜘蛛が紛れこんでいるのではないか？」

「それはどうでしょうか。患者は床に倒れている状態で発見されました。入浴を終えて、服を着ようとしていたようです。蜘蛛は服のなかにひそんでいたのかもしれません」

洗濯女中たちにも話を聞かなくてはならない。これからは、洗濯物を物干しロープからはずして屋敷に運びこむ前と、イニスの部屋に持ちこむ前の二度、一枚一枚、検分させるようにしよう。

「いまできるだけのことはしました」バクスター医師が言った。「高熱が出たり、手が膿んだり、とくに咬まれた傷口のあたりが青っぽくなってきたら、わたしを呼んでください」

「わかった。エヴァンズに送らせよう」

「それには及びません」バクスター医師はほほえんだ。

アレックスはうなずき、無理やり笑みを返した。医師は深刻な雰囲気にならないように気遣ってくれているのだろうが、笑える気分ではなかった。くそっ。イニスは死んでもおかしくなかったのだ。

ドアをあけ、ベッドのかたわらにいるミセス・ブラッドリーの隣へ行った。「あとは引き継ごう。きみとエルシーは休め」

ミセス・ブラッドリーは大丈夫だろうかというような顔をしたが、それでもうなずいた。

「氷と清潔な布と、お食事を運ばせますわ」

「わたしの分はいい」アレックスは言った。「腹は減っていないから」

ミセス・ブラッドリーはしばらくためらっていたが、エルシーに合図した。「行きましょう」

エルシーは涙に濡れた顔でアレックスをちらりと見てから、部屋を出ていった。なにか言いたそうだったが、黙っておくことにしたようだ。

アレックスは閉まったドアを見つめながら、エルシーの様子を思い返した。あとで話をしたほうがよさそうだ。いまはイニスに対する疑念などどうでもいい。

ベッドのそばへ椅子を引いていき、腰をおろして待った。

イニスは薄闇のなか目を覚まし、そばになにか大きな存在を感じた。ほどなく、頬にだれかの手が触れた。朦朧とした頭で、身を守ろうと腕を振りあげると、だれかの頭をひっぱたいてしまったらしく、バシッと音がした。

「痛い」

聞き覚えのある声だった。まばたきすると、カーテンの隙間から差しこんでくる薄明かりに少しずつ目が慣れた。ベッドのそばにいるのは男だとわかった。恐怖がこみあげたが、それがアレックスだと気づいたとたんに落ち着いた。彼は顎をこすっていた。

「なにするんですか？」

「熱がないか確かめたんだ」アレックスは答え、ベッドのそばのオイルランプをともして室内を明るくした。「熱があがってきたら知らせてくれと、医師に頼まれているんだ」

突然、手のひらがずきりと痛み、イニスは蜘蛛に咬まれたことを思い出した。包帯を巻かれた手をあげた。「倒れたのは覚えてます……」

アレックスはうなずき、椅子をベッドに近づけた。「風呂を終えたか見に来たエルシーが、きみが床に倒れているのを見つけたんだ。ミセス・ブラッドリーが医師を呼んだ」

イニスは痛みに顔をしかめたくなるのを我慢した。「お礼を言わなくちゃ」

「あとでいい」アレックスが言った。「蜘蛛に咬まれたら重い症状が出ると、なぜもっと早く話してくれなかったんだ？　納屋は蜘蛛だらけだろう」

イニスはその質問には答えず、無理やり体を起こそうとした。アレックスが手をのばして両肩をつかみ、そっと枕に押し戻した。「医師から、しばらくは動かないようにと言われている」アレックスはイニスの手を脇の枕にのせた。「それから、こっちの手を高くあげておくようにと」

心臓の鼓動が速くなったのは、急にはっきりと目が覚めたからか、それともアレックスが身を屈めたせいで、ふたりの距離がすぐ近くなったからか、イニスにはわからなかった。動悸が詰まった。アレックスも際どい体勢に気づいたのか、急いで椅子に深く座った。動悸はおさまったが、まだ狼狽の端っこが残っていた。「納屋で仕事をしちゃだめだって言うんですか？」

アレックスは顔をしかめた。「危険な仕事はさせられない」

「自分で気をつけます」イニスは言い、必死な気持ちが声に出ていませんようにと思った。馬の世話をする仕事を手放すわけにはいかなかった。仕事を辞めさせられたら、ここにいる理由がなくなる。客として教育を受けることはできない——したくない。そんなことをすれば、アレックスと特別な関係にあると使用人たちに思われる。「気をつけますから」イニスは繰り返した。「ブーツを履きます。ズボンと長袖のシャツで全身を守ります」

アレックスは包帯に目をやった。「手はどうするんだ？」

「手袋をはめます」懇願するのは嫌いだが、イニスはあえてそうした。「お願いだから、あたしから仕事を取りあげないでください」

彼は迷っている様子で、ためらいがちに答えた。「考えておこう。ところで、思い出せるかぎりでいいから、咬まれたときのことを教えてくれ」

「たいして話すことはありません。従僕たちがお湯を運んできてくれて、エルシーが洗濯したての着替えを持ってきてくれました。服を着ている途中で、咬まれた痛みを感じました」

「なにを手に持っていたんだ？」

イニスの顔は熱くなった。「下ばきを」

アレックスは立ちあがり、まだ床に落ちたままになっている下ばきを拾った。それを隅から隅まで調べ、バサバサと振った。

「なにをしているんですか?」イニスは尋ねた。

「ほかにも蜘蛛が隠れていないか確かめているんだ」アレックスは下ばきをベッドへ持ってきた。「これをはいていたのか?」

イニスの顔はますます熱くなった。下ばきをはいていたのかどうかなんて、普通は話すことではない。不意に、ドアを閉めきった部屋にアレックスとふたりきりでいるうえに、自分は薄いシュミーズ一枚に木綿のシーツをかけただけでベッドに横たわっているのを思い出した。「あたしの服の話とかしないほうがいいと思います」

つかのま、アレックスはぽかんとイニスを見ていたが、声をあげて笑った。イニスは笑われて顔をしかめた。アレックスはなんとか真面目くさった顔になった。

「悪かった。きみがどんなふうにこの……物体をさわったのか訊きたかったんだ。両手で持っていたのか?」

顔がカッと熱くなった。もちろん、アレックスはいやらしい下心があってそんなことを訊いたわけではない。忘れてはならない、彼は取引の相手だ。取引。それ以上の関係ではない。イニスは恥ずかしくなり、下唇を嚙みしめた。

アレックスの目がその口元の動きをじっと見ていた。彼はしばらくなにも言わなかった。それから、目をあげて質問を繰り返した。「どんなふうに持っていたんだ……これを?」「腰のあたりで」イニスは答えた。「紐をゆるめたんです。そのとき、咬みつかれた痛みを感じました」

アレックスは下ばきを見おろし、腰紐を通してある部分に指を走らせた。「たしかに蜘蛛が這いこめるくらいの隙間があるが、実際に這いこむものかな」

「洗濯室のテーブルに置いてあるあいだに入ってしまったのかもしれないですね」イニスは言った。「エルシーが言ってました。この……これを、わざわざ丁寧にたたんでくれたみたいだって。レースがなにかに引っかかってだめにならないように。だから、蜘蛛は閉じこめられたのかも」

「そうかもしれないな」アレックスは下ばきを脇に置いた。「女中たちにこの部屋の上から下まで掃除させよう」

「いえ、いいです」イニスは急いで言った。部屋の掃除を命じられた女中たちは憤慨するだろうし……きっとベッドの下のブルーのドレスも見つける。「蜘蛛はとっくにいなくなったと思います」

アレックスは厳しい顔になった。「きちんと確認したい」

「武装した使用人部隊を送りこんで、ちっぽけな虫に宣戦布告しなくても大丈夫です」アレックスが納得できないと言わんばかりなので、イニスはつけくわえた。「それに、お医者さんはあたしを休ませろと言っていたんでしょう？　はたきだの箒だの持ってバタバタやられたら休めません」

「わかった。よかろう。いまのところはやめておく」アレックスは言い、身を乗り出して手の甲をイニスの頬に当てた。「今度はわたしをぶたないでくれよ」

ほんとうに熱が出たと思われかねないほど顔が熱くなったのは、彼がすぐそばにいるせいだ。「ぶつつもりはなかったんです」

アレックスがほほえんだ。「それはよかった」

彼はその手をなかなか離さず、ひっくり返して指でイニスの顎の線をなぞった。彼の視線が唇のあたりで止まり、瞳が暗くなった。イニスの体に奇妙な感覚が小波のように広がった。そわそわと唇を舐めたとたん、アレックスの目が険しくなった。彼が身を屈め、ふたりの距離はほんの数インチまで縮まった。イニスはとっさに目を閉じ、唇を開いた。ひたいにそっと唇を押し当てられたのを感じた直後、彼がさっと身を引いた。彼の体の熱が漂っていた場所が、一気に冷えきった。イニスが目をあけたときには、彼はもうドアの前にいた。

「食事を運ばせる」アレックスは言い、イニスが返事をする前に行ってしまった。

イニスはだれもいない部屋の入口を見つめた。いったい、いまなにがあったの？

くそっ、いまなにが起きそうになったんだ？

アレックスは一階におりるまでに、ようやく歩く速度を落としたが、頭のなかは忙しかった。イニスにキスをしたかった。ほんとうにキスをしてしまうところだった。いったい自分はどうしたんだ？　使用人を食い物にするのは許されない。とくに、この屋敷で危うく死ぬところだった使用人を。イニスが欲望の宿った目で見つめてきたからといって、さっきの自分の行動は正当化できない。イニスは蜘蛛に咬まれたせいで、頭がぼんやりしていただけだ。だが、あの目つきは貪欲な女性のものだった。ご馳走にかぶりつこうとしているかのように、アレックスを見ていた。いや、その反対かもしれない。

だめだ、自分はおかしくなりかけている。

厨房に入ると、ミセス・ブラッドリーと女性の使用人たちが夕食の準備に大わらわだった。彼女たちは手を止め、なにごとですかと問うようにアレックスを見た。不思議がられるに決まっている、とアレックスは思った。厨房に来たのは、思い出せないくらい久しぶりだ。

「今日の午後、洗濯物を取りこんだのはだれだ？」アレックスは尋ねた。

鍋を磨いていた女中が振り返り、震える声で答えた。「あたしです、旦那さま」

昨日の馬丁見習いと同じように、おびえた顔をしていた。やれやれ。わたしは使用人を震えあがらせるほど怖い顔をしているのか？「シーツや服に、虫がついているのに気づかなかったか訊きたかっただけだ」アレックスは声をやわらげた。「アイナ、どうだ？」

アイナは頬をかすかに染めた。名前を覚えていてもらえてうれしかったのかもしれない。彼女はジョージが置いていった使用人のひとりだった。ジョージは執事と近侍を除いて使用人の名前など知らなかっただろうから、アレックスは全員の名前を覚えるのを目標にしていた。

「いいえ、旦那さま」アイナはかぶりを振った。「虫には気づきませんでした。もっと注意して虫を払えばよかったんですけど」

「洗濯室に蜘蛛がいないか、いま調べているところです」ミセス・ブラッドリーが言った。

「寝室女中たちに、各部屋を掃除するよう指示しようと思っていました」

「ありがとう」アレックスは寝室女中たちに向きなおった。「洗濯物をたたんだのはだれだ？」

メアリーとアイヴィとアリスがぽかんとアレックスを見た。ファーンが肩をすくめた。

「洗濯物をたたむのはあたしたちの仕事だとは思ってませんでした」

「ミセス・ブラッドリーに指示されたら、それが仕事だ」アレックスは答えた。もともとだれの仕事なのか、見当もつかなかった。

「あたしたち、階上の女中です」アリスが言った。

「ときにはシーツをたたみますよ」エルシーが口を挟んだ。「でも、普通は洗濯女中の仕事です」

「今朝は体調が悪かったんです」アイナが言った。「だから、あたしが洗濯物を取りこんだんです」

「たたんだのも？」

アイナはすぐさまかぶりを振った。「洗濯物はそのままテーブルに置きました。野菜の皮むきをはじめなければいけなかったから」

アレックスは使用人の顔を見まわした。「では、洗濯物をだれがたたんだのか、だれも知らないのか？」

またたれもがぽかんとして、かぶりを振った。そのとき、洗濯室を調べに行っていた女中が戻ってきたので、アレックスは同じことを尋ねた。

その女中も首を横に振った。「今日はたったいまはじめて洗濯室に行きましたけど、蜘蛛は一匹もいませんでした」ミセス・ブラッドリーに向きなおり、空の小瓶を掲げた。「テーブルの下の床に、これがあっただけです」

ミセス・ブラッドリーは怪訝そうに小瓶を受け取った。「なぜ洗濯室にハーブの貯蔵室の瓶があったのかしら？」

ミセス・オルセンが、厨房助手のアイナを見やった。「アイナ、ハーブの管理はあんたの仕事でしょう。瓶を持ち出したの？」

「あたしは言いつけられたものしか持ち出しません」アイナは答えた。「それに、持ち出したものはちゃんと元に戻します」

アレックスはガラス瓶を一瞥した。「まあ、蜘蛛が見つからなければそれでいいんだ」

「お屋敷中をくまなく検めます」ミセス・ブラッドリーが言った。

「ありがとう」アレックスは、ミセス・オルセンが火にかけた鍋ややかんをそわそわと見ていることを見て、調理に戻らなければならないのだと気づいた。「もういい。仕事をつづけてくれ。ミセス・ブラッドリー、忘れずにイニスに食事を運んでやってくれ」

「かしこまりました」

アレックスは厨房を出たが、納得はしていなかった。だれかが蜘蛛を洗濯物にひそませたのは間違いない。家政婦も執事も有能だから、いままで使用人の管理に悩んだことなどなかった。蜘蛛だの女性の下着だのについてあれこれ詮索しているなどと知られたら、完全におかしくなったと思われるだろう。だが、その下着はイニスのものなのだ。イニスのことは、自分のことだ。

やはり、ベドラムに入れられる一歩手前かもしれない。

「うまくいかなかったのね」ミランダは、サンルームの机の前に座り、目の前に立っている娘をじっと見つめながら、かろうじて落ち着いた口調で言った。リアを通して話を伝え聞くのがじれったかったので、ファーンを呼び出したのだ。だが、報告の内容はミランダが期待していたものではなかった。

うなだれもしないファーンの図々しさを叱りつけたかったが、我慢した。使用人には立場をわきまえさせなければならないが、ファーンはミランダの使用人ではないし、いまは彼女の協力が必要だ。「それで？」

ファーンはミランダの目を見据えた。ミランダはそれも気に入らなかったが、なんとか無視した。

「あたしは言われたとおりにしました。もらった小瓶を洗濯室に持っていって、イニスの下ばきの紐を通す部分に蜘蛛を入れました。それから、蜘蛛が逃げないように、教えられたとおりにたたみました。蜘蛛は逃げてません。イニスは咬まれた。うまくいったって言ってもいいと思います」

自分の目が丸くなったのがわかり、ミランダはあわてて表情を取り繕った。うちの使用人はこんな口の利き方をしない……厚かましく報酬を要求したりしない。金を払うのはやめようかと思ったが、それではたいして得られるものはない。ミランダがほしいのは、もっと大きな勝利だ。「そうね」小さな財布に手をのばし、銀貨を数枚取り出した。「これで約束どおりかしら」

ファーンは銀貨を受け取り、感謝するそぶりも見せず布袋にしまった。報告するあいだも、なんの感情もあらわさなかった。そこがミランダとの共通点かもしれない。ミランダは、このように自己を過信している人間を操ることができる。金貨を一枚取り出し、机のむこうへすべらせた。「もうひとつ、仕事をしてみたくない？」

ファーンは金貨を取り、冷たい笑みを浮かべた。「なんなりと、奥さま」

12

「ここでなにをしているんだ？」

イニスは包帯を巻いた手をゴールディの首に置いて振り返った。アレックスの声には苛立ちがあらわになっていたが、驚きはしなかった。アレックスがあのささやかなキスをして、逃げるように部屋を出ていった水曜日の午後以来、一度も顔を合わせていなかったが、なんとなく監視されているような気がしていた。だから、屋敷の外に出してもらえないかもしれないと、なかば覚悟していた。

「そんなことは見ればわかる」アレックスはまだいらいらしている。「わたしが訊いているのは、なぜ厩舎にいるのかということだ」

「だって、馬がいるのはここですから」イニスは、努めておばかさんに話しかけているように聞こえないようにした。「どうしてもと言うなら、ゴールディを外に連れていって、杭につなぎますけど」

アレックスは片方の眉をあげて馬房に入ってきた。「はぐらかすな。わたしの言いたいことはわかるはずだ。藁のなかには蜘蛛が百匹いるかもしれないんだぞ」

「ごらんのとおり、ちゃんと服を着てますから」イニスは答えたものの、アレックスの視線に頭のてっぺんからつま先までゆっくりとなぞられ、顔が熱くなった。「だから、ちゃんと防御してますってことです」

アレックスは近づいてきて、包帯を巻いた手を取った。「ここは防御されていない」

イニスはアレックスの手の温もりに気づかないふりをしようとしたが、腕がじんわりと熱くなり、すぐそばに立っている彼の全身に包まれているような気がした。「手を藁につっこんだりしません」

「傷口も癒えていない。まだ三日しかたっていないんだからな」

「膿んでませんし」イニスは手を引こうとし、きつくつかまれてかすかに顔をゆがめた。痛みを隠そうとあわててほほえんだが、間に合わなかった。アレックスは一方の手をイニスの腕に、反対の手をウエストに添えると、有無を言わせず馬房の外へ連れ出した。

「ゴールディの世話は終わってません」

アレックスはいかめしい顔をしていた。「今日の仕事は終わりだ。屋敷へ戻れ」

イニスは足を踏ん張った。「最後までやらないと……」残りは息を呑む音にすり替わった。アレックスはイニスをひょいと抱きあげ、屋敷へ歩いていく。イニスはじたばたともがいた。「おろしてください」

「だめだ」アレックスは腕に力をこめ、イニスを抱きしめた。「いつまでも暴れていたら、肩にかつぐぞ」

「やれるものならどうぞ」

彼の両方の眉があがった。「教えてやろう、わたしはめったに挑戦を拒まないんだ」

イニスはアレックスをにらみつけようとしたが、顔が近すぎて、うっとりと見あげるような形になってしまった。彼の首にまわしていた腕に、やわらかな髪が触れていた。いつのまに彼にしがみついていたのか思い出せなかったが、そうでもしなければ落ちてしまう。イニスは彼の口元に視線を落とした。それが大きな間違いだった。あわてて目をそらしたが、そのときにはすでに、ひたいに押しつけられた唇の弾力と温もりの記憶が閃いていた。彼の深い緑色の瞳に金茶色の斑点が浮かんでいることに、イニスははじめて気づいた。

「やはりおろしたほうがよさそうだ」アレックスは奇妙にしわがれた声で言い、イニスをおろした。「あとは歩いていこう」

恥ずかしさがこみあげ、イニスはうつむいた。彼に気持ちを読まれたのだろうか？　キスをしてほしがっていることに気づかれた？　きっと、ばかみたいに彼を見あげていたに違いない。おろしてくれたのは、そういうのは迷惑だと言いたいからだ。

ただ、彼は逃げなかった。でもそれは、イニスがまた厩舎へ戻るのを警戒しているからだ。たしかに、イニスは厩舎に戻りたかった。戻るべきだ。

だが、勝手口の手前にたどり着いてしまい、いきなり走って逃げたくないのなら、なかに入るしかなくなった。アレックスがドアを押さえているあいだに、イニスは敷居をまたいだ。アレックスはテーブルの前の椅子を引いた。「座れ」

イニスはしかたなく腰をおろしたが、厨房にミセス・オルセンしかいない時間帯だったのがありがたかった。女中たちや皿洗いの小僧たちに、じろじろ見られたくない。

「大丈夫ですか、旦那さま」ミセス・オルセンが尋ねた。

「大丈夫だといいんだが」アレックスは言い、別の椅子を引いて座った。「湯と清潔な布と、バクスター先生が置いていった軟膏を持ってきてもらえないか？」

「承知しました」ミセス・オルセンは、ストーブの上で保温してあったやかんからボウルに湯を注ぎ、清潔な布と一緒にテーブルに置いてから、軟膏を取りにいった。

「なにをするんですか？」イニスは、手の包帯をほどきはじめたアレックスに尋ねた。

「傷の具合を見たい」

「針で刺されたようなものです」イニスは抵抗したが、完全に包帯が取れたとたんに黙りこんだ。ふたりは、じくじくした小さな傷口のまわりが真っ赤になっているのをまじまじと見つめた。

「わたしなら、それよりもう少しひどい傷だと言うね」アレックスは重々しい口調で言った。「膿んでいるのをなぜ黙っていたんだ？」

「お医者さまは青くなったらまずいって言ってたし」イニスは答えた。「これは青じゃないです」

「赤くなるのもまずいんだ。それに、傷口が開いてしまっている」

「赤いのは、さっき熊手を使ったからです。こすれて傷口が開いちゃったんですよ」

アレックスは人差し指で赤い丸をなぞった。「熱を持っているぞ」

触れられたところ全体が熱かったけれど、そんなことは言えなかった。彼の指は蝶のようにごく軽く、イニスの肌をかすめただけだったが、乾いた火口にマッチの火をつけたも同然だった。アレックスの指が腕をのぼっていき、やがて鎖骨から首へと進むうちに、イニスの血は沸き立っていた。「あの……なにをしてるんですか?」

「感染が広がっていないか確かめている」アレックスは答え、手の甲をイニスの頰に当てた。「熱いんじゃないか」

あなたがそんなことをするからよ。体が火を噴かなければいいのだけれど、とイニスは思った。幸い、ミセス・オルセンがミセス・ブラッドリーと一緒に軟膏を持って戻ってきたので、アレックスに答えずにすんだ。

ミセス・ブラッドリーは足早に歩いてきて、イニスの手をじっと見おろし、眉をひそめた。「お医者さまを呼びに行かせましょうか?」

イニスはかぶりを振った。「いいえ、大丈夫です」

「そうしてくれ」アレックスが言った。

ミセス・ブラッドリーは即座にうなずくと、イニスに声をあげる隙も与えず立ち去った。

「ウィスキーを」アレックスに命じられたミセス・オルセンは、せかせかと厨房を出ていった。

「まだ午前中ですよ」イニスは言った。「お酒を飲むにはちょっと早いんじゃないですか」

「そうかな」アレックスはイニスの手を持ち、手のひらに布で湯をかけた。「きみがちゃんと自分の面倒を見ないから、そばにいる人間は飲みたくもなるというものだ」

「日が高いうちからお酒を飲みたいのをあたしのせいにしないでください」イニスはぐいと顎をあげた。「自分の面倒は自分で見ます」

アレックスはちらりと目をあげ、また傷口に湯をかけた。「包帯の下に泥が入りこんでいたぞ」

「そんなことないです」

「ある。見ろ」

イニスは顔をしかめて見おろした。手を洗い流した湯に、小さな粒が点々と混じっていた。「包帯の外に付いていたのかも」

「そうかもな」アレックスは、まったくそう思っていない口ぶりだった。料理番が戻ってきて、ウィスキーの瓶を差し出した。アレックスは栓を抜き、イニスにすすめた。「一口がぶりとやっておいたほうがいいぞ」

「頭をはっきりさせておきたいので」

「好きにしろ」アレックスはボウルの上でイニスの手のひらを上に向けた。「少しひりひりするぞ」

言い終わらないうちに、ウィスキーを傷口にかけた。イニスは歯を食いしばったが、シュッという蛇のような息の音が漏れた。アレックスはひるんだが、ウィスキーをかけつづけた。

「傷口を洗うにはウィスキーが一番だ」アレックスは言い、ようやく瓶を縦にした。「よし。これでいい」

イニスは歯嚙みしながら痛みに耐えたものの、目が潤んだ。黙って瓶に手をのばした。

アレックスが瓶を取ってくれた。「がぶっとやれ」

二度言われる必要はなかった。

「あなたらしくないわ」ヴァネッサ・コールドウェルの夜会の混み合ったサロンで、キャロラインがアレックスに言った。「今夜はひとりも女性にちょっかいを出していないなんて」

「わたしはちょ、ちょっかいを出したりしない」アレックスは、通りかかったウェイターからシャンパンを取った。

「訂正するわ」キャロラインがそっけなく言った。「今夜は人妻にちょっかいを出していない」

「わたしは人妻にもちょっかいを出したりしない」

キャロラインは片方の眉をあげ、口元を引きつらせた。「俗っぽい言い方で悪かったわね。惑わせる、とか、魅了する、とかのほうがふさわしい言葉だった？」

アレックスはかぶりを振った。「それではまるで魔術師だ」

「うーん」キャロラインはワインを一口飲んだ。「あなたのことをマーリンと呼ぼうかしら」

「やめてくれ」

キャロラインはいたずらっぽく笑った。「アーサー王の右腕に口説かれたってRクラブの人たちが自慢するんじゃない？　それとも、やっぱりランスロットのほうが――」

「やめてくれないか？」思ったより苛立ちが声に出てしまった。「きみも知っているはずだが、男が誘惑の技術を磨くのは、上流階級のご婦人がたの退屈を紛らしてやるためではないよ」

「ええ、でも相手の女たちが、その男の……そう、技巧を礼賛するクラブを結成している例って、わたしはほかに知らないわ」アレックスが顔を赤くしたのを見て、キャロラインの笑みが大きくなった。「あなた、照れてるの？」

「違う。人が多すぎて暑いからだ」

「もしくは、期待に満ちた女性たちから一身に熱い視線を浴びているせいじゃなくて？」

「大げさだな」

「どこが？　ジャネットは獲物に飛びかかろうとしている猫みたいにあなたを見つめているわ。メラニーとミランダとヴァネッサも、あなたを目で追ってる。言わせてもらえば、ベアトリスはウィンクひとつで寝室についてくるわよ」キャロラインはまたワインを口に含んだ。「それ以外にも、次に陥落される栄誉に浴したいと思っている令夫人がたくさんいるわ」

「わたしは海賊船を降りて村へ略奪しにいく侵略者かなにかか？」

「実にいいたとえね」

「そうではなくて……」不意に室内が静かになり、アレックスは口をつぐんだ。

「あらまあ」キャロラインがつぶやいた。「海賊と言えば、ね。見て。ケンドリック侯爵よ。こういう集まりに顔を出すのは久しぶりだから、ほんとうに海賊船を降りてきたのかもね」

　アレックスは入口のほうを見やり、キャロラインに目を戻した。「きみにはあんな噂を信じないくらいの分別があるはずだが」

　キャロラインは肩をすくめた。「あの黒い長髪と黒い瞳、ほんとうに海賊みたいでしょう。黒いズボンにサッシュ、頭にバンダナを巻いているのが目に浮かぶわ」

アレックスはキャロラインをからかうように見た。「きみがケンドリックにそんなロマンティックな空想を抱いていたとは知らなかったな」

「あら、違うわ」

「彼はシャツを着ていないのか？」

キャロラインは目を見ひらいた。「もちろん着ているわ。ベストと上着とクラヴァットもね。あなた、目は大丈夫？」

「きみの空想のなかで、という話だ」アレックスは涼しい顔で言った。

キャロラインは頬を染めた。「空想なんかしません」

「最近流行のゴシック小説の挿絵に、シャツを着ていない海賊が描いてあったのを見たような気がする」アレックスは、キャロラインの言葉を無視して言った。「たしか、その絵の海賊も黒髪だったな。ケンドリックとその絵が結びついたんじゃないのか？」

「わたしは、ゴシック小説は読まないわ。あなたが読んでいるのが意外」

「わたしも読まない。うちの女中たちが好んで読んでいるが、ケンドリックが海賊にたとえられるのは聞いたことがない」アレックスはキャロラインをからかうのが楽しくなり、頬をゆるめた。「きみが上半身裸のケンドリックを想像したと本人が聞いたら、悪い気はしないと思うぞ」

「想像していいいいません」キャロラインはよそよそしく返した。「でも、侯爵はたしかに、赤茶色の帆に黒い船体の船を持っているのよ。夜の海で目立たないわ」

アレックスは片方の眉をあげた。「なぜそんなことを知っているんだ？」

「父に聞いたの。去年、侯爵はテムズ川のレースにその船で出場したそうよ。とっても速かったんですって」

「海賊の船のように、か」

キャロラインはちらりとアレックスを見た。「わたしをからかっているの？」

「たぶん。先代侯爵の兄が船の事故で亡くなって、彼があとを継いで以来、噂が飛び交っている。ただでさえ、生まれに不確かなところがあるとのけものにされて、清く正しい上流階級の連中に厄介者扱いされていたんだが。だからといって、海賊になるとはかぎらない」アレックスはにやりと笑った。「もちろん、きみが空想のなかで彼を海賊にしたいのなら、それはかまわないんじゃないか」

キャロラインは憤慨してアレックスをにらんだ。「もうやめてくれない？　わたしは、ここにあの方がいらしたのを意外に思っただけよ」

「どんなに厳しく客を選別する女主人でも、侯爵を呼ばないわけがない。身分の高い人間の不興は買いたくないだろうからな」

「偽善だわ。みんなあの方を招きはするけれど、あの噂があるから、だれも自分の娘に近づけようとはしないもの」

アレックスは侯爵を見やり、頰をゆるめた。「ケンドリックも毎日そのことを神に感謝しているかもしれないぞ。首に縄をかけられずに、自由に楽しむことができるじゃないか」

キャロラインはかぶりを振った。「あなたがた遊び人はみんな同じね」

「そんなことはないだろう。わたしはきみに海賊みたいだと言われた記憶はない」アレックスはにんまりと笑った。「シャツを着ている海賊とも、着ていない海賊とも言われたことがない」

「恥を知りなさい、アレクサンダー・アシュリー」

アレックスは肩をすくめた。「よく言われる。だが、自分ひとりでひそかに楽しむことに非はあるまい？　海賊の妄想が好きなら――」

「好きじゃありません」

「――ケンドリックに打ち明けたらどうだ」

キャロラインは、めずらしいことに言葉を失ってアレックスを見ていた。「そんなことは絶対にしないわ」

アレックスは、またキャロラインが憤慨するような笑みを浮かべた。「試してみればいいじゃないか。案外楽しいかもしれないぞ」

キャロラインは口を開いて閉じ、また開いた。「試しません」キャロラインは言ったが、言葉とは裏腹の表情をしていた。

アレックスは、キャロラインを憤慨させるつもりはなかった。メラニーとヴァネッサが近づいてきたので、失礼すると言って立ち去りながら、キャロラインから怒気をはらんだ目でにらみつけられたのは、からかったせいではなく、ふたりの女性のあしらいを押しつけたからかもしれないと思った。

まったく、なぜこんなところに来たのだろう？　今朝イニスの手を見てからというもの、アレックスはどうにも落ち着かなかった。イニスが隙あらばこっそり厩舎に行こうとするのはわかっていた。医師からは、傷口が開いたのはただだれているからではなく、膿が出ているので、壊死は免れるだろうと言われている。それを聞いて、イニスはにんまりした。アレックスはのんきなイニスの肩を揺さぶってやりたいような気持ちと、安堵のあまりめちゃくちゃにキスをしたいような気持ちのあいだで引き裂かれた——が、そのどちらもイニスはいやがるだろう。

イニスは医者から今日一日手を高いところに置いてゆっくり休むようにと指示されていたが、アレックスには彼女が言われたとおりにおとなしくしているとは思えなかった。思えないのなら、家にいるべきだった。だが、エヴァンズから、新しい事業にロックウッド伯爵から投資してもらえるかもしれないのに、招待を断るのは賢明ではないと諭された。

それに、エルシーとファーンが、交替でイニスのそばについていると申し出てくれた。だから、ここへ来たのだが。

アレックスは、近づいてくるミランダに気づき、くるりと向きを変えて男しかいないビリヤード室へ向かった。あいにく、混み合った場所では人にぶつかりかねないうえに、臆病かつ露骨に見えるかもしれないので走るわけにもいかず、安全な場所――聖域に逃げこむ前に、ミランダに捕まってしまった。

「奥さま」アレックスは小さくお辞儀をした。

ミランダは閉じた扇子でアレックスの腕をふざけてたたいた。「どうしてそんなに他人行儀なの、アレクサンダー？　名前で呼んでもいいと言ったでしょう」

「ここは他人行儀がふさわしい場所では？」

ミランダが肩をすくめると、片側の襟ぐりがずり落ちた。彼女はそれを元どおりにしなかった。「テラスに出て、もっと打ち解けたお散歩はいかが？」

「こんなに人が多いと、テラスも混み合っていますよ」

彼女は流し目をよこした。普段からその目は吊りあがっているので、猫のように見えた。それも、不機嫌な猫。彼女がさらに近寄ってくると、甘ったるい花のような香水がにおった。アレックスはそれまで女性の香水が鼻につくと感じたことがなかった。イニスはいつも石鹸の香りがする……そして、ときどき馬と藁のにおいも混じる。そのにおいは気にならない。アレックスは、一歩あとずさった。

ミランダが一歩詰め寄った。「恥ずかしがっているの、アレクサンダー？」

「いえ。礼儀を守っているだけですよ」

彼女は扇子の先でアレックスの胸をなでた。「いつから礼儀を気にするようになったの？」

アレックスはいまいましい扇子を振り払いたくなった。象牙の骨の先は金箔が張られて尖っている。「今夜は悪目立ちしたくないので」

ミランダは手を振った。「それだったら、ケンドリック侯爵がすでに目立っているわ」

アレックスは、部屋のむこうにいるケンドリックを見やった。デビュタントたちが群がり、しきりに睫毛をぱちぱちさせ、扇子をぱたぱたやっている。キャロラインの言うとおりかもしれない。黒ずくめの侯爵はいささか危険な感じがするが、それはブライスやアレックスと同様に遊び人だからであって、兄の事故死にまつわる黒い噂のせいではない。まるでそれを証明するかのように、娘たちはケンドリックの言ったことにくすくす笑い、そばの壁際から見ている母親たちが渋い顔をしている。アレックスはミランダに向きなおった。「パーティを邪魔する人間はひとりいれば充分でしょう」

ミランダは、クリームの入ったボウルを見つけた猫のような笑みを浮かべた。身を乗り出して豊かな胸の谷間を見せつけ、喉を鳴らした。「わたしたち、二階でだれもいない寝室を探せば邪魔されずにすむのではないかしら」

「無断で寝室を使うのはマナーに反するでしょう」アレックスは言った。

ミランダの目が険しくなった。「あとでヴァネッサを誘うつもり？」

アレックスは驚き、つい声を荒らげそうになった。わたしがだれを――どんなときに――ベッドに誘おうがあなたの知ったことではない、と言いたくなったが、ミランダはつづけた。

「もちろん、そんなことはどうでもいいわ」ミランダはまた澄ました顔に戻り、アレックスの腕に手をかけた。「あなたのような男盛りなら、一晩でふたりを相手にするくらいたやすいでしょう。ただ、わたしを先にして」

なぜ通じないんだ？　ミランダは――ばかげたRクラブとやらのメンバーならだれでも――一度きりだとわかっているはずなのに。たった一度だけのお楽しみ以上のものは、だれにも約束していない。本気だと勘違いされないように、いつも部屋着に添えるカードには同じ文言を書いて念押ししているのに。「思い出のしるしに」と。思い出だ。先があるとは、におわせてもいない。

「せっかくだがお断りします」アレックスはミランダの手をどけながら言った。「では、失礼。ビリヤードのゲームがはじまっていますので」

アレックスは、ミランダからなにか言われる前に背中を向けて立ち去った。ものにも限度がある。ミランダ・ロックはもうこりごりだ。

ミランダは遠ざかっていくアレックスの背中を見つめていた。誘いを断って逃げるなんて信じられない。このわたしから。よくもそんなことを。ミランダは、それまで愛人に袖にされたことがなかった。

怒りにまかせて扇子を開いたせいでレースが破れてしまったが、ミランダは気づかなかった。ガラス扉からテラスに出た。早春の冷たい夜気も、熱くなった顔や全身を焼きつくす憤怒を鎮めてくれなかった。

テラスは混雑しているどころか、人影はなかった。部屋の入口からこぼれる明かりが届かない場所は暗く、逢い引きにうってつけなのに。アレックスがここに出るのをいやがったという事実が、ますます怒りを煽った。

いままでの男のだれよりもアレックスがほしかった。いや、正しくは体が彼を求めていた。夜中に目を覚ますと、火照った全身に汗をかき、脚のあいだは熱く濡れている。乳首は小石のように硬く、つまんでも落ち着かなかった。みずからを手で慰めても無駄だった。体はどんどん反応し、まだ息が荒いうちに、芯が脈打ちながら疼く感覚が戻ってくる。肌には虫が這っているような気がする。ふたたび絶頂に達し、ときには三度目を繰り返しても、アレックスに奥深くまで貫かれたい欲求が戻ってくる。アレックスとなら、小さな死（ラ・プティット・モール）を体験できる。その高みまで連れていってくれる男はほかにいない。アレックスだけなのだ。

もう一度、あの体験を。

アレックスとて、あの激しい情熱と欲望を分け合ったことは否定できないはずだ。それなのに、どうして断るのだろう？　もう一度、あれを体験したくないのだろうか？

ミランダは破れた扇子の糸を引っぱり、レースをどんどんほどいていった。熱い鉄の火かき棒で火傷をしたかのように、赤毛の小娘の姿が脳裏に焼きついていた。イニス。アレックスが誘いを断ったのは、イニスのせいだろうか？　あんなやせっぽちの冴えない小娘のどこがいいのか、ミランダにはさっぱりわからなかったが、イニスがアレックスの屋敷にいるのは事実だ。毎晩ベッドもともにしているのだろうか？

ミランダは扇子を握りしめた。象牙の骨が折れる音が聞こえた。その音は爽快だった。人間の骨も折れたらこんな音がするのかしら？

アイルランドの小娘を始末しなければならない。あの娘がいなくなれば、アレックスもきっと戻ってくる。戻ってきたら、いままで覚えたあらゆる手管を使って彼を引きとめる。もっと会えるように、どこかに部屋を借りてもいい。チャールズには、毎週慈善活動のために出かけると言えばいい。チャールズは疑いもしないだろう。丸っきり嘘でもないのだし。隣人愛のための活動をするというのはほんとうだ……ただし、愛を分かち合うのは自分とアレックスだけ。

だが、その前にやるべきことがある。ファーンに次の計画を当初の予定より早めに実行させなければならない。そうすれば、なにも邪魔するものはなくなる。

ミランダは扇子の骨を一本残らず折ってほほえんだ。ああ、ほんとうにいい音だ。

13

火曜日の午後遅く、食堂のテーブルに並んだ大量の銀器と磁器とクリスタルガラスを眺め、イニスはため息をついた。次のレッスンは、テーブルセッティングらしい。蜘蛛に咬まれた傷が治りはじめたので、ほんとうは厩舎へ行ってゴールディの世話をしたかった。念入りにセッティングされたテーブルの前に――ただし料理はない――キャロラインとアレックスと座っているのではなく。

「ややこしそうに見えるでしょう」キャロラインが言った。「でも、実用に即した配置なのよ。要するに、銀器は外側から順番に取っていけばいいの」

もう何年も前に母親から習ったから知っているし、おじのこだわりで、客がいようがいまいが週に一度は正式なテーブルセッティングで食事をしていた。それでも、ふたりに合わせなければならない。貧しく身寄りのない、無教養な娘だと信じさせなければならない。

「覚えるのに時間がかかりそうです」

「そんなことないわ」キャロラインが言った。「あなたはその気になれば呑みこみが早いと思うの」

アレックスが鋭い目で見ているが、イニスは気づかないふりをした。社交界に出ていきたくないからレッスンをずるずると長引かせているのを、彼はきっと気づいている。半分は正しい。もともとイニスは、彼の思惑どおりにするつもりはなかったが、いまやそうも言っていられない。遅かれ早かれ、正体を知られるのはわかっている。アレックスが復讐を終える前にそうなったら、アメリカへ行かせてもらえなくなる。そして、地獄よりひどい運命がアイルランドで待っている。

「がんばります」イニスはスプーンを取った。「これはなにに使うんですか？」

「スープ用よ。コースの最初はたいていスープなの」キャロラインが言った。「この小さくて薄いスプーンはデザート用。プディングが出る場合は三本あるわ。反対側のフォークは、二皿目と三皿目のもので、だいたい小さなお魚か鳥が出て、そのあと鹿か豚か羊がつづくの。もちろん、大きいほうのナイフはお肉用で、パン皿の上にある小さなナイフはバターを塗るためのもの」

「ややこしいですね。フォークもナイフも一本ずつあれば充分なのに」

キャロラインがにこやかに笑ったので、イニスは嘘をついているのが申し訳なくなった。

「お皿をさげてもらうときに、銀器も一緒にさげてもらうと、覚えておくといいわ」キャロラインはスープスプーンを二枚の皿の上に重ねた空のスープ皿に起き、従僕役のアレックスにうなずいて皿をさげさせた。次の皿を食べ終えたふりをして上にフォークを置くと、アレックスがまたその皿をさげた。「ね？　どんどん銀器が減っていくでしょう。だから、次にどれを使うのかわかりやすいわ」

イニスは眉をひそめた。「グラスが五個もあるのはなぜですか？」

「いちばん大きなものはお水を入れるグラスで、細長いのはシャンパン用。丸い形の二個は赤白のワインで、小さめのものはシェリー」

イニスは目を丸くした。「酔っ払わせたいんですか？」

キャロラインの笑顔が固まった。「もちろん違うわ。グラスには半分しか飲み物を入れないのよ」

「それでも五個もいりませんよねえ」イニスは言った。キャロラインが黙ってため息をついたので、イニスは後ろめたくなった。

「お料理によって合わせるワインも変わるのよ」キャロラインはアレックスのほうを向いた。「やっぱり本物のお料理とワインを用意したほうがいいかも」

「そこまでしなくてもいいんじゃないですか？」イニスはいかにも疑うように言った。そして、アレックスに向きなおった。「晩餐会じゃなくて、お兄さんの主催する舞踏会に連れて行きたいんでしょう？」

アレックスはほほえんだ。「晩餐会や夜会にも行くかもしれないし、予行演習で芝居を観に行ってもいい」

イニスは狼狽を悟られまいと、テーブルに目を落とした。そんなにたくさんの催しに出席できない。だれかに気づかれる。おじに居場所を知られたら、イニスの——そしてアレックスの——ゲームは終わりだ。

「そういう場所には無理やり連れて行かないって言ったじゃないですか」

「準備ができるまではそうしないという意味だ。だから、キャロラインに来てもらっているんだぞ」アレックスが行った。「ジョージは五月に摂政皇太子殿下と取り巻きたちを招いて、盛大な舞踏会を開く。殿下にきみを紹介できれば大成功だ」

イニスは自分の目が丸くなったのを感じた。なんてこと。摂政皇太子？　イングランドじゅうの公爵がやってくるに違いない。そのほとんどはおじの知り合いだ。そのうちひとりかふたりはキルデア公爵の赤毛の姪を思い出すだろう。とくに、その姪が行方不明だと聞いていれば。

「おとぎ話のシンデレラみたいな気分になるでしょうね」

キャロラインが笑った。「心配しないで。殿下はガラスの靴が合う娘を捜したりしないから。あの方の好みは——」

「いや、その話はいい」アレックスがさえぎった。「イニスはとにかく、どこから見ても本物のレディらしく、感じよく魅力的に振る舞ってくれればいい。殿下は興味を抱くだろうし、貴族ではないイニスが殿下に紹介されたら、兄の鼻を明かしてやれる」

「あとで騒ぎになりそうだけど」キャロラインは言い、イニスを見やった。「あなたはほんとうにいいの？」

イニスは、アレックスの視線が気になっていた。いまさら選択肢をくれるのだろうか？　やっぱりいやだと言えば、おそらくクビになり、屋敷を追い出される。そうなったら、どこへ行けばいいのだろう？　衣装代を返さなければならないから、お金はない。教養がないと思われているから、寝室女中より上位の仕事の紹介状はもらえないだろう。そうだとしても、馬の世話係に女を雇ってくれる人はいない。そうかと言って、いつまでも男のふりはできない。

だが、もっと大事なことがある。アレックスのばかげた計画に協力すると約束してしまったことだ。イニスは唾を呑みこんだ。「やると約束したので。あとでどうなろうがかまいません。どうせあたしはいなくなるので。ミスター・アシュリーが、これが終わったらアメリカに行かせてやると約束してくれたんです」

アレックスの顔に数種類の感情がよぎった。安堵？　感謝？　混乱？　イニスにはよくわからなかった。キャロラインは驚いたような顔をしたが、ありがたいことに黙っていてくれた。状況は、目の前のテーブルセッティングよりややこしくなっていた。

「本気でイニスを皇太子殿下に会わせるつもりなの？」レッスンが終わり、キャロラインを玄関まで見送ったとき、アレックスは彼女にそう訊かれた。「何度か催しに出るために充分な作法を教えるのも大変なのよ。それなのに、このうえ殿下と会話させるなんて。殿下がお出ましになったら、謁見式のような雰囲気になるわ。南イングランドの太鼓持ちがひとり残らず殿下のご機嫌取りに集まってくるでしょうよ」

「いかにも」アレックスは答えた。「イニスは一分かせいぜい二分、申し分のない作法で殿下に挨拶するだけでいい。そのあとはわたしが連れ出す」

キャロラインは片方の眉をあげた。「殿下の気を惹こうと貴族の奥方たちが集まってくるのを忘れていなくて？　わたしは野心旺盛な父のおかげで、謁見式に出たことがあるし、カールトン・ハウスやブライトンにも行ったことがある。奥方連中は普通の催しでも口さがないけれど、殿下がいらっしゃるとなったらますます意地悪になるわ。あれこれ批判されるイニスがかわいそうよ」

「わたしがついている。いざとなったら、奥方同士で喧嘩させるさ」

キャロラインの眉のアーチが高くなった。「どうやって？」

「もちろん、部屋着を使うんだ」アレックスはあたりを見まわし、そばに使用人がいないのを確かめた。「ちょっとつついたら、部屋着を受け取ったほうは自慢しはじめ、そうでないほうは嫌みを返す」

「あなたったら、本物の女たらしだわ」

アレックスは肩をすくめた。「きみが教えてくれたんじゃないか。あのばかげたクラブのおかげで、社交界の既婚女性はみんな部屋着のことを知っていると。少数の誠実な奥方を除いて、みんな部屋着をほしがっていると言っていただろう」

「愛人に贈り物をはじめたときから、ひとり残らず口説き落とすつもりだったの？」

「彼女たちは愛人ではないよ。兄の友人の奥方を寝取るだけだと、だれよりもきみがよく知っているはずだ」

キャロラインがあきれたような目をして黙っているので、アレックスはろくでなしになったような気がした。「ごめんなさい。ジョージはわたしだけでなくあなたのことも侮辱したのに」

「いや」アレックスは言った。「兄はきみに、擁護の余地がないほど卑劣なことをした」

キャロラインはすぐさまかぶりを振った。「あの人が浅はかな人だとわかってよかったのよ……あれ以上、愚かな間違いを犯す前に。そうね、もう忘れなさいって自分に言い聞かせているのだけど、少しくらいは仕返ししてやりたいわ」ちらりとアレックスの目を見た。「アメリアが本性を隠す鎧みたいに着けている完璧な磁器の仮面に、ちょっとひびを入れてやるのはどう？」

「アメリアは完璧な印象を壊さないように気をつけているからな」アレックスは入口の掛け釘からキャロラインの外套を取り、着せかけてやりながら言った。

キャロラインは外套をはおった。「アメリアが夫以外の殿方と不適切な体勢でいるところに踏みこまれたら、おもしろい皮肉ではなくて？」

今度はアレックスがかぶりを振った。「彼女はそんなことをしないよ」

キャロラインはじっとアレックスを見た。「アメリアはジョージをほんとうに愛していると思う？」

アレックスは声をあげて笑った。「愛するという言葉の意味も知らないと思うよ。あの完璧な磁器の仮面の下は錬鉄でできている。彼女にとって大切なのは、公爵夫人という地位だけだ。それを失うような危険は冒さないよ」

「愛人を作ると妻の座を失うとはかぎらないわ。あなたもよく知っているでしょうけれど」

「そのとおりだ。でも、ジョージとなると話は変わってくる。昔から、ひどく独占欲が強いんだ。子どものころは、おもちゃの兵隊や木の剣をだれにも貸さなかったし、ポニーにも乗せなかった。その後、イートン校で監督生になって、はじめて権力の味を知った。すべて自分の思いどおりになるのが気に入ったんだ」

「でも、あなたは思いどおりにできなかった」キャロラインは小さな声で言った。「だから、アメリアを奪ったのね」

「アメリアのほうもよろこんで応じた」アレックスは、そう口にしてももはやなんとも思わないことに驚いた。「ジョージは完璧主義者だ。なんでも一番でなければ気がすまない。

アメリアの美しさはだれも否定できないが、ジョージにとって彼女は所有物に過ぎない。恥をかかせられたら、壊れたおもちゃのように捨てるだろう。アメリアもそのことはよく承知している」

「それなら、あの人も自分の言行には気をつけたほうがいいわね」キャロラインは外套のボタンをかけ、そばの椅子からレティキュールを取った。「それでも、あの人が当然の報いを受けるのを見たいわ。あなたは？」

「どうかな」アレックスはキャロラインにドアをあけてやりながら答えた。「でも、きみもわたしも幸運だと思うよ」

「そうかもね」キャロラインはそう言って歩きだしたが、考えこむような表情をしていた。

「おかしなやつを見るような目で見ないでくれないか」水曜日の午後、アレックスはブライスに言った。ブライスがジョン・アドラーから購入した二頭の牝馬を見にきたのだ。

「すばらしい馬だな」

「いい血統がわかるからと言って、まともな頭をしているとはかぎらない」ブライスが答えた。「話題を変えようとしても無駄だ」

「では、わたしが言ったことを忘れてくれ」

ブライスは牝馬の後ろをまわり、アレックスの隣へ来た。「もう遅い。頭のなかにこびりついた。奇抜な考えとは伝染するものなのか？」

「イニスを舞踏会に連れていくのは奇抜な考えじゃない。そのために、彼女を教育しているんだ」

「最初に聞いたときは、ばかげた計画だと思った」ブライスが言った。「だが、イニスが王室の方々の前でも落ち着いていられると思っているのなら、滑稽千万だぞ」

「彼女は賢いぞ」

「そうかもしれないが、考えてみろ。よちよち歩きのころから礼儀作法を叩きこまれているイングランドの貴族の娘でも、王室の方々の前では緊張してぶるぶる震えるものだ。アイルランドの農民の娘に耐えられると思うか？　きっと取り乱す。そして、社交界の笑いものになるのは、おまえの兄ではなくおまえだ」

「笑いものになる気はないし、イニスを侮辱するのも許さない」

「言葉は立派だよ」ブライスは杭から牝馬の曳き手をはずしてパドックのゲートのほうへ向かわせた。「それでも、ばかみたいな目標だと思うね」

「かならず成功する。とにかく、黙って見てろ」

「おまえが不名誉をこうむるのを黙って見てろと言うんだな」

アレックスはブライスに向かってにやりと笑った。「わたしたちはいつから不名誉をこうむるのを心配するようになったんだ？　ふたりとも放蕩者だが、忘れたか？」

「放蕩者も評判を守らなければならない」ブライスは答えた。「舞踏会の会場で泣いている――いや、それどころか悪態をついているアイルランド娘と並んで立たされるはめになってみろ。どうやってまだ攻略名簿に残っている奥方たちを落とすんだ？」

どういうわけか、ほんの数週間前まであんなにこだわっていた攻略名簿はどうでもよくなっていたが、アレックスにも黙っている程度の分別はあった。ブライスには、すでに正気を疑われている。「イニスの言葉遣いはよくなっているよ。期待に応えてくれるさ」

ブライスは馬をパドックに入れ、ゲートを閉じてかぶりを振った。「そうは思えないが、最後までこのばかげた計画をやり通すのなら、せめてもの協力はしよう」

アレックスは警戒してブライスを見やった。「どんな協力だ？」

ブライスは頬をゆるめた。「そんな心配そうな顔をするな。イニスを口説こうと思っているわけじゃない。キャロラインがイニスに立ち居振る舞いも教えているという話だったが」

「ああ。いまのところ、お茶の淹れ方とテーブルマナーを教えた」

「順調なんだな？」

「最初のレッスンとしてはもっとも簡単だろう」

「この突飛な計画を成功させるためには、イニスは社交界の雌狼たちの前にさらされることになる。ご婦人がたの口さがない批判を聞いても受け流さなければならないんだ」

アレックスは顔をしかめた。「イニスに約束したんだ。覚悟ができるまでは、そんな目にあわせないと」

「それはほとんど不可能だ」ブライスは言った。「おまえがイニスを守りつづけても、彼女は社交界の見世物になる。彼女を戦いに送り出すつもりなら、武器を与えてやらないと」

「なにを言ってるんだ。戦地に行くわけじゃあるまいし。ただの舞踏会だ」

ブライスは肩をすくめた。「同じことだ」

認めたくないが、ブライスの言うとおりかもしれない。「わかった。それで、どうしろと？」

「うむ」ブライスは考えこむように眉根を寄せ、にやりと笑った。「アイスクリームだ」

やはり、ブライスもおかしくなりかけているのでは？「アイスクリーム？」

「詳しく言えば、アイスクリーム二人前。バークリー・スクエアのガンターズで。まだ季節には早いから、そんなに流行っていないだろう。だが、週に一度通うのを習慣にしろ。雌狼たちがゴシップのにおいを嗅ぎつける。すでにイニスが何者か興味津々だから、かならず店に集まってくる。おまえが同席しているから、あまりしつこくできない――あれこれ問いただすことはできない。そのあいだに、イニスは雌狼の群れを観察して、戦略を立てるんだ」

「ほんとうに戦争みたいだぞ」

ブライスは片方の眉をあげた。「違うのか？　だが、肝心なのは、イニスが前線から退却したくなったら退却できるようにしてやることだ」

「試してみてもいいかもな」アレックスは答えた。

「どうぞ試してくれ。これでおまえが負けることはない。ただ、おまえの突飛な計画がやっぱりそれほどよくできてはいないと気づいて、ぼくが正しいとわかるかもしれない」

アレックスは、そんなことはありえないと思ったが、そう口には出さなかった。「おまえが間違っているとわかるかもしれないぞ」


火曜日の朝、朝食におりたイニスは、エルシーとメアリーとアイヴィが厨房でストーブにかけた鍋からポリッジをよそっているのを見て驚いた。まだ夜が明けたばかりだ。イニスは厩舎へ行くために早起きするが、女中たちが普段起きるのはあと一時間ほどあとだ。

「どうして今朝はこんなに早いの？」イニスは尋ねた。

アイヴィが憎々しげにイニスを見た。「今日はミセス・ブラッドリーに鼠がいないか調べろと言われてるのよ」

イニスはたじろいだ。蜘蛛に咬まれるとひどく反応すると話して女中たちにからかわれた朝、鼠の話になったことをすっかり忘れていた。

「朝早いほうが見つけやすいんですって」エルシーがつけくわえた。

「罠をかけたんじゃなかったの」イニスは、漂ってくる敵意を少しでもやわらげたくてそう答えた。

「一匹もかからなかったのよ」メアリーはアイヴィよりもっと不機嫌だった。「だけど、ミセス・ブラッドリーは納得してない。これからあたしたち、床を這いまわって鼠の糞を探すんだから」

彼女たちがむっつりしているのも無理はない。午前中ずっと硬い床に膝をついていなければならず、楽な作業ではない。「あたしも手伝うわ」

「はっ」アイヴィが吐き捨てるように言った。「旦那さまがそんなの許さないわ」

イニスはかぶりを振った。「ミスター・アシュリー——旦那さまには言わなければいい」

「そのうちばれるわ」メアリーがイニスを陰険な目で見た。「あんたがどこにいるのか、いつも調べてるもの」

顔が熱くなった。なんてこと。いまのはほんとうだろうか？　アレックスがいきなり厩舎に来てしばらくいるのが不思議だったが、ジェイミソンに用があって来るのだとばかり思っていた。「あたし——」

「ミセス・ブラッドリーに、蜘蛛の巣があったらひとつ残らず取り除けって言われてるの」エルシーが言ったとき、ファーンが厨房に入ってきた。

「どの部屋も床から天井まではたきをかけたのに」ファーンは寝坊したのか、髪がぼさぼさで、帽子を手に持っていた。「どうしてまたやらなくちゃならないのかしら」

「イニスがまた蜘蛛に咬まれたら、旦那さまが許してくれないわ」エルシーが言った。

ファーンはじろりとイニスを見てから、ポリッジをよそった。「あんた、もう治ったんでしょ?」

「ええ」イニスは言った。「土曜日の夜は、エルシーと交替でついていてくれてありがとう。ほんとうに、そこまでしてくれなくてもよかったのに」

「旦那さまがやけにいらいらしていたから」ファーンは答え、帽子をボウルの横に置いた。「旦那さまに気に入られて損はしないでしょう?」

メアリーとアイヴィが顔をしかめた。「あたしたちがやってもよかったのに」

「ふたりともありがとう」イニスは言った。「でも、もう大丈夫だから。これ以上は蜘蛛に近づいてほしくないけど」

ファーンがクリームのピッチャーに手をのばしたと同時に、イニスは空のボウルをさげようと立ちあがった。「ああもう」ナイトキャップにクリームをこぼしたファーンが声をあげた。

イニスは立ち止まって振り返った。「あたしがテーブルにぶつかったせい?」

「ううん、あたしが悪いの」ファーンは答え、帽子を取った。「今朝はこれしか見つからなくて。だから遅れちゃった」

「みんな二個ずつもらってるのに」エルシーが言った。

「ええ。だけど、もうひとつをどこかに置き忘れたみたい」ファーンは眉根を寄せて考えた。「あっ。土曜日の夜、イニスの看病をしたときに帽子を脱いだわ。たしか、椅子の脇の床に置いたの」イニスを見やる。「見てきてくれる？ 人の部屋に勝手に入りたくないし。服装をきちんとしてないと、ミセス・ブラッドリーににらまれちゃう」

「もちろん見てくるわ」イニスは、とにかくひとりの女中の役に立てるのがうれしかった。

「すぐ戻ってくるから」

帽子を見た覚えはないが、椅子の陰は見ていない。四階にたどり着いたときにはやや息切れしていたが、そろそろミセス・ブラッドリーが厨房へ点呼に来るはずだ。ファーンの言うとおりだ。ミセス・ブラッドリーは使用人の服装にうるさい。

驚いたことに、帽子が床に落ちていた。椅子の下に半分ほど隠れていたので、気づかなかったのだろう。ミセス・ブラッドリーが来る前に厨房に戻らなければと思い、イニスは急いで帽子を拾って廊下に出た。

二段目の階段の絨毯がめくれていたことに気づいたのは、足がずるりとすべったときだ。体勢を立てなおそうとしたが、足首をひねり、イニスは悲鳴をあげて転落しながら両手で空をつかんだ。

14

アレックスが二階の自室で、身支度の最後にシャツを取ろうとしたとき、上階のほうで悲鳴があがり、ドスンという音がつづいた。アレックスは袖に腕を突っこんで廊下に飛び出すと、使用人用の階段がある裏手のほうへ走った。

階段を駆けのぼり、三階の廊下の様子を確認した。異状はなかったが、同時にうなじの毛が逆立った。イニスか？　最後の階段を四階までのぼりはじめ、不意につんのめりそうになって止まった。

イニスが踊り場に倒れて丸くなっていた。

アレックスはかたわらにひざまずいた。よかった、イニスは目をあけているが、ぼうぜんとしているようだった。アレックスは、起きあがろうとしたイニスをそっと押し戻した。「動かないほうがいい。骨が折れてないか確かめさせてくれ」鎖骨から腕、脇腹へと手をすべらせた。それから、ウエストから腰、膝へとなでおろしたが、数日前から想像していたように彼女に触れているのだと思うと、内心そわそわしていた。その思いを押しやった。いまはイニスが無事かどうか、それだけを考えなければならない。

「どこも折れていないようだ」アレックスは言い、イニスを抱き起こした。彼女はぼんやりした目でアレックスの肩にぐったりとしがみついた。体が震えている。「痛いところはないか？」

イニスはアレックスの肩に顔をぐりぐりとこすりつけた。〝ない〟と言いたいのだろう。アレックスは、このまましばらくイニスを抱きしめていたいという奇妙な衝動を覚えたが、階段をのぼってくる足音が聞こえた。しぶしぶ体を動かし、立ちあがりながらイニスを立たせようとした。足首に体重がかかったとたん、イニスは顔をしかめた。アレックスはイニスを抱きあげて残りの階段をのぼり、彼女の部屋へ向かった。ドアを蹴りあけ、イニスをそっとベッドに横たえた。

「どうしました？」ミセス・ブラッドリーがあわてた様子で部屋に入ってきた。女中たちが入口に集まっていた。

「イニスが階段から落ちた」アレックスは言い、真っ白な顔のイニスのかたわらに腰掛け、顔から髪をどけてやった。「医師を呼んでくれ」

ミセス・ブラッドリーは振り返ってエルシーに合図した。「バクスター先生を迎えに行くようエヴァンズに伝えて」

イニスと同じくらい青ざめた顔をしたエルシーは、ひとことも発さずにくるりと背を向けて出ていった。ミセス・ブラッドリーは化粧箪笥へ歩いて行き、洗面器の水で布を濡らしてベッドのそばへ戻ってきた。アレックスは、イニスのひたいに布を当てようとしたミセス・ブラッドリーを制した。

「わたしがやろう」

ミセス・ブラッドリーはうなずき、控えめに咳払いした。アレックスが顔をあげると、彼女はちらりとシャツに視線を動かした。前がはだけたままになっている。アレックスは入口のあたりにいる女中たちを見た。彼女たちも、あんぐりと口をあけている。アレックスは顔をしかめてボタンをかけ、イニスに向きなおった。

「気分はどうだ？」

イニスはアレックスの指から顔へ目を転じた。「少し痛いです」

「だろうな。なにがあったんだ？」

「絨毯がはがれていたみたいです。足をすべらせて、はじめて気づきました」

アレックスは眉をひそめた。「絨毯がはがれていた？」

「はい。いままで気づきませんでした。ファーンの帽子を取りに、部屋に戻ったんです」

「ファーンの帽子？」ミセス・ブラッドリーは女中たちのほうを向いた。「なぜ帽子がこの部屋にあったの？」

ファーンが進み出た。「土曜日の夜にイニスの看病をしたあと、置き忘れてしまったんです。今朝、もうひとつの帽子にクリームをこぼしてしまって」

「たぶん、階段を落ちたときに帽子も落としてしまったかも」イニスは言った。

「ええ」ファーンが答えた。「さっき拾ったわ」

「バクスター先生が来るまで、イニスは安静にしていなければね」ミセス・ブラッドリーは言い、女中たちに出ていくよう合図してからアレックスのほうを向いた。「絨毯をごらんになりたいのなら、わたしがイニスのそばについています」

アレックスは出ていきたくなかったが、絨毯がはがれている場所を確認しなければならない。しぶしぶうなずき、ベッドから立ちあがった。「すぐ戻る」

ほかの女中たちは階段で災難にあっていないようだったので、アレックスは上から二段目でひざまずいた。たしかに絨毯がはがれかけていた。指を走らせると、絨毯の両脇を押さえていたはずの釘が二本なくなり、穴だけが残っていた。一本の釘は三段目に、もう一本は四段目に落ちていた。その二本を拾いあげ、アレックスは眉根を寄せた。

二本の釘が一度に抜けることなどあるのだろうか？

バクスター医師はイニスの診察を終え、アレックスを部屋に入れた。イニスは節々に痛みが染みこんでくるような気がしていたが、アレックスの姿を見ると顔がほころんだ。いまはシャツのボタンをきちんとかけているが、さっきははだけていたはずだ。見間違いだったのだろうか？

医師からかなりの量の阿片チンキを飲まされたけれど、彼の素肌を見た覚えがあるような……間違いない。アレックスのシャツのボタンは絶対にかかっていなかった。広々としたたくましい胸板と、引き締まったおなかが見えたのを覚えている。ああ。素敵な眺めだった。

いまのアレックスはしどけなく見えた。黒っぽい髪は指でぐしゃぐしゃにかきまわしたかのように乱れ、顎には一日分の無精ひげがのびている。

「足首をひねっただけで、体の半分の骨が折れていないのは運がよかったですよ」バクスター医師がアレックスに言った。「それにしても、蜘蛛に咬まれたばかりだというのに、イニスはよほど災難に見舞われがちなんでしょうかねえ」

イニスは医師をにらんだ。いや、にらみつけようとした。だんだん頭がぼんやりしてきた。「そんなことありません。あたしはしょっちゅう災難にあったりしてない。あたしは――」

「よしよし」医師は慰めるように言った。「たしかにきみは幸運だ」

「幸運というより、信じたおかげよ」イニスはつぶやいた。

「信じた？」医師が訊き返した。「神さまを？」

イニスは力なくかぶりを振った。「妖精です」

「わかったわかった」なだめすかすような口ぶりだった。

「いいえ、わかってません」イニスは強情に言い張った。「妖精があたしをここへ連れてきてくれたんです」

　アレックスは心配そうにイニスを見て、医師に向きなおった。「ほんとうに頭をぶつけていませんか？」

「大丈夫だと思いますがね。こぶもないし、痣もない」

「それなら、なぜ急に妖精がいるなんて言いだしたんでしょう？」

「あたしをここに連れてきたのが妖精だからよ」イニスはのろのろと言い、なんとか考えをつなぎ合わせようとした。「ここへ来るのを思いついたのは……妖精のおかげ」

　医師がじっとイニスを見つめた。「妖精はどんな姿をしているんだ？」

「この話はやめたほうがよさそうだ」アレックスが言った。

「イニスが混乱していないか確かめたいんです」医師は答え、イニスに目を戻した。「妖精はどんな姿だった？」

「見てないわ」

「ほう。なぜその……妖精が……本物だと思うんだろう？」

　イニスはゆっくりとまばたきし、思い出そうとした。「感じたんです」

　アレックスはぎょっとした。「感じた？」

「ええ。小川（バーン／バーンド）のそばで」

「きみはやけどをしたのか？」

「そうじゃなくて……小川のそばで。妖精がいるのを感じたんです」

バクスター医師はイニスをじっと見据えていた。「どんなふうに感じたんだ？」

「髪をくしゃくしゃになでられました」

医師は眉をひそめた。「だが、妖精の……彼女の姿は見えなかったと言ったじゃないか」

イニスは小さくため息をついた。「空気のなかにいました」

「風という意味か？　風に髪を拭き乱されたんじゃないのか？」

「風じゃありません。木の葉は揺れていませんでしたから。あたしの髪だけです」イニスはさらにゆっくりとまばたきした。「それから、笑い声が聞こえたような気がして」

「声が……」アレックスは心配そうな顔で医師を見た。「イニスのけがは先生が思ったより深刻なのではないでしょうか」

「きっと阿片チンキの副作用でしょう」医師は答えた。「ただ、頭が腫れてきたら、冷たい湿布を当ててやるといいかもしれません」

「すぐに用意させます」

「明日また診察に来ます」医師は立ちあがり、荷物をまとめた。「とりあえず休ませてあげてください」

ふたりが廊下に出ていったとき、イニスのまぶたは閉じかけていたが、ドアが閉まったとたんに、空中にきらきら光る銀色のなにかが見えたような気がした。眠気が訪れ、最後に聞こえたのは、遠くで鳴るかすかなベルの音だった。

翌日の午後、ミランダは客間の窓辺から振り返り、閉じたドアの内側に立っているファーンを見た。たったいま聞いたことが信じられなかった。「階段から落ちたのに無事だったの？　ちゃんと絨毯に細工をしたの？」

「上から二段目に細工をしました。イニスが高いところから転落するように」ファーンは答えた。

「一段だけしか細工しなかったの？」ミランダは非難がましく尋ねた。

ファーンは平然としていた。「それ以上やったら怪しまれてましたよ」

ミランダは歯ぎしりし、深く息を吸った。「それもそうね」

「釘はその場に残しておきました。なくなったら変に思われますから」

おそらくファーンは抜け目なくやったのだろうと、ミランダは不本意ながら認めたが、口には出さなかった。ファーンの頭が切れることは、ミランダも覚えておくべき事実だ。

「骨折すらしなかったの？」

「足首を捻挫しました」ファーンは両方の手のひらを上に向けた。「アイルランド人って迷信深いんですね。イニスは妖精のおかげでどうのこうのとぼそぼそ話してました。もしかしたら魔法で守ってもらったのかも」

ミランダは鼻で笑った。「魔法なんてものはこの世にないのよ。悪知恵のまわる女ね」

「たぶん、奥さまの思ってるとおりですよ」ファーンが言った。

その口調に、ミランダはふと止まった。使用人なら黙ってうなずいていればいいのに、ファーンはもっとなにか言いたそうだ。「たぶんとは？」

ファーンは肩をそびやかした。「イニスはアレクサンダー卿をいいように操ってるみたいです」

ミランダは眉間に皺を寄せた。「どういうこと？」

「旦那さまはイニスのそばを離れません。エルシーが食事を運んだときも、ベッドのそばに座ってたそうです。イニスのベッドに入れた熱い煉瓦が冷めきらないうちに交換させます。お医者さまに言われたとおり、イニスに湿布を当ててあげてます。今朝なんか、においつきの石鹼を家政婦に持ってこさせたんですよ」

「そう」ミランダは、歯を食いしばりたいのをなんとかこらえた。「あの小娘は、かわいそうで無力な苦難の乙女のふりをするのが得意なようね」ファーンが問いかけるように眉をあげたので、ミランダは顔をしかめた。「そう思わない？」

「あたしは演技のことはよくわからないので」ファーンはいかにも彼女らしく、冷たくそっけない笑みを浮かべた。「昨日の朝……事故が起きたとき、あたしたち女中は急いで階段をのぼったんですけど、アレクサンダー卿がイニスのそばにいました。シャツの前がはだけていたんですよ」

ミランダは焼けた石炭を呑みこんだような気がしたが、努めて冷静な声で言った。

「もっと詳しく」

「アレクサンダー卿は、ほかの使用人たちの部屋からは離れた四階の個室をイニスにあてがいました」ファーンは肩をすくめた。「もしかしたら、イニスの部屋にいたのかもしれませんね」

彼があのアイルランド娘とベッドにいるところを思い浮かべたとたん、ミランダのみぞおちで燃えていた赤い炎は白熱した。

「とてもおもしろい仮説ね」ミランダは、先ほどファーンに渡した硬貨の袋を示した。

「追加を払うから、この先もときどき報告して」

ファーンはうなずいた。「かしこまりました、奥さま」

ミランダもうなずいた。「そのあいだに、決着をつける方法を考えなくちゃ」

15

土曜日の午後、イニスの予想にたがわずキャロラインがやってきた。足首を休めるために厩舎の仕事はできないが、だからといってアレックスが作法のレッスンを延期するわけがない。五月まであとひと月しかないのに、公爵家の舞踏会はまだ日取りが決まっていなかった。

客間に隣接した控えの間に入ってきたキャロラインが室内を見まわしてあぜんとしたので、イニスは頬がゆるむのをこらえた。優美な彫刻をほどこした女性用の椅子や小さなテーブルは部屋の隅に押しやられ、客用寝室から運んできた支柱つきのベッドが中央に据えてあった。イニスの腰湯と、ダマスク織りの屏風も運びこまれた。ふかふかの肘掛け椅子二脚と足のせ台がベッドの隣の空間を占めていた。

イニスは一方の椅子に座り、クッションを重ねた足のせ台に足をのせていた。もう一方の椅子に座るよう、キャロラインに手振りで示した。「アレックス……いえ、ミスター・アシュリーが、一階で寝起きしたほうがいいと言ってくださったんです」イニスは説明し、うっかりアレックスを名前で呼んだことにキャロラインが気づいていませんようにと思った。「こっちのほうが、四階分の階段をのぼらなくてすむから、使用人たちも楽なんです」

「そうでしょうね」

キャロラインはおもしろそうな顔をしていた。つまり、イニスがアレックスを名前で呼んだのを聞き逃してはいないということだ。もっと気をつけなければならない。とくに、イニスが特別待遇を受けているのをよく思っていない女中もいるのだから。イニス自身、特別扱いされているのを否定できなかった。火曜日の夜、阿片チンキのせいで浅い眠りから目覚めると、いつもアレックスがベッドの隣の椅子に座っていた。あまり座り心地のいい椅子ではなかった。だから、この部屋には彼の書斎から大きな肘掛け椅子を運びこんだのだろう。昨日、アレックスがイニスのそばを離れたのは、この部屋へ家具を移動するあいだだけで、作業が終わってから彼自身がイニスを抱いて階段をおりた。

狭い階段をおりるあいだ、しっかりつかまれと言われ、きつく抱きしめられていたのを思い出すと、全身がぞくぞくしてきた。言われなくても彼につかまっていた。たくましい胸に抱かれ、温かな香りに五感を刺激されると、両腕は勝手に彼の腕に巻きついていた。

「ほんとうに、みんなに迷惑をかけたくないんです」イニスは言った。

「そんなことは心配しなくてもいいのよ。使用人は主人の要望を満たすために雇われているのだから」

「ええ、でもあたしは主人じゃないし」

「そうね」キャロラインは少し首をかしげた。「でも、アレクサンダーはあなたに貴族のように振る舞ってほしいのよ。それは忘れないで」

「あの……今日のレッスンはなんですか？」アレックスが部屋に入ってきたので、イニスは話を変えた。彼の前で使用人の境遇の話はしたくなかった。

「文字を読むことよ」キャロラインは、持ってきた鞄から初歩の読本を取り出した。「晩餐のメニューにのっていそうな単語くらいは読めたほうがいいと思うの」

「晩餐のメニュー？」イニスはいかにもとまどっているように訊き返した。

「そうだ」アレックスはベッドの端に腰をおろし、両脚をのばして足首を交差させた。「七品か八品が用意される正式な晩餐では、客は出された料理を全部食べなくてもいい。女主人は手書きのカードをそれぞれの皿に置く。カードには、コースで出される料理の名前が描いてある」

「そのなかから好きなものを選んで、ウェイターに伝えるの」キャロラインが言った。

「だから、料理の名前は読めないとね」

「ただ、あまり心配しなくてもいい。晩餐の席では、わたしがきみの隣に座るし、読み方を忘れたら助けてやる」

キャロラインが片方の眉をあげた。「席の順番を決めるのは女主人よ、忘れたの？」

アレックスはほほえんだ。「そっちこそ、わたしのカードの腕前を忘れたのか？　さんざんいかさまの手口を見てきたのだから、すばやくこっそりカードを置き換えるくらい簡単だ」

「放蕩者らしい長所ね」キャロラインはかぶりを振り、イニスに向きなおった。「では、はじめましょうか。アレクサンダー卿が失敗するかもしれないし」

イニスは読み書きならできると言いたかった。嘘をつきつづけていることに罪悪感を抱くようになっていたが、ほかにどうしようもない。正体を知られようものなら、すぐさまアイルランドへ送り返されはしないまでも、おじに連絡が行くのは間違いない。そうなったら、結局は同じことだ。アレックスの計画に加担すると同意した瞬間に、自分がこの手札を取ったのだ。もはやアレックスの巧妙ないかさまに頼らず、自力でプレイするしかない。

レッスンが終わり、アレックスはキャロラインを馬車まで送っていった。「イニスはあっというまに読み方を覚えたな」

「絵と単語をつなぐことができたからでしょうね」キャロラインは外套をたたんで傘と一緒に持った。「持ってきた読本は、わたしが七歳のとき、はじめての家庭教師と使ったものよ」

アレックスはにやりと笑った。「七歳の女の子ならだれでも正式な晩餐のメニューがわからないとだめなのか」

「父にとって、わたしの教育を遅らせる理由はなかったのよ」キャロラインは肩をすくめた。「いい結婚をするためにはきちんとした礼儀作法を身に付けなければならないと、いつも言われたわ」

アレックスの笑みが消えた。「かわいそうに、たった七歳のときからそんなことを?」

「結婚市場に出る準備をはじめるのは早ければ早いほうがいいのよ」キャロラインはかすかに皮肉のこもった口調で答えた。「母が亡くなったあと、父はますますわたしに期待するようになったわ」

「そんなことがあるとは思いもよらなかったが、それはわたしが爵位を継がない次男だからだろうな」

「うーん」キャロラインはしばし苦々しい顔をしていた。「ときどき、あなたが長男だったらよかったのにと思うの」

「なぜ? わたしはジョージを妬んだことはないぞ」

「ジョージが公爵でなければ、アメリアは彼に目をつけなかった」キャロラインはおずおずと言った。「あなたと結婚していたはずよ」

アレックスは、キャロラインのために馬車の扉をあけてやろうとしていたが、その手を止めた。「でも、わたしを好きだからではないだろう」

「アメリアが大事にするのは地位と財産だけよ。でも、あの人だけが悪いのではないかもしれない。わたしたちは長い年月をかけて、そういう考え方を叩きこまれるの。よき妻になるよう教育され、一方で父親は家柄のいい独身男性を値踏みして、いちばん得をするように娘の結婚相手を選ぶ」

アレックスはうなずいた。「計算ずくの商取引と変わらないな。当事者の気持ちは関係ない」

「だから、多くの独身男性は父親に捕まらないよう必死に逃げるのかもしれない」キャロラインはほほえんだ。「とくにその独身男性が放蕩者の場合はね」

アレックスは片頬で笑った。「まあ、わたしにも得意なことはある」

キャロラインは切なそうな表情になった。「イニスのような娘がうらやましくなるときがあるの。いい結婚を強いられない。相手を自由に選べる」

その言葉に、アレックスはまた動きを止めた。イニスの結婚など考えたこともなかった。たしかに、彼女はその年頃だ。もうすぐ二十二歳と言っていたから、上流階級の基準を当てはめれば、そろそろ婚期を過ぎる。イニスにしてみれば、上流階級の基準などどうでもいいのだろうけれど。意志の強さも独立心旺盛なところも、上流階級では煙たがられる性質だ……いや、それを言うなら、たいていの男に煙たがられる。服従を強いるどこかのろくでなしに、あの自由な精神を壊されるイニスなど、絶対に見たくない。

「アレクサンダー？」

アレックスはわれに返り、キャロラインの口調に眉をひそめた。「なんだ？」

「ぼんやりしてどうしたの？」

「すまない」アレックスは馬車の扉をあけ、はしご段をおろした。「ちょっと考えごとをしていた」

キャロラインは横目でアレックスを見やり、馬車に乗りこんで座席に座った。「お芝居が終わったら、ほんとうにイニスをアメリカへやるの？」

アレックスはすぐには答えず、はしご段をしまって馬車の扉を閉めた。にわかにアメリカが世界の裏側に遠ざかってしまったような気がした。そう。世界の裏側だ。イニスはアメリカへ行けば、堅苦しい階級のひとつに閉じこめられることはない。ほんとうの意味で自由になり、自分で決めた相手と結婚できる。

「アレクサンダー？」

ふたたびわれに返ると、キャロラインが開いた窓からおもしろそうにこちらを見ていた。

「失礼。なにか言ったか？」

「さっきの質問に答えて。ほんとうにイニスをアメリカへやるの？」

アレックスは深呼吸した。「そう約束した。イニスが望んでいるなら、アメリカへやる」

キャロラインは片方の眉をあげ、屋根の天井を傘の先でコツコツと叩いた。御者が手綱を一振りして馬が走りだしたと同時に、彼女は大声で言った。「でも、あなたはそれを望んでるの、アレクサンダー？」

その夜遅く、アレックスは賭博場でブライスに会っていても、キャロラインの質問についてぐずぐずと考えていた。キャロラインが去ったあと、ほんとうにアメリカへ行きたいのかイニスに訊いてみようと、ばかげたことを思いながら屋敷に戻ったが、やはり黙っていた。行きたいに決まっている。どんな間抜けでも、イニスが上流階級のなかにいたくないと思っていることくらいわかる。晩餐会や夜会に連れていかれるのを想像して、ほとんど身震いしていたではないか。ましてや摂政皇太子が出席する舞踏会など、いやでたまらないだろう。

正直なところ、イニスが社交界の催しで立派に振る舞えても、家柄が——いい家柄の出身ではないことが知れ渡ったら、社交界の連中はどのみち彼女を締め出す。真実は明らかになる。そもそもイニスに貴族のふりをさせるのは、ジョージに彼自身が主催する舞踏会で恥をかかせて、鼻を明かしてやることではなかったか？

イニスをこんなくだらないことに巻きこんだのが申し訳なくなってきたが、とにかく彼女にとっては、もっといい人生を手に入れるきっかけにはなる。アメリカでは、教育を受けた女性なら、イングランドで男性にしか門戸を開かれていないような仕事につけるという。イングランドに残れば、家庭教師にはなれるかもしれないが、できることは少ない。

「もう全財産を取られたのか？」ブライスが、アレックスのいる休憩席へやってきた。「そんな不機嫌な顔をして」

アレックスはかぶりを振った。「まだ一勝負もしていない」

肉感的な女給がふたり分の飲み物を持ってきて、身を屈めて豊かな胸の谷間をたっぷりと見せつけ、なにか言いたそうにぐずぐずしていた。ブライスは女給に硬貨を渡し、立ち去る彼女に一瞥もくれないアレックスを見て、片方の眉をあげた。

「ふさぎこんでるな」ブライスはウィスキーを飲み、アレックスをじっと見た。「ものにした女と揉めているのか？」

アレックスは眉をひそめた。「ものにした女？」

「先週、レディ・ロックウッドの夜会で、おまえにつれなくされたレディ・ベントンが大荒れだったらしいぞ。キャロラインから聞いたが、そのあと話しかけてきた相手にだれかれかまわず嚙みついていたそうだ」

「つれなくするしかなかったんだ」アレックスは顔をしかめて答えた。「そうでなければ、二階の空き部屋に引っ張りこまれていた」

ブライスはまた眉をあげた。「おまえがそんな露骨な誘いを断ることがあるのか？」

「一度ベッドをともにした相手の誘いは断る」アレックスは答えた。「彼女たちとは深入りしたくない。だから部屋着を贈るんだ」

ブライスはにやりと笑った。「ミランダは部屋着じゃ満足しないようだ」

「部屋着で満足してもらわないといけない。彼女は充分楽しんだ。わたしも楽しんだ」

ブライスはもう一口ウィスキーを飲んだ。「彼女はいろいろしてくれるそうだな」

「自分で確かめてみろ」アレックスはウィスキーをがぶりとあおった。「男の誘いは断ったことがないはずだ」

「おまえと友人でなければ、いまのは侮辱と受け取っていたぞ」ブライスはむっとしてみせた。「ぼく自身の魅力に落ちたと思いたいね」

「もしくは、おまえの地位か財産か」

ブライスはまたアレックスを探るように見た。「今夜はほんとうに機嫌が悪そうだな」

アレックスはため息をついてグラスを置いた。「おまえに八つ当たりするつもりはなかった。なんだか、上流階級の欺瞞に疲れたんだ」

「あー。さては、あのアイルランド人の馬丁と関係があるな？　おまえの期待とは違って、なかなかレディになってくれないのか？」

「名前はイニスというんだ」アレックスはぼそりと言い、またため息をついた。「むしろ、呑みこみはいい。キャロラインも今日、感心していた」

「だったら、なにが問題なんだ？　イニスが舞踏会でレディらしく振る舞って、気取った兄貴は農民を舞踏会に入れたせいで赤っ恥をかく。そしてイニスはアメリカ行きの切符を手に入れ、二度と社交界を思い出すことはない。以上」

ブライスはこともなげに言った。ある意味では、彼の言うとおりだ。アレックスは目的を果たし、イニスも世界の裏側へ行ってしまえば、社交界の連中の鋭い鉤爪やそれよりもっと鋭い舌鋒に攻撃されることはない。噂の矢はイニスまで届かず、痛みを感じることはない。

けれど、アレックスもイニスに手が届かなくなる。

それを考えると、落ち着かなかった。自分はイニスを失いたくないと思っている。そのことが怖かった。

16

翌週なかばには、イニスの足首は歩けるくらいには回復し、アレックスはそろそろ彼女をはじめての社交界の催しに連れていこうと考えた。

イニスは、まだその覚悟ができていないと言って抵抗を試みたが、キャロラインが、劇場に行くくらいならたいしたことはないと説得してくれた。だれもが人を見に、そして自分も見られるために劇場へ行くのだ。幕間は桟敷から出ないようにすれば、交流する必要もない。アレックスはさらに、絶対にそばを離れないと約束した。

劇場へ行く案に〝決定〟というスタンプを押すかのように、マダム・デュボアの店から観劇用の新しいドレスが届いた。

そしていま、ドルリー・レーンの王立劇場に近づいていく馬車のなかで、イニスはそのドレスを見おろしていた。生地は美しいシルクのモアレ地で、光の加減によって青や緑に鈍く輝く。ぴったりとしたボディスには、小さな銀色の星が刺繡され、襟ぐりは開きすぎていない。エンパイア様式のウエストから下に垂れる長いリボンも、パフスリーヴの縁からひらひらと覗くレース飾りもない。マダム・デュボアは、顧客の好みを丁寧に記録しているに違いない。もっとも、イニスは自分のことをマダムの顧客だとは思っていなかった。

もちろん、マダムの店に愛人の部屋着を注文しているアレックスは顧客だ。

イニスは向かいの座席に座っているアレックスを見やった。今夜はなでつけた黒っぽい髪と日焼けした肌が、真っ白なクラヴァットのおかげで引き立っている。広い肩をぴったりと包む礼装用の黒いトップコート、イニスのドレスと同じ色合いの、銀糸を織りこんだ青緑のベスト。きっとドレスを注文したときに注文したのだ。

アレックスは息を呑むほどハンサムだが、イニスはあえてそのことを考えないようにした。アレックスは求愛でエスコートしてくれているのではない。イニスを見せびらかして、噂にさらなる謎を追加したいだけだ。彼の愛人は今夜どのくらい来ているのだろうか、ドレスと同じ色合いのベストに気づく人はいるだろうかと、イニスは思い、顔をしかめた。

アレックスは、イニスが不安になっていると勘違いしたらしい。「心配するな。きみはちゃんとやれる。席に座って、澄ましていればいいんだ。緊張する理由はないさ」

理由はあるが、彼が考えているようなものではない。アイルランド人はおもしろい物語が好きで、裕福な家族は観劇に来る。今夜、おじの知り合いがいたら……イニスは深呼吸した。桟敷のなかは薄暗いし、エルシーに頼んで、髪を結いあげ、ドレスに合わせた流行のヘッドドレスで隠してもらった。きっと大丈夫。とはいえ、アレックスに約束したことを念押ししておいてもいいだろう。「約束しましたよね、お芝居が終わるまで、桟敷から出なくていいと？」

アレックスの目が光ったが、その光はすぐに消えた。「わかっている。きみに恥をかかせたりしない。わたしを信じろ」

イニスが恐れているのは恥をかくことではなかったが、アレックスにはそう思われていたほうがいいだろう。「ありがとうございます。知らない人とはしゃべりたくないんです」

アレックスがうなずいたと同時に、馬車がゆっくりと止まり、従僕が従者席から飛び降りて扉をあけ、はしご段をおろした。アレックスは外に出て振り返り、イニスに手をさしのべた。ふたりとも手袋をはめていたが、イニスには彼の手の温もりが感じられた。地面に降り立ったとたん、アレックスはイニスの手を自分の肘の内側へ入れ、軽く握りしめた。腕を差し出されるよりも親密なしぐさだが、イニスを安心させるためにそうしただけだろう。混雑したロビーへ連れていかれながら、なぜか守られているようにも感じた。

アレックスが身を屈めてイニスに耳打ちした。「笑顔でまっすぐ前を見るんだ。すぐに桟敷に着くから」

イニスはぎこちない笑みを浮かべ、顔をあげて人混みのなかを進んだ。アレックスはときどき男性に挨拶したり女性に会釈したりしたが、約束どおり立ち止まりはしなかった。イニスは、すれちがう女性たちの視線を感じた。ほとんどは好奇心をあらわにし、なかにはじろじろ見る者もいたが、ひとりだけ、ずいぶん遠くからだれよりも強い視線を向けてくる女性がいた。猫のような吊り目で、いまにも獲物に飛びかかろうとしているかのようにイニスを見つめている。背筋がかすかにぞくりとし、イニスは思わずアレックスに身を寄せた。

アレックスはイニスを見おろし、励ますようにほほえんだ。「もう少しだからな。階段をのぼればすぐだ」

イニスはうなずいて笑みを返し、あの女性のほうを見ないようにした。ようやく桟敷にたどり着いたとき、安全な巣穴にもぐりこもうとしている兎のような気分だった。

桟敷のなかは薄暗く、張り出した燭台型のオイルランプ一個が緑色と金色の錦織の壁をぼんやりと照らしていた。暗い紅色のベルベットを張った大きな椅子四脚と、黒いクルミ材の小さなテーブル二台で、桟敷内はほぼ一杯だった。余分な椅子を見ているイニスに気づいたのか、アレックスが急いで言った。

「この桟敷はわたしが借り切った。だれも来ないよ」

イニスはほかのカップルと桟敷を共有せずにすんだことでひとまず安堵したが、ふと、アレックスはいつも愛人を連れてくるときにそうするのだろうかと思ってしまい、いやな気分になった。イニスは眉をひそめた。びっくりだ。いったいどうしたのだろう。アレックスが愛人となにをしているのか想像して、痛みを感じるとは。

アレックスが心配そうにイニスを見た。「どうした？　なにやら……つらそうな顔をしているが」

「なんでもありません」イニスは答えた。いま自分の気持ちがどうなったのか打ち明けることなどできるわけがない。「あの……ええと……ほかにだれもいなくても大丈夫なんですか？」

「わたしが遊び人だから心配か？」

栈敷内が薄暗いおかげで、顔が赤くなったのを気づかれずにすんでよかったと、イニスは思った。頭のなかは反対方向へ突進していたからだ。「あたしを貴族の娘に見せたいんでしょう？　だったら、あたしの評判は大事です」

「なるほど」アレックスはにんまりするのをやめて、穏やかにほほえんだ。「あらかじめ策は立ててある。従僕が廊下に立っているよ。めずらしいことではない」首をかしげてイニスを見つめた。「カーテンもあけようか？」

「いえ」イニスはとっさに答えたが、熱心に引き止めたように聞こえたのではないかと思い、つけくわえた。「だって……廊下から明かりが入ってきたら、舞台がよく見えなくなるので」

「そうだな」アレックスは言い、イニスのために椅子を引いた。「そろそろ開演だ」

アレックスの手がむき出しの肩に軽くふれたとたん、腕がぞくりとすると同時に熱くなった。イニスはつかのま、アレックスがわざとゆっくり肌に触れたのではないかと思ったが、彼を見あげると、すでにむこうを向いて自分の椅子に座っていた。

「演目はなんですか？」イニスは尋ねた。

「王立劇場は今月ウィリアム・シェイクスピアをやる。イングランド屈指の吟遊詩人だ」

ダブリンの王立劇場でも『リチャード三世』がかかったことがあるので、イニスはシェイクスピアを知っていた。だが、いまは伏せておかなければならない。「吟遊詩人？　竪琴を持って放浪して、バラッドを歌う人ですか？」

「そうじゃない。脚本を書いて、ここロンドンのグローブ座を拠点に宮内大臣一座という劇団を主宰していた」アレックスはイニスにほほえみかけた。「今夜は『夏の夜の夢』だ。喜劇だから、楽しめると思う」

芝居がはじまったので、ふたりは黙った。舞台の上でカップルが四日後に迫る結婚式について話している。政略結婚から逃げてきたイニスとは違い、アテーナイ公とアマゾン国の女王は愛し合っているらしい。そこへますます対比を際立たせるかのように、男が登場し、娘のハーミアが自分の選んだディミトリウスと結婚したがらないと不満を言いだした。

イニスはたちまちハーミアに共感し、父親の言いつけにそむく娘を殺す権利があると、当の父親が言い放ったときには、ますますその気持ちが強まった。イニスのおじですら、そんな脅しは使わなかった。アテーナイ公がハーミアに尼として生きる道をすすめるのも、イニスは気に入らなかった。女はどうしてそのふたつの選択肢しか与えられないのだろう？　親が選んだ相手と結婚するか、一生を修道院で過ごすか。第一幕が終わるころには、ハーミアとライサンダーが駆け落ちすると決めたことで、憤慨もおさまっていた。

「おもしろいか？」アレックスが尋ねた。

「ええ。でもどこがおかしいのかちっともわかりません」イニスは答えた。

「まあ待て。すぐにわかる」


アレックスは第三幕のあとの休憩時間に、だれかが桟敷に入ってこないよう願っていたが、詮索好きな社交界の女性たちが、ロビーに出てこないアレックスを——もっと正確に言うなら、イニスを——放っておくわけがなかった。

最初にカーテンの隙間から桟敷を覗きこんだのは、案の定レディ・コンプトンだった。だれよりも先に新しい噂の種を仕入れたいのだ。夫の男爵は、社交の催しではいつも紳士用ラウンジに逃げこむのだが、今夜もそうしているらしい。気付けにウィスキーでも飲まなければ、妻のひっきりなしのおしゃべりをやり過ごせないのだろう。

レディ・リンフォード、レディ・ダルトン、レディ・ロックウッドがレディ・コンプトンの後ろで押し合いへし合いしているのを見て、アレックスはうめきたいのをこらえた。なんだこれは。Rクラブが丸ごと階段をのぼってきたのか？

「そのかわいらしい生き物をわたしたちから隠しておくつもりなの、アレクサンダー卿？」レディ・コンプトンがカーテンをあけて入ってきた。「わたしたち好奇心で死にそうになってるのに、あなたったらその方を独り占めにするなんてひどいわ」

「わたしは……わたしたちは芝居の話に夢中になっていたので」アレックスは言った。

「もちろん、お行儀のいいあなたは紹介してくださるんでしょ？」レディ・コンプトンが尋ねた。

アレックスはお行儀のいい人間はいきなり他人の桟敷に乱入したりしないと言いたかったが、そんなことではこの集団はひるまない。まさに餓えた狼の群れのようだ。アレックスはため息をついた。「ミス・イニス・オブライエンです」

四対の目が一斉にイニスのほうを向き、値踏みした。イニスは感心にも背筋をのばして両手を膝に重ねていたが、アレックスには顔が青ざめているように見えた。身を乗り出し、彼女をかばった。夫人たちは突然ににこにこしはじめたが、アレックスはだまされなかった。

「好きな登場人物はだれかしら？」レディ・リンフォードがイニスに優しく尋ねた。「わたしはライサンダーがとてもおもしろいと思うわ」

「ディミトリウスのほうがずっと将来有望でしょう」レディ・ダルトンが言った。

レディ・ロックウッドが、だめだめと言わんばかりに手を振った。「ふたりとも普通の求婚者よ。わたしはアテーナイ公テセウスこそ一等賞だと思うわ」

「あなたはそうでしょうね」レディ・ダルトンが意地悪く言った。「ご自分も伯爵と結婚したんだもの」

レディ・コンプトンは三人をにらみつけた。「ミス・オブライエンにも話をさせてあげましょうよ」

四対の目がふたたびイニスのほうを向いた。「わたしはパックが好きです」イニスは言った。

「パック?」レディ・ダルトンが笑いだした。「ただの脇役でしょう。おばかさんじゃないの、ほんとうに。命令に従うだけの」

「やっぱりアイルランドの方ね。だからたぶん、妖精がお好きなんでしょう」レディ・ロックウッドが言った。

アレックスは、イニスがどんどん無表情になるのを見ていた。使用人は上位の者ににらまれると、強情に見えないようにこのような顔をする。にわかに腹が立ってきた。流行とパーティに招待されることしか考えていない彼女たちが、なんの権利があってイニスに劣等感を覚えさせるんだ? イニスを弁護しようと口をひらいたとき、彼女みずから意地悪集団に向かってほほえんだ。

「アイルランドには、妖精は人間の残酷さを避けて妖精の国に住むことにしたという言い伝えがあります。賢い選択でしたね」

アレックスは笑みを噛み殺した。四人は自分たちがぴしゃりと痛打を受けたのか、それともたんに伝説を信じているという話だったのかわからないらしく、ぽかんとしている。

そのとき、キャロラインが四人の後ろから現れたので、アレックスは安堵のあまり聞こえるようなため息をついた。この四人をまとめて連れていくことができる人間がいるとすれば、それはキャロラインだ。彼女はアレックスにウィンクし、イニスに向きなおった。

「またお会いできてうれしいわ。熱病は治ったの？」

ジャネットが声を取り戻した。「熱病？」

「ええ、そうよ」キャロラインは気遣うような口調で答えた。「先週、アレクサンダー卿を訪ねたとき、お客さまが死の危険に瀕していると聞いたの。普通は治るまでずいぶん時間がかかるのよ」キャロラインはイニスにほほえみかけた。「でも、ここにいらしたということは、もううつる心配はないのね」

四人は軍隊の号令に従うかのように、そろってあとずさった。四人の鼻の前で扇子がぱちりと開いた。

「次の幕がはじまるベルが聞こえたような気がするわ」レディ・コンプトンが言い、そそくさと立ち去った。

「ええ、そうね、聞こえたわ」レディ・リンフォードがつけくわえ、レディ・コンプトンのあとを追った。

「遅れたら大変」レディ・ダルトンが言い、レディ・ロックウッドと一緒に急いで出ていった。

「わたし、どうだった？」四人がいなくなってから、キャロラインはイニスとアレックスににやりと笑った。

「すばらしかったよ」アレックスが言った。「イニスが病気だったという噂が広まったら、社交界の連中もしばらくは寄ってこない」

キャロラインは肩をすくめた。「あの人たちがこそこそ階段をのぼっているのを見て、手を打たなくちゃと思ったの」

「名案だった」

イニスはうなずいた。「ええ、ほんとうに。ありがとうございます」

「どういたしまして」キャロラインは答えた。「攻撃される前に、少しでも準備の時間があったほうがいいでしょう。さて、わたしはもう行かなくちゃ。さっきの病気の話が嘘だとばれてしまうわ」ふたりにほほえんでから、カーテンを閉めた。

「きみもよくやった」アレックスがイニスにそう言ったとき、芝居が再開した。

「ありがとうございます」イニスは舞台に目を戻した。

アレックスは役者に目を転じ、たったいまイニスがほかのレディたちと違わない英語を話していたことに気づいた。キャロラインによる発音のレッスンの効果が、思ったより早く現れているのかもしれない。それにしても、イニスが妖精の話をするのは今週だけで二回目だ。

医師には見つけられなかったが、やはりイニスは頭にけがを負ったのだろうか？　それとも、本気で妖精を信じているのだろうか？

ミランダは、四人の女性たちが転がるように階段からロビーへおりてくるのを見て、どうしたのだろうと思った。四人は全員、青い顔をしている。疑わしい状況のアレックスを見つけたのだろうか？　それとも、もっとひどいことに……その現場（フラグランティ・ディリクトゥ）に踏みこんだ？

ミランダは、一度ならず公共の場でつがうことを空想したことがある。見つかるかもしれないという不安が、かえっていっそう興奮を高めるのだ。ミランダは目をすっと細くした。アイルランド娘に、その点でも出し抜かれた？

「まあ」ミランダは近づいてきた友人たちに声をかけた。「バルコニーが火事になったの？」

「まさか」メラニー・リンフォードが答えた。

「火事のほうがよっぽどましよ」ベアトリス・ダルトンが言った。

「火は毒を消してくれるわよね？」ロックウッド伯爵夫人ヴァネッサが尋ねた。

「あなたたちの言っていることがひとつもわからないわ」ミランダは四人に眉をひそめてみせた。「どうしたの？　アレクサンダー卿の連れが服を脱いでたの？」

「とんでもない」ベアトリスが言った。

メラニー・リンフォードが片方の眉をあげた。「そういうことを考えるのは、ミランダ、あなたくらいなものよ」

ジャネットはかぶりを振った。「ふたりとも、きちんと椅子に座っていたわ」

ミランダは少し緊張を解けるのを感じた。アレックスの桟敷を見にいこうと誘われたのだが、あの群れ――Rクラブの一員だと思われたくなくて、あえて断ったのだ。彼のもともみだらな欲望を満たし、空想を現実にできるのは、この自分、特別な自分だけなのだと気づいてほしかった。たった一度の逢い引きで、ふたりの相性は抜群だと証明されたのに。

だが、好奇心が――いや、欲求が、なぜ四人がみっともないほどの勢いで階段を駆けおりてきたのか知りたがっている。「じゃあ、なにがあったの？」

「熱病よ」

ミランダはまばたきした。「熱病？」

ヴァネッサはうなずいた。「キャロライン・ナッシュが言ったのよ。ミス・オブライエンは熱病が治ったばかりだって」

「完全に治ったのか、わかったものじゃないわ」ベアトリスがつけくわえた。

ミランダは、からかわれているのだろうかと思い、四人を見つめた。ファーンは、イニスが高熱を出したとも、ダンズワース・ハウスで病人が出たとも言っていなかった。アレックスの腕につかまって劇場に入ってきたアイルランド娘はぴんぴんして見えた。まるで彼は自分のものだと言わんばかりに、これ見よがしにしがみついていいた。彼になにか耳打ちされて、ほとんど輝かんばかりだった。

「だから、そばにいないほうがいいと思ったの」ベアトリスが言った。

ミランダは無理やり話に注意を戻した。「ええ、そのほうがいいでしょうね」

「くれぐれも用心しなくちゃ」ジャネットが言ったとき、案内係がハンドベルを鳴らし、観客席へ戻るよう促した。「シーズンははじまったばかりだもの」

四人がそれぞれの席へ戻っていったあと、ミランダは階段を見あげた。キャロラインが最上段に現れた。彼女もまた、社交界を軽蔑しているように見える変人のひとりだが、父親が摂政皇太子の評判を――たいした評判でもないが――一度ならず救ったおかげで、排除されてはいない。キャロラインは抜け目がない。アメリア・スタントンがあれほど狡猾でなければ、キャロラインが公爵夫人になっていただろう。だが、ジョージに拒絶されたから、彼女はアレクサンダーと親しくなった。

ミランダは険しい目で考えこみ、階段から見えない場所へ移動した。

キャロラインはダンズワース・ハウスで起きていることになにか関係しているのだろうか？　関係しているのだったら、なにをしているのだろう？

17

翌日の午後、イニスはゴールディの手入れを終えて、首をぽんぽんと叩いた。蜘蛛に咬まれたのと足首を捻挫したのとで、三週間近くゴールディをきちんと運動させていない。先ほど乗馬服を着ているアレックスを見かけたが、話しかける時間がなかった。

一緒に連れていってくれるとは思えなかった。キャロラインがとっさの機転で、イニスは熱病から回復したばかりだと言ってくれたので、おそらく当分は社交の場に出なくてもすむ。だが、馬で出かけることもできなくなった。見られたら、キャロラインの話が疑われてしまう。

ゆうべ、帰りの馬車のなかで、アレックスは妙に静かだった。イニスは、はじめて自分が人前に出た結果、彼は計画を考えなおしているのではないだろうかと考えていた。四人のレディが桟敷に押しかけてきたとき、イニスは正体を隠すために西アイルランド訛りで話すか、それともキャロラインの言うキングズ・イングリッシュで話すかで迷った。だが、四人の言葉に棘を感じ――ダブリンの貴族階級とたいして変わらない――選択の余地はないと思った。農民のような話し方をしたら、噂はあっというまに広がり、アレックスは自分を公爵家の舞踏会に連れていくことができなくなる。キャロラインの教え方がうまかったのだと思ってくれればと、イニスは願っていた。

それでも、アレックスの沈黙は気になり、それを埋めるために、イニスは屋敷までほとんどずっと芝居の感想を話した。ゴールディを最後にもう一度優しく叩いたとき、ジェイミソンがアレックスの馬に鞍を着けて外に連れていった。今日は去勢していない馬だ。つまり、アレックスはイニスとゴールディを連れていくつもりはないのだ。

しばらくして、アレックスが乗馬用の手袋をはめながら厩舎に入ってきた。髪をきちんとなでつけ、服装もととのっていたが、疲れが取れていないように見えた。一晩中眠れなかったのか、目の下にくっきりとくまができている。

「遠くまで行くんですか？」イニスは、ぎょっとしているジェイミソンを無視して尋ねた。そんなことを尋ねるべき立場にはないとわかっていたが、ゴールディを運動させなければ、せっかくの調教が無駄になってしまう。

「わからない。ただ、ゼノスは走らせないと」アレックスは手綱を取った。「どうして？」

「ゴールディも走らせないといけないんです。せっかく教えたことを忘れてほしくないので。あたしはまだここの馬丁です」

アレックスは長いあいだイニスを見つめていたが、ひらりと馬にまたがった。「そのことは考えなおす必要がありそうだ」

イニスは恐慌に襲われた。やっぱりアレックスは計画を変更するのだろうか？「また蜘蛛に咬まれるのを心配してくださってるのなら――」

「そうじゃない。あとで話そう」アレックスが馬の腹を叩くと、馬はすぐさま発進した。

恐慌がふくらんでいくのを感じながら、イニスは彼の後ろ姿を見送った。ゆうべキルデア公爵の赤毛の姪が失踪したと聞いたのだろうか？　劇場で彼がそばを離れたのは、あの四人の女性が桟敷を去ったあと、ワインを取りに行ったときだけだ。でも、帰りの馬車のなかではずっと黙りこくっていた……。

アレックスはハイド・パークに着き、ロットン・ロウでゼノスをしばらくギャロップで走らせてから速歩に速度を落とし、キャロラインと落ち合うことになっているレディーズ・マイルへ向かった。

キャロラインはふたりの従僕に付き添われてランカスター・ゲートから入ってきた。アレックスは、ゆうべワインを取りに行ったとき、キャロラインと今日の約束をして、従僕を付き添いに連れてくるようにすすめておいた。立派なお目付役になる。

アレックスは、目を丸くしているキャロラインを見て笑みを噛み殺し、隣に並んだ。

「アレクサンダー卿、なんてうれしい驚きかしら」

「こちらこそうれしいですね」アレックスは返した。「ゼノスを走らせに来たのだが、軽く整理運動をさせたい。ご一緒してもかまわないか？」

「もちろんどうぞ」キャロラインは答え、従僕たちのほうを振り向いた。「後ろからついてきてくださる？」

アレックスはまた笑みをこらえた。キャロラインは上流階級の気取ったしきたりを鼻であしらうが、無視しているわけではない。お目付役も必要だが適度な距離もあけてほしいと従僕たちに伝えたわけだ。

「わたしに話したいことってなにかしら？」キャロラインは、従僕たちが声の届かないところへ離れてから切り出した。「ゆうべ、階段をおりてきたときのあなたは様子がおかしかったわ。わたしが行く前に、あの人たちのだれかがイニスを傷つけたの？」

「様子がおかしかったのはきみのせいだと言いたいところだ。舞踏会の前に、イニスを何度か社交の場に連れていくつもりだった。ブライスにも、ときどきガンターズへアイスクリームを食べに連れていくといいと言われていた」アレックスは言った。「だが、イニスがあれこれ質問されて答えなければならないような機会は作らないほうがいいかもしれない」

キャロラインはちらりとアレックスを見た。「イニスはよくやっていたでしょう？　訛りがあった？」

アレックスはかぶりを振った。「まるでイングランド人のようだった。きみの発音のレッスンがよかったんだな。パックが好きだと自分の意見を立派に述べた」

「わたしもパックが好きよ。イニスもあのいたずら好きな性質が好きなんじゃないかしら」キャロラインはアレックスにほほえみかけた。「わたしの知っている放蕩者にもいたずら好きがいるけれど」

「それはブライスとケンドリックのことで、わたしではないだろう？」

キャロラインは片方の眉をあげた。「媚薬を使わなくても、クラブの崇拝者たちはゆうべあなたの桟敷にまっすぐ押しかけてきたわ」

「きみも知ってのとおり、彼女たちはイニスがどんな娘か見に来たんだ。噂の種にするためにね。ミランダがいなかったのが意外だ」

「ああ、ミランダは下で待っていたわ。階段をおりたら、あの人が四人と話しているのが見えた。あの表情は気になったのよね」

「どんな表情だ？」

「独占欲がむき出し」

アレックスは笑った。「わたしはだれにも独占されるつもりはないよ。ことにミランダ・ロックのものにはならない。レディ・ロックウッドの夜会で、はっきりそう言ったんだが」

「通じたかどうだか」

「通じていなければ、もっとずばりと言ってやらなければな」アレックスは言った。「だが、きみと会いたかったのは、社交界の話をしたいからじゃないんだ」

「そうだと思っていたわ」キャロラインはアレックスのほうを向いた。「計画を実行する自信がなくなった？」

「いや。イニスがあの四人をあしらうのを見て、舞踏会でも問題なくやれると確信した」

「だったら、なにが心配なの？」

「パックだ」

キャロラインは眉根を寄せた。「パック？」

「と言うか、妖精一般だ」

「アレクサンダー。さっぱり意味がわからないわ。落馬して頭でも打ったの？」

「わたしが心配しているのは、自分の頭ではないんだ」アレックスはキャロラインに、イニスがゆうべ妖精の話をしたことを説明しはじめた。「ほんとうにいると信じているようだった」と締めくくった。

話が終わったとき、キャロラインは笑みを浮かべていた。「レプラコーンが虹のたもとに黄金の入った壺を隠してるとは言わなかったんでしょう」

「どう思う？　階段を落ちたときに、頭にけがをしたんじゃないか？」

「それはわからないけれど。ただ、わたしの乳母にアイルランドから来た人がいたの。よく〝小さな人たち〟の話をしてくれたわ。アイルランドの民話には妖精の話が多いのよ。

わたしなら気にしないわ」キャロラインは、グローヴナー・ゲートからレディーズ・マイルへ近づいてくる三人組に目をやった。「でも、あなたもいまは妖精の粉をかけてほしいんじゃかしら」

アレックスはキャロラインの視線をたどり、うめき声をあげた。アメリアがミランダとロックウッド伯爵夫人ヴァネッサを従えて、馬で近づいてくる。もはや逃げようがないが、とりわけアメリアの前でイニスのことを訊かれたくなかった。舞踏会の前は、できるだけジョージにイニスのことを知られたくない。ゆうべの行き先に劇場を選んだのは、アメリアとジョージが週の前半からブライトンに招かれて滞在しているのを知っていたからだ。どうやら、ふたりは思っていたより早く帰ってきたらしい。そして、アメリアの興味津々の表情から察するに、ほかのふたりがゆうべのできごとをすでに吹きこんだようだ。

三人組は、キャロラインとアレックスの前で馬を止めた。

ミランダはキャロラインを横目でちらりとにらみ、アレックスに冷たくほほえみかけた。「驚いたわ、今朝はあのお客さまと一緒じゃないのね」

キャロラインも嘘くさい笑みを返した。「どうして驚くの？　ミス・オブライエンは熱病が治ったばかりで本調子ではないと聞いているんでしょう？」

「ゆうべは元気そのものに見えたけれど」

「見た目からはわからないものよ」キャロラインの笑みは本物らしくなった。「たとえば、アレクサンダー卿とわたしはいいお友達だけれど、一緒に馬に乗っていれば誤解されることもありうるわ」

ヴァネッサが眉をひそめた。「あなたも……贈り物をもらったの?」

アメリアは興味深そうにキャロラインを見て、アレックスに目をやった。「噂によれば、あなたはかなり変わった……贈り物をするのが癖になっているそうね」

もってまわった口調に、アレックスは顎がひきつるのを感じた。公爵夫人らしい高飛車な話し方をするばかりか、アレックスを偏見の目で見ている。またた。アレックスの頭のなかで、なにかがプツリと切れた。

「あなたもひとついかがですか、奥さま?」

アメリアはまばたきし、頬が濃いピンク色に染まった。ヴァネッサは息を呑み、ミランダは目を細くした。アレックスは、言葉が口から出たとたんに後悔したが、いまさら引っこめることはできない。三人の期待どおりに放蕩者らしく振る舞ったほうがいい。アレックスは帽子を傾けた。「いつでもご連絡ください」と言い、馬の腹を叩いて三人の脇を通り過ぎた。

キャロラインがついてきて、三人に聞こえないところまで離れてから、こらえていた笑い声をあげた。「ついに不可能なことをやりとげたわね。あの連中を黙らせたなんて」

アレックスは彼女をちらりと見た。「そのチェシャ猫みたいな顔はどうしたんだ?」

キャロラインは頬がゆるむのを隠そうともしなかった。「アメリアが当然の報いを受けたんだもの。あの人の顔があんなに赤くなるのを見たのははじめてよ」

「あんなことを言うんじゃなかった」

「あら、いいじゃない？　たしかに失礼だけれど、アメリアこそいつも傲慢なんだから、あんな彼女を見られてすっきりしたわ。ジャネットに見せてあげられなかったのが残念」

「ヴァネッサとミランダで充分だ」アレックスは顔をしかめた。「あっというまに噂が広まるだろうな」

「もう広まってるわ」キャロラインは言った。「Rクラブがよだれを垂らすわよ」

アレックスはうめいた。「その名前はやめてくれ」

キャロラインはまたにんまりした。「あの人たちに惚れこまれたのは、あなたの自業自得」

「ほかの話をしないか？」

「わかった。どのみちアメリアの話をしていたんだったわ」キャロラインは答えた。「あなたがあの人に一泡吹かせた瞬間を思い出して楽しみたいの。ついにやったのよ。公爵閣下夫人が、すっかり度肝を抜かれていたわ」

「その話はやめてくれないか？」

「あなたも偉業を成したのをよろこぶべきよ」キャロラインは首をかしげてアレックスを

見つめた。「あなたもわたしと同じくらいよくわかっているでしょう――いいえ、わたしよりよくわかっているはずよ。あの人がどんなに俗物か。そして、自分のことしか考えていない」

「ふん」アレックスはぼそりと言った。「アメリアはほしいものを手に入れたし。称号をな」

「あなたは今日、少しはやり返せたわ。わたしもやり返したい」

アレックスはキャロラインに鋭い視線を投げた。「ジョージがアメリアと結婚してくれて、わたしたちふたりともよかったじゃないか。またジョージに未練があるのか?」

キャロラインはかぶりを振った。「ジョージがなにを欲していたのか、いまならよくわかる。あの人を好きになったわたしはばかだった。でも、だからといって仕返ししたくないわけじゃないわ」

「まあ、その点はきみを責められない」アレックスは言い、にやりと笑った。「アメリアの仮面にひびが入ったのは、見ていておもしろかったよ」

「そうでしょう」キャロラインは考えこむような顔をして、しばらくして笑った。「仕返しするなら、ちょっとした案があるの」

「またチェシャ猫みたいになっているぞ。どんな案だ?」

キャロラインはかぶりを振った。「それは秘密。いまはね」

18

その夜早い時間、アレックスはホワイツに入りながら、イートン校で給仕の若い娘を寮の部屋に連れこもうとした愚かな若者に戻ったような気がした。ただし、今回は忍び出たのだ――ほかならぬ自分の屋敷から。ハイド・パークから帰ってくると、イニスがパドックでゴールディを運動させていた。ゴールディはたしかに走りが足りないので、アレックスは申し訳なく思ったが、いまだにイニスと妖精話をどう取り扱えばいいのかわからず、結局自分が走って逃げてしまった。

自分は愚かだ。ほかの女性にこれほど不安にさせられたことはない。イニスのそばにいると、距離を置かなければならないと思うが、逃げおおせたら逃げおおせたで、彼女のことばかり考えている。次の相手を口説いて名簿の名前を消すことはどうでもよくなり、頭はイニスで一杯だった。

間違いなく自分は愚か者だ。

今夜のブライスは、いつもの引っこんだ場所にあるテーブルではなく、リンフォード子爵、コンプトン男爵、ロックウッド伯爵ジョン・コールドウェルともっと広いテーブルを囲んでいた。それぞれ、妻に負けず劣らずゴシップ好きだ。醜聞の兆しに、彼らは兎のにおいを嗅ぎつけた猟犬のごとく鼻をうごめかした。アレックスは、なぜブライスが彼らと一緒にいるのだろうと思った。そのとき、ロックウッド伯爵の陰に隠れていて顔がよく見えなかった男が、椅子の上で身動きした。アレックスはケンドリック侯爵スティーヴンに気づいて驚いた。彼がホワイツに来るのはめずらしい。

「ロンドンにいたとは知らなかった」アレックスは言い、着席してウェイターにブランデーを頼んだ。

「レディ・ロックウッドの夜会のあと、ケントに帰っていた」スティーヴンは答えた。「うちの漁船が浸水で一隻沈んだから、代わりの船を用意しなければならないんだ」

田舎の領地を持て余して相場に手を出す多くの同年輩たちとは違い、スティーヴンは実際的な人間だった。爵位を継いで以来、数隻の漁船を購入し、ときにはみずから船団を率いた。アレックスがスティーヴンとはじめて出会ったのはイートン校だが、スティーヴンのほうが一期か二期上だった。生まれのあやしい者がイングランドのエリートたちと教育を受けているとよくからかわれ、学友との喧嘩が絶えなかったので、学校には長くいられなかった。ジョージと仲が悪かったアレックスは、スティーヴンに共感することもあった。

ヘンリー・リンフォードがスティーヴンを見た。「沈んだのはあなたの船だけじゃないでしょう」

「おお。そのとおりだ」ジョシュア・コンプトンが言った。「三日前に〈タイムズ〉で、フランスからの船が海賊に襲われたという記事を読みましたな」

「あなたはなにかご存じでは？」ヘンリーが尋ねた。

アレックスはブライスと視線を交わした。また猟犬が鼻をうごめかしている。フランスとアメリカの戦争は終わり、自由な貿易が再開されたが、費用がかかる。フランスとスペインとポルトガルの船員たちは、大陸の港から荷を満載して出航した船を拿捕しようと追いかける。ときおり海峡でアフリカ北部からやってくる海賊船が目撃されているが、イングランド近海で襲われたという船がようやくロンドンの港に到着すると、襲ったのはイングランドの海賊だったという噂が流れる。社交界の連中は、地位こそ高いが、その体には充分な量の高貴な血が流れていないと噂されるケンドリック侯爵が海賊行為をしているのではないかと憶測して楽しんでいた。

アレックスは両手を拳に握りしめたが、スティーヴンは黒い瞳をまっすぐリンフォードに据えて肩をすくめただけだった。「あんたが知らないものをわたしが知るわけがあるまい？」

リンフォードが目をそらしたので、アレックスは頰をゆるめそうになった。イートン校時代、スティーヴンはよくあの目で喧嘩相手に対峙していた。リンフォードはそわそわとウィスキーを飲んだ。

「もしかしたら……あなたの船の乗組員がなにかを知っているとか？」コンプトンが尋ね

た。

　スティーヴンはコンプトンのほうを向き、黒い眉をわずかにあげた。アレックスには、コンプトンが身震いしたように見えた。キャロラインの言うとおりだ——スティーヴンは高級な注文仕立ての服を着ていても、どこか危険な感じがする。スティーヴンが海賊行為を働いているのではとあからさまに中傷したうらなりに拳を叩きこんでやればいいと、アレックスは思った。

　残念ながら、ロックウッド伯爵が邪魔に入った。「海の近くに住んでいるのだから、なにか見ていてもおかしくないだろう。みんなが言いたいのはそういうことだ」

「そうとも」リンフォードが勢いこんだ。「ロンドンへ運ばれる積み荷が奪われているわけだからな」

「乗組員も殺されている」コンプトンがつけくわえた。

「殺されている？」スティーヴンが片頬で笑った。「では、ロンドンへ入ってくる船は幽霊船か？」

「航行している船の乗組員がひとりでも殺された例は知らないな」プライスが言った。

「それとも、ぼくは最新の記事を読み落としているのか？」

　リンフォードが顔をしかめた。「命が奪われたと聞いた覚えはないが、それでも——」

「血に餓えた話が聞きたいのか？」スティーヴンがまた眉をあげた。

「もちろんそんなことはない」リンフォードが答えた。「ただ、海賊は阻止しなければならない」

スティーヴンはそっけなくリンフォードを見やり、ブランデーのグラスを取ってほほえんだ。「せいぜいがんばってくれ」

翌朝、目を覚ましたアレックスは、ゆうべからの落ち着かない気分を引きずっていた。ブライスとふたりきりで話す機会はなかったが、いま思えばかえってよかったのかもしれない。妖精の話をしようものなら、ブライスにどんなに冷やかされたかわかったものではない。劇場であのやり取りを聞いてから丸一日がたち、いまさら話すのもばかばかしく思えてきた。話を持ちかければ、イニスは気を悪くするだろう……いや、妖精はいると主張しはじめるかもしれない。そっちのほうが恐ろしい。

アレックスは起きあがって服を着ながら、またホワイツのできごとを思い返していた。スティーヴンとイニスは、ある意味似ているところがある。ふたりともそもそも上流社会の住人ではない。イニスは労働者階級で、スティーヴンは侯爵の地位を受け継いだとはいえ、母親の身分には曖昧なところがあった。もとは侯爵家の使用人だったという人もいる。アレックスが思うに、イニスは一度のレッスンで文字を覚えたようなので、両親はおそらく読み書きができたのだろう。イニスにはもうひとつスティーヴンとアレックスとの共通点があり、それは貴族の俗物根性を嫌っているところだ。

アレックスは、兄に恥をかかせる計画にイニスを巻きこんでしまったことに、ますます気がとがめるようになっていた。ジョージが報いを受けるのは当然としても、イニスは違う。劇場の桟敷に押しかけてきた雌狼たちは、イニスが社交上のへま(フォーパー)をしでかそうものなら、一斉に襲いかかってくるだろう。

イニスがそんな辱めを受ける可能性があるのに、このまま計画をつづけるべきか——つづけてもいいのか？　彼女は劇場で申し分なく振る舞ったが、やり取りは短かったし、アレックスもそばについていた。舞踏会では、そうはいくまい。大勢の人々の好奇の目にさらされ、もっと辛辣な言葉をかけられる。アレックスは、たったいま櫛を入れたばかりの髪をかきむしった。イニスに協力を強いる権利は、自分にはない。

決めるのは彼女だ。

その朝遅く、イニスは書斎のドアの前でためらった。厩舎の仕事のあとだったので風呂を使いたかったが、アレックスを待たせたくなかった。昨日、彼はイニスに馬丁の仕事をつづけさせるかどうか考えると言った。いまは、彼の気に障るようなことをしたくなかった。とりあえず、ブーツの馬糞は拭い取ってきた。

「どうぞ」アレックスがノックに応えた。

彼は机の前に座っているのではなく、楽しげな炎が燃えている暖炉のそばに立っていた。いや、イニスは薪のはぜる音を楽しげだと思いたいのかもしれない。「お呼びですか？」

「ああ」アレックスは、ベルベット地を張った肘掛け椅子を示した。「座ってくれ」

「あの……あたし、厩舎で作業をしていたので。椅子を汚したら申し訳ないです」

アレックスは片方の眉をあげた。「汚れているようには見えないぞ。どちらにしても、椅子はあとで掃除すればいい。さあ、わたしも座りたいから座ってくれ」

イニスが椅子の端にこわごわ腰をおろすと、アレックスはほほえんだ。

「そういう座り方をするのは、レディらしいからか？　それとも、いつでも狐に追われた兎のようにここから逃げ出せるように準備しているのか？」

どちらかと言えば怯えた兎の気分だったが、そう答えるつもりはなかった。「キャロラインに教わったことを練習しないといけないので」

「ああ。そのことで話がある」

「レッスンのことで？」イニスは眉をひそめた。「馬の仕事の話かと思ってました」

「どちらにも関わることだ」

「どちらにも？」

「当初の計画を考えなおしているんだ」

イニスは固唾を呑んだ。「考えなおす？」

アレックスはうなずいた。「こんな試練をきみに味わわせていいものかどうか、わからなくなった」

イニスはまっすぐ彼のほうを向くことができず、黄色とオレンジ色の炎が青色の縁を揺らめかせて踊るのを見ていた。契約は破棄されるのだろうか？　ひょっとしたら、レッスンで不器用なふりをしすぎて、こんなことではだれの目もごまかせないと思われたのかもしれない。イニスはアレックスの目を見た。「あたし、劇場でなにかしくじりましたか？」

「いや、完璧だった」アレックスは言った。「だが、今朝ジョージの舞踏会の日程が皇太子殿下の都合に合わせて早まったと聞いたんだ。二週間後だ。それだけでは準備が間に合わない。幕間に短い会話をするのと、舞踏会で一挙一動を観察されてあれこれ批評されるのとでは、ずいぶん違う」

イニスはなんとか平然とした表情をつづけた。レディのふりなら完璧にできるのに、アレックスはそう思っていないのだ。なんだか癪にさわる。一瞬、自分の正体をぶちまけ、ほんとうはたいした毒舌家なのだ、我慢して黙っている以上のことができるのだと言ってやりたくなった。だが、言ってしまえば、アイルランドと望まぬ結婚へ向けて悲惨な道を逆戻りすることになる。イニスは苛立ちをこらえた。「もっとがんばりますから、旦那……ミスター・アシュリー」

アレックスは眉根を寄せた。「アレックスと呼んでくれと頼んだだろう？」

イニスは顔が赤くなるのを感じてうつむいた。彼を名前で呼べば、ますます気持ちがつのる。彼に惹かれているこの気持ちを明かすわけにはいかないのに。明かせば自滅だ。

「でも、あたしの……仕事が……なくなる話をしたいのなら、雇い主らしい呼び名で呼んでほしいんじゃないですか」

「アレックスのほうがいい」彼は近づいてくると、口調を優しくした。「それか、アレクサンダーでもいい。それから……きみがだめだと言っているんじゃないんだ」

イニスは、サンダルウッドの石鹸のかすかな香りを嗅ぎつけ、彼がすぐそばにいることに気づいてはっと顔をあげた。「でも、あたしには無理だと思ってるんでしょう」

「そんなことは言っていない」

「でも、そう思ってるんですよね？」

彼の視線が鋭くなった。「きみに恥をかかせたくないんだ」

じっと見つめられ、イニスはきちんと考えることができなくなった。ごくりと唾を呑む。

「約束したじゃないですか。あたしは役目を果たします」

「その必要はない。自分の復讐のためにきみを利用する権利は、わたしにはない」アレックスは言葉を切った。「よかったら、この近くか、田舎の村にでも、小さな家を見つけてあげるから――」

「ほどこしは受けません。自分の食い扶持は自分で稼ぎます」イニスは口元を引き締めた。

半分は、注意を集中させるためだ。「あたしはやりたいです。やれます」

アレックスは考えこむようにイニスを見た。「そんなにアメリカへ行きたいのか?」

それが自分のやりたいこととは思えなかった。イングランドへ来て二カ月近くがたつ。おじはいまごろ北アイルランドをすみずみまで捜索させ、その先にも人を送っているだろう。イニスがロンドン行きの船に乗ったのを知ったら、ボウ・ストリート・ランナーズに捜索を依頼するかもしれない。田舎の村に隠れたいのはやまやまだが、仕事もせずに衣食住をすべてアレックスに頼るのは不本意だ。愛人になって、彼を待ちつづける生活も絶対にいやだ。彼が来て、ベッドをともにして、まるで――イニスは想像を中断した。アレックスは、そんなことをしたいとはひとことも言っていない。どういうわけか、イニスはまた苛立ちを覚えた。まったくもう。どうして考えがそっちの方向へさまよっていくのだろう? 彼は女たらしだ。本人もそう認めている。おまけに、クラブを結成して彼との一夜を語り合っている既婚女性たちまでいる。なんてこと。

「イニス?」

イニスはわれに返った。「なんですか?」

「そんなにアメリカへ行きたいのなら、侮辱される覚悟で舞踏会へ行くかと尋ねたんだ」

選択の余地はない。この国を出ていくのか、アイルランドに連れ戻されて、嫌いな男と結婚させられるのか。イニスはうなずいた。「それがあたしの望みです」

その日の午後、アレックスはキャロラインの好奇心に満ちた視線に気づかないふりをした。キャロラインは礼儀正しい会話にふさわしい話題をイニスに教えに来ていた。イニスはいきいきとして、訛りも目立たなくなったが、一方でアレックスは不自然なほど静かだった。

三人は客間にいた。キャロラインが〝客〟に見立てた鉢植えをあちこちに置き、イニスはそれを相手に礼儀正しい言葉をかけ、次の〝グループ〟へ移動する。レッスンの目的は適切な会話の練習だが、植物はしゃべらないので、アレックスはキャロラインの指示で鉢植えの隣に立って受け答えをした。アレックスがぎくしゃくすると、キャロラインがくわったが、不思議そうな顔をしていた。

おそらくキャロラインは、アレックスの様子がおかしいことに気づいていた。普段のアレックスは言葉に詰まることなどないし、完璧に愛想よく振る舞いながらどうでもいいことを言う技術を習得している。だが、今日は気づいたらもっと大切なことばかり考えていた。

なぜイニスはそんなにアメリカへ行きたいのだろう？

イニスが独立心旺盛で意志が強いことは知っているが、ほんとうにそんな大胆な冒険に憧れているのだろうか？　年季奉公と引き換えに渡航費を得て、人手の足りないアメリカへ行く貧しいイングランド人は多いので、身寄りのないイニスもよりよい生活を求めているとは考えられる。何年も赤の他人のもとで働くのにくらべれば、舞踏会でばかにされることくらい、小さな代償かもしれない。

それに、アメリカでは女性がつける職業にも幅があるそうだ。イニスがそばにいると楽しいが、このまま雇いつづけるのは無理がある。ここに来てから二カ月、イニスはおそらくエルシーを除けば友人もいない。ほかの女中たちは、イニスが部屋に入ってくると鼻に皺を寄せる。馬丁見習いが文句を言わないのは、アレックスがイニスは一人前だとはっきり言っているからに過ぎない。ジェイミソンは、イニスが馬の扱いに長けていることはしぶしぶ認めているが、女性を受け入れる職業ではなく、イニスは平民の女性たちからもはじかれる。

小さな家をやるなど言わなければよかった。勘違いされるのはわかっていたのに、くそっ。アレックスはいつのまにか、イニスに与えたいという奇妙な心境に捕らわれていた。誇り高いイニスがほどこしを受けないのはわかっている。だが、アレックスは慈善の気持ちからほどこしをしたいわけではなかった。最初はきちんと服を着て客間でお茶を飲み、そのあとふたりとも裸で乱れたベッドのシーツに包まれて、というなりゆきを思い浮かべていた。イニスはきっとそんなふうに考えたこともないだろうし、ましてや望んでもいないと思うと、アレックスのプライドは傷ついた。自分がそうしたがっていることが、いくぶん衝撃でもあった。いままで愛人を囲おうと考えたことはなかった。イニスとは一度では気がすまないだろうと、なんとなくわかる。いつもなら同じ相手と関係を持ちつづけるのが怖くなるはずなのだが、いまは怖くない。

「アレクサンダー？」

アレックスはキャロラインの声にわれに返った。「なんだ？」

キャロラインはあきれたようにため息をついた。「ねえ、今日の午後はずっと上の空よ。あなたがちゃんとしてくれないと、イニスに意味のない会話のコツを教えられないわ」

アレックスはやっとのことで笑ってみせた。「意味がないのなら、重要なことじゃないだろう？」

「今度は哲学者になったの？」

アレックスは笑みを大きくした。「おもしろい質問だな」

キャロラインは目を天に向けた。「そうですね、ソクラテス先生。ところで、レディ・イニス・オブライエンをご紹介させてください」

アレックスは振り返り、イニスにお辞儀をして手を取り、口元へ持っていった。「魔法にかけられたようでしょう、お嬢さま」

手の甲にキスをすると、イニスは息を呑む音とも咳きこむ音ともつかない音をたてた。唇が彼女の肌に触れたとき、アレックスの全身にはっきりと興奮が走った。〝魔法にかけられた〟のはこちらのほうかもしれない、とアレックスは思った。

「明日からダンスのレッスンをはじめましょう」それからしばらくして、キャロラインは帰り支度をしながらそう言った。

「ダンスですか？」イニスが尋ねた。

キャロラインはほほえんだ。「舞踏会だもの、もちろんダンスはするでしょう？」イニスが青ざめたので、キャロラインは優しくイニスの手を叩いた。「大丈夫よ。ちゃんとステップを踏めるように教えてあげる」

イニスはぎょっとしてアレックスを見た。「会場に行って、ダンスをそばで見ていればいいと思ってました」

「まさか」キャロラインは言った。「ダンスカードにアレックスの名前を書いてもらおうとする女性の行列ができるわ。でも大丈夫。わたしがあなたのカードも殿方の名前で一杯にするから」

イニスの顔はますます白くなった。「一晩中ダンスをしなきゃいけないんですか？」

「まあ、一曲くらいはな」アレックスがイニスをじっと見ていた。「約束は取り消すか？」

イニスは下唇を噛んで考えていたが、最後にはかぶりを振った。「いいえ。やるべきことをやります」

キャロラインはふたりを交互に見やりながらなにか変だと思ったが、それがなにかわからなかった。「さて」明るく言って、手袋をはめた。「また明日ね」

屋敷の前で待っていた馬車の扉はあき、はしご段がおりていた。キャロラインは御者に指示をして、従僕の手を借りて馬車に乗りこんだ。馬車が動きはじめたと同時に、キャロラインは、今日のアレックスはいったいどうしたのだろうと考えた。めずらしく静かで、上の空だった。最後に彼とイニスが交わしたやり取りも気になる。いや、心配だと言ったほうがいい。アレックスは、ジョージに恥をかかせるこの計画を取り止めるつもりなのだろうか？

キャロラインは座席に深く座った。アレックスから最初にこの計画の話を聞いたとき、突飛すぎてうまくいかないと思ったが、時間がたつにつれ、舞踏会の一日か二日後に真実を知った公爵閣下さまが悔しがるのを想像して楽しくなってきた。アレックスは、イニスがアメリカへ出発してからジョージに真実を告げるつもりだろうけれど、ぜひその場にいたい。

もともとキャロラインは、計画を実行できるほどイニスを教育できる自信がなかったが、彼女は意外にも利発な生徒だった。今日はうろたえていたが、いままで舞踏会に出席したことがないし、貴族とダンスをしたこともないのだから当然だろう。でも、アレクサンダーとわたしがついていれば大丈夫。ジョージの友人もできるだけたくさんだましてやったら、ますますおもしろい。

キャロラインは、アレクサンダーが計画を中止しなければいいのにと思った。彼が取り止めにしたら、自分の復讐計画も中止しなければならなくなる。

リージェント・ストリートで馬車がゆっくりと止まった。キャロラインは馬車を降りてスカートをなでおろし、御者を見あげた。「すぐに戻るわ」くるりと向きを変え、マダム・デュボアの店へ入った。部屋着を注文しなければならない。

19

翌日の夕方近く、イニスはダンスのレッスンのためダンズワース・ハウスの舞踏室に入り、昼食からこちらジェイミソンが不機嫌だった理由を知った。彼は部屋の向こう側に立っていた。服を着替え、イニスの目がおかしくなければ、首にはクラヴァットかもしれないものを巻いている。

その隣には、あきらめ顔の執事のエヴァンズと、アレックスの近侍のヒギンズが立っていた。そして、エルシーとファーンとミセス・ブラッドリーがそばに固まっている。エルシーの目はフクロウのようにまん丸だが、ファーンとミセス・ブラッドリーは普段とあまり変わらない様子だ。

「あの……」イニスが尋ねかけたとき、キャロラインがアレックスを連れて入ってきた。

「よかった。全員そろっているわね」キャロラインが言った。「とっても楽しくなるわ」

エルシーがくすくす笑い、ファーンも頬をゆるめたが、男たちは処刑場に引きずられてきたような顔をしていた。イニスの背後で、アレックスの低い笑い声がした。イニスは振り返った。「なぜみんながいるんですか？」

「キャロラインは、ちゃんと四組のペアがそろっていないと、カドリールを教えられないと考えたようだ」アレックスが答えた。「だから、男性陣にも無理を言って来てもらった」

「大丈夫よ」キャロラインが小声で言った。「みんな、あなたが踊り方を知らないって、だれにも言わないから。アレックスが約束させる」

イニスは内心すくみあがった。ジェイミソンに大きな借りができてしまった。彼は、妻の親戚を訪ねるのがいやでたまらない、なぜなら連中は敷物を片付けてカントリーダンスをしないと夜が終わらないと信じているからだ、とぼやいていた。エヴァンズとヒギンズはどう感じているかわからないが、表情から察するに、これは自分の担当の仕事ではないと思っているようだ。一方、ミセス・ブラッドリーとエルシーは見るからにわくわくしていて、ファーンすらおもしろそうにしている。

「キャロラインはあたしたち全員に教えてくれるんですか?」イニスは尋ねた。

アレックスはかぶりを振った。「ミセス・ブラッドリーは、ご主人が元気だったころにはよくダンスをしていたそうだ。女中たちに訊いて、多少なりとも経験がある者を連れてきてくれた」

カドリールはダブリンでも踊られているが、イニスはおじに言いつけられたものを除いて舞踏会には出席しないことにしていた。会場は混雑しているし、空気も悪い。礼装で着飾った男女が、軽快なテンポのカドリールとアイルランドのリールを踊っていると、あっというまに室内は汗と甘ったるい香水のにおいで充満する。だから、イニスに経験がないというのは、まったくの嘘ではない。「ほんとうにステップを覚えられるかしら」

「大丈夫。最初にわたしとペアになればいい」アレックスがウィンクした。「遊び人はダンスの名人と決まっている」

もちろん、ウィンクは破廉恥なしぐさだが、イニスはほほえんだ。きっとアレックスは、足をさんざん踏まれないように、緊張をやわらげようとしてくれているだろう。アレックスがイニスに腕を差し出し、キャロラインが舞踏室の中央へ移動して全員を手招きした。キャロラインは全員を位置に着かせ、アレックスと一緒に最初のパートを踊ってみせた。そのあと、イニスはほかの三組が同じことを繰り返すのを見ていた。キャロラインが残りの四つのパートも同じように繰り返すあいだ、イニスは集中して足の動きを覚えるふりをしたが、半分は真剣だった。アレックスの足を踏みたくないし、つまずいてひっくり返るのもいやだ。

「はい、結構」ひととおり踊り終えると、キャロラインはピアノの前に座った。「では『ル・パンタロン』の最初のパートを踊ってみましょう」

有名な曲だったし、キャロラインは普通よりゆっくりしたテンポで弾いてくれたので、間違いは最小限に抑えられた。それに、アレックスの言うとおりだった。アレックスはダンスの名人で、くるりとまわる前には少しだけ早くイニスの腕を持ちあげ、まわる方向を教えるためにイニスの手を軽く引いた。おかげで、磨きあげた彼のブーツを汚さずにすんだ。スコットランドのリールに移り、ほかの三人と踊ったときは、さほどうまくいかなかったが、彼らは上手に踊ることにあまり興味がなさそうだった。ジェイミソンは、パッセをするときに、表情こそ変えなかったが、うなり声をあげた。エヴァンズとヒギンズの硬い表情も、エルシーに足を踏みつけられて――ファーンもエルシーほどではないがしくじっていた――だんだんしかめっつらと仏頂面に変わっていった。

三十分後にキャロラインがピアノを弾くのをやめたとき、アレックスですらくたびれて見えた。ブーツには引っかき傷がつき、クラヴァットはおそらく飛んできた腕に引っぱられてよじれていた。

「休憩してから再開しましょうか？」キャロラインが尋ねた。

イニスは、男たちから一斉にうなり声があがったと思ったが、気のせいかもしれない。とにかく、これ以上ジェイミソンを怒らせたくなかった。「もうステップは覚えました」

「わたしもそう思う」アレックスは男たちに向かってうなずいた。「本来の仕事に戻っていいぞ」

アレックスがほんとうにそう思っているのか定かではないが、これ以上つま先を踏みつけられたくなかったのかもしれない。どちらにせよ、ジェイミソンとエヴァンズとヒギンズは、そそくさとドアへ向かった。みっともないのを気にしなければ、三人とも走って逃げだしただろう。女中たちはぐずぐずしていたが、ミセス・ブラッドリーにまだ仕事があるでしょうと言われて出ていった。

「あの、あたしも着替えなくちゃ」使用人たちがいなくなってから、イニスは言った。「厩舎の仕事が残っているので」ジェイミソンがあんな表情をしていたからには、その仕事にはすべての馬房を掃除することも含まれそうだった。

「いや、まだ終わっていない」アレックスが言った。

イニスは不審に思ってアレックスを見た。やっぱりステップをまだ覚えていないと思われているのだろうか？「もっと練習が必要なら、なぜみんなを帰したんですか？」

アレックスはにやりとした。「ワルツの練習には、人数は必要ないからな」

ワルツ？　あのみだらなダンス。まだフランスからダブリンには伝わっていないが、ロンドンで広まっているとはイニスも聞いていた。もちろん、アレックスはステップを知っているのだろう。遊び人はダンスの名人だと、本人が言うのだから。「あたしはワルツを踊ったことがないんです」これだけは嘘ではない。

「そんなに難しくない」アレックスが言った。「三歩動いて、また三歩動けば、それで一区切りだ」

キャロラインがほほえんだ。「モーツアルトのすばらしい曲を練習してきたの……『サセックス・ワルツ』。リズムがわかるように、何小節か弾いてあげるわ」

イニスは首をかしげて聞いた。「音楽のなかに〝一、二、三〟というのが聞こえます」

「そのとおりだ」アレックスが近づいてきた。「さあ、ポジションを取るぞ」彼はイニスの左手を自分の肩に置き、ウエストに自分の右腕をまわし、左手でイニスの右手を取った。

アレックスのにおいで満たされた温かい繭のなかにいるようだった。左手を置いた肩は、上等なコートの生地に包まれた大理石の彫刻のようで、ウエストにまわされた腕もがっしりとしていた。イニスはめまいがしそうになった。ふたりのあいだに空間はあるが、乳首が尖ってぴったりとしたボディスを押しあげているのがわかる。急に疼きだした胸をアレックスの広い胸板に体を押しつけたいような、奇妙な衝動を押し殺した。背中の下のほうを支える彼の手のひらに少しだけ押され、ダンスがはじまった。とたんに、乳房の鈍い疼きが、突然濡れてきた足のあいだへおりていった。

ああ、いったいなにが起きているの？

奇跡的にも、頭を使わなくても両足は動いていた――ダ、ン、ス、を、し、て、い、た。アレックスの巧みなリードのおかげだ。遊び人がダンスの名人でよかった。いまは頭がまともに働くとは思えない。体を包むアレックスの両腕のたくましさを強く感じ、ゆっくりとした官能的なワルツに合わせて回転し、揺れていると、全身にちりちりとする感覚が広がった。

いつのまにか動きを止めていたことに気づき、イニスはまばたきした。音楽が止まっているのに、アレックスはまだイニスを抱いていた。緑色の瞳が夜の森の色に変わり、イニスの口元をじっと見つめている。イニスは、なぜか彼にキスをしたくてたまらなくなった。

唇が妙に乾き、思わず舌で舐めた。アレックスが喉の奥でうなり声のような音をたて、不意にイニスを放してあとずさった。急に彼がいなくなると、だれかがドアをあけて冬の空気が部屋に入ってきたときのように、毛布のような温もりがさっと消えた。

キャロラインがおもしろそうな顔で見ていた。「もう一曲、ワルツを弾きましょうか？」

「今日はもう充分だ」アレックスが言った。「ミス・オブライエンには生まれつき才能があるようだ」

才能ではない。彼のおかげだ。全身の骨がなくなり、ふわりと軽くなってしまったかのようで、頭のなかはアレックスとひとつになった感覚ばかり思い出していた。頬が熱くなり、イニスは下唇を噛んだ。こんなにばかな女がほかにいるだろうか？　たったいま、アレックスは飛びすさるように逃げた。欲望が顔に丸出しになっているのに気づかれたのだろうか？　プリムローズの草原を飛びまわる妖精のように、空想がどんどん飛躍していた。アレックスにとって、ただのワルツの練習だったのに。それ以上のなにものでもなかったのに。目的を達するための手段。彼は馬丁にキスをする気などない。

「ありがとうございます、旦那さま」

アレックスは片方の眉をあげたが、イニスの堅苦しい言葉遣いについてなにも言わなかった。そっけなくうなずいただけだった。「もう行っていい」

普通の声を出せる自信がなかったので、イニスもうなずき返し、ドアへ向かった。舞踏室を出ながら、役割を忘れてはだめだと自分に言い聞かせた。アレックスの女たらしならではの魅力に落ちては——本人は女たらしであることを誇りにしている——破滅するだけ。ほんとうに破滅する。

この災難が終わったらアメリカへ行くのが、ますます妥当な解決策に思えてきた。

「なにも言うな」イニスが舞踏室を出ていったあと、アレックスはキャロラインを牽制した。

キャロラインは楽譜を集めた。「わたしがなにを言うと？」

「ダンスのレッスンについて感想を言うつもりだったんだろう？」

キャロラインが一瞬おもしろそうな顔をした。「どの部分？　イニスがふわふわ宙に浮かんでいたって？」

「浮いていない」アレックスはむっつりと答えた。「ただ、羽根の詰まった袋ほど軽かった」

「ああ、なるほど。だから、あんなにぴったりと体をくっつけていなければならなかったのね。つかまえていなければ、ふわふわ飛んでいってしまうものね」

「わたしは……」途中で言葉を引っこめた。現に、社交の場ではふさわしくないほどイニスと体を密着させていたことは、いやというほどわかっている。回転したときに、彼女の乳房が胸に当たったことも覚えている。通常のワルツでは、両手が触れているところ以外が触れ合ってはならない。だが、イニスはとても抱き心地がよかった。尖った乳首の硬さがシャツ越しにわかり、アレックス自身の一部も硬くなった。控えめでやわらかな曲線を描く体は、アレックスの腕にしっくりとおさまった。イニスが髪を洗うのに使っているヘザーの石鹸の香りが、いまでも鼻腔に残っている。「イニスがステップについていけるようにしたかっただけだ」

「はいはい」キャロラインは楽譜を鞄にしまった。「とにかく、ジョージの舞踏会でどんな印象を与えたいのか、思い出したほうがいいわ」

「どういう意味だ？」

「イニスをお客さまとして紹介したいの？　それとも、求婚を考えている相手として？」

アレックスは眉をひそめた。「わたしはだれにも求婚しないぞ」

「あら、いまワルツを踊っていたあなたたちは、そんなふうに見えたわ」キャロラインはじっとアレックスを見つめた。「イニスはあなたにお似合いかもしれない。貴族ではないけれど、どのみちあなたはそんなことを気にしないでしょう。結婚を考えたことはないの？」

「ない」嚙みつくように答えてしまい、無理やり笑みを浮かべた。「すまない。どなるつもりはなかった。きみとわたしは親しくなりすぎたかもしれない」

キャロラインの瞳に苦悩が浮かび、すぐに消えた。「あなたの言ったとおり、ジョージとアメリアはお似合いよ。氷の女王が心に氷河のある男と結婚したのよ」

「なるほど」アレックスは曖昧な顔でキャロラインを見た。「きみは結婚を考えたことはないのか？」

またキャロラインの瞳に苦悩がよぎった。アレックスが謝ろうとしたとき、彼女はかぶりを振った。

「ジョージに会うまでは、考えたことがなかった……」彼女は言葉を切った。「いいえ、もう過ぎてしまったことよ。あなたの質問には、ない、と答えるわ」

「きみの父上は、いつかきみの目にとまる男が現れるという望みは捨てていないと思うぞ」

「優しい言い方ね」キャロラインは乾いた声で言った。「父が願っているのは、わたしがいい結婚をして跡継ぎを生むことよ。できれば男の子ね。わたしはひとり娘だから。ジョージはまだ爵位を継いでいなかったけれど、わたしに関心を持ちはじめたころ、父はよろこんでいた」

「ジョージには爵位がついてくるからな」

「それを逃したわたしを、父はまだ許していないわ」キャロラインはアレックスに疲れた笑みを向け、椅子にかけた上着を取った。「勲爵士の娘が公爵夫人になるのを想像してみて」

「ジョージはくそだ。あいつの取り巻きも。わたしが女で、連中のだれかと結婚を迫られたら、たぶん山へ逃げる」

キャロラインはアレックスに悲しげな顔を向けた。「ねえ、アメリカ行きの切符をイニスとわたしに用意して」

アレックスは眉をひそめ、キャロラインに上着を着せた。「どういうことだ？」

「このごろ父がしきりに言うの、おまえはもう若くないって。わたしはさっき、父が孫をほしがっている、それも爵位のある父親の子をほしがっているって言ったけれど、真面目な話なの」

「ふむ、ケンドリック侯爵はまだ独身だぞ」アレックスはにんまり笑った。「わたしから頼んで――」

「やめて。そんなふうにわたしをばかにしないで」

アレックスは、怒りで頰を紅潮させたキャロラインに驚き、目を見ひらいた。「ちょっとふざけただけだ。きみの父上は、いわゆる板挟みというやつになるかと……大事な爵位はあるが、皇太子とそのお仲間たちの覚えはよろしくない義理の息子ができたら」

「皇太子とその取り巻きなんかどうでもいいわ。さっさと地獄へ行けばいい」

キャロラインの剣幕に、アレックスはふたたび目を丸くした。キャロラインの父親が皇太子の側近の立場にあるので、彼女が宮廷やブライトンの夏の離宮に行ったことがあるのは知っているが、その話はほとんどしたことがなかった。アレックスの知り合いのなかに、キャロラインより貴族に関心のない女性がいるとは思えない。

例外がイニスだ。なぜ彼女をいま思い出したのだろう。彼女はイングランド人ですらないのに。

「父上はまさかきみが皇太子と結婚するのを期待していたわけじゃないだろう」アレックスは場を明るくしたくて言ってみた。

「皇太子にはすでに正妻もお妾さんもおひとりずついらっしゃるから」キャロラインは答え、アレックスの肩越しに壁を見つめた。「でも、ほかの方々がいるの」

「ほかの方々？」

「皇太子の取り巻きのなかに、わたしと結婚してもいいと言いそうな人が何人かいると言うの。わたしは姉妹がいないから、持参金もたっぷりあるし」キャロラインは冷笑を浮かべて肩をすくめた。「皇太子のお友達は金遣いが荒いでしょう」

「有り体に言わせてもらえば、たいていの賭博場は貴族の借金の証文を握っているよ、賭けてもいい」キャロラインが笑わなかったので、アレックスは眉根を寄せた。「たとえば、父上はだれか名前をあげなかったか？」

「いいえ。でもどうせみんなよぼよぼの年寄りよ。わたしはあんな人たちとは結婚しない」玄関ホールに出ると、エヴァンズが現れたので、キャロラインは声をひそめた。「アメリカはそんなに悪いところではないかもしれない。もしあなたがイニスに求婚して残ってほしいと説得するつもりなら、かわりにわたしが行くわ」

執事が玄関のドアをあけたので、アレックスは返事をすることができなかったが、書斎に戻るあいだ、頭のなかはそれまで以上に混乱していた。

イニスに求婚などできるわけがない。論外だ。自分の立場を利用してつけこむなど許されない。でも、イニスはほんとうに腕のなかでしっくりきた。

20

「ダンス？　ダ、ン、ス、で、す、っ、て？」リアがファーンを居間へ連れてきた直後、ミランダはファーンの言葉を疑った。「だって、あの娘は熱病が治ったばかりなんでしょう」

ファーンがくすくす笑いながら言った。「そんなの嘘ですよ、奥さま。イニスは病気なんかしていません」

ミランダは目を険しくした。なぜキャロライン・ナッシュはそんな嘘をついたのだろう？　もちろん、詮索好きな連中をアイルランド娘から遠ざけるためだ。でも、なぜ遠ざけたかったのだろう？　そして、キャロラインはあの小娘のことをどれくらい知っているのだろう？　ミランダは、それまでキャロラインなど眼中になかった。社交界の人々はみな、キャロラインがジョージ・アシュリーに首ったけで、振られたのに未練を抱きつづけているのを知っている。だが、もしかしたらキャロラインはアレックスに乗り換えることにしたのだろうか？　いや、それも辻褄が合わない。同病相憐れむとはいうが、そこにイニス・オブライエンが関係してくる理由は？

「ダンスのレッスンなんて、なぜそんなことをするの？」ミランダは尋ねた。

ファーンは急に出し惜しみした。「なにかのたくらみが進行中みたいです」

ミランダは苛立ちをあらわにした。「わたしはあなたに報告してもらうためにお金を払っているのよ、違う？」

ファーンが無表情になった。「はい、奥さま」

「その進行中のたくらみとやらはなんなの？」

部屋にはふたりしかいないのに、ファーンは声をひそめた。「アレクサンダー卿がイニスになにかの準備をさせているみたいです」

「なんの準備なの、詳しく言って」

「あの……よくわかりません。でも……旦那さまは、イニスにレディらしい振る舞いを教えているんだと思います」

「それを、キャロライン・ナッシュが手伝っているのね？」

「はい。イニスに、食べ方とか歩き方とか話し方とかレッスンして——」

「なんのために？」

ファーンは心許なそうな顔で言いよどんだ。「この目で見たことと、盗み聞きできたことしかわかりません」

ミランダはファーンにほほえみかけた。「そのレッスンがなんのためか、あなたはどう思うの？」

意見を求められて、ファーンは得意げになった。ミランダは、主観のなかに小さな事実の種が埋まっていることがあると知っている。ほんとうに小さな、一見どうでもよさそうな言葉が、すべてを語ることもある。「どうぞ。あなたの考えを聞かせて」

ファーンは顎をあげ、小さく鼻を鳴らした。いまより高い地位を手に入れたいと熱望しているのかもしれない。ミランダは顔をしかめたくなった。ばかな娘。使用人は上流階級には入れないのに。

「部屋を出たあとに、ミス・ナッシュが、アレクサンダー卿のお兄さまの舞踏会にイニスを連れていくのかと尋ねているのが聞こえました」

「ほかには？」

ファーンは口ごもった。

「まだあるのね？　早く言いなさい」

ファーンは息を吸ってから答えた。「ミス・ナッシュが、舞踏会にはイニスを客として連れていくのか、それとも求婚している相手として連れていくのかと尋ねていました」

「なんですって？」それまでの興奮は一瞬で消えた。なんてこと。あの小娘……。ミランダは深呼吸して、なんとか冷静な声で尋ねた。「それで、アレクサンダー卿はなんて答えたの？」

「わ……わかりません、奥さま」ファーンは答えた。「エルシーがどんどん歩いていくから、あたしも追いかけないといけなくて」

なんてこと。なんてこと。このばかな女中は、どうしてもう少し待てなかったの？　許しがたい。アレクサンダー・アシュリーがこの先その腕に抱いていいのは、このわたしだけだ。

ダンズワース公爵の舞踏会まで、あとひと月もない。イニスには出席させない。ミランダは、ふたたびファーンにほほえみかけた。

「もうひとつ、仕事をお願いするわ」

「あたしは片鞍が嫌いなんです」二日後の午後、馬でハイド・パークへ向かいながら、イニスはアレックスに言った。

アレックスに黙って見つめられ、ここは文句を言うべきではないと、イニスは察した。なんといっても、ついにゴールディに乗って公園へ行くのを許してくれたのだから。だが、脚を固定する高い前橋（ぜんきょう）のせいで座り心地が悪く、バランスも取りにくい。ゴールディも、体の片側に重みがかかることに慣れていないので、どうしてもななめに進みがちだった。

「何日か前にも言ったが、わたしはきみを一人前のレディに仕立ててあげたい。そして、レディはスカートがふたつに分かれている正式な乗馬服を着て、片鞍に乗るものだ」

ふたつに分かれたスカートも苦手なものだったが、イニスは黙っていた。脚に寄り添うズボンと違って、乗馬用のスカートはかさばる。余分な布地が邪魔なだけでなく、ハーフブーツや――とんでもないことだが――ふくらはぎが覗かないよう、しょっちゅう裾に気をつけなければならない。

「朝早く来たのは、社交界の人たちがまだ寝てるからでしょう」イニスは言った。「だれにも見られません」

「そこが問題なんだ。わたしは舞踏会の前に、何度かきみを披露したい。ただし、慎重にととのえた環境で」

つまり人が寄ってこない状況で、ということだろうが、イニスは言い返さなかった。社交界の人々と会う回数は少ないほうがいい。劇場では幕間の短い会話だけであんなにつつかれたのだから、これが一晩中となったらどうなるか、だいたい予測はつく。古い爵位を持っていると主張するオブライエンの遠戚が何人かいるが、尋問を切り抜けるためにだれの名前を利用するか、イニスは早くも考えはじめていた。だが、あまり詳しく話しすぎないように気をつけなければならない。

「ジョージの舞踏会までに印象をよくすると、きみは約束したな？　そして、舞踏会まで時間がないこともわかっているな？」アレクサンドラ・ゲートから入りながら、アレックスが言った。

「ええ」イニスは右側を見て目をみはった。「あれは競技用のトラックですか？　この前来たときは気づきませんでした」

「ロットン・ロウだ。競技用に認可されたトラックではないよ」アレックスが答えたと同時に、二頭の若駒がギャロップで走り去っていった。アレックスも、何度あれをやって父親に叱られたことか。数えきれない。

「あたしもやってみたい」イニスが言った。

「なにを?」

「レースを。いいえ、ギャロップで走らせてみたい。あたしはけしかけられてズボンで馬に乗ったってキャロラインやお友達に噂されるようになるのなら、おとなしい娘に変わるわけにはいかないでしょう? それに、ゴールディが片鞍でどのくらい走れるのか確かめたいんです」イニスはゴールディの横腹を叩いた。「ほら、走れ」

「待て。だめだ……」気づいたときには、アレックスは風に話しかけていた。馬に進めと合図したが、この馬はゼノスとは違い、不本意そうにゆっくりした駈歩で走りだした。

そのとき、不意にうなじの毛が逆立ち、アレックスは惨事が起きる瞬間を目撃した。アルバート・ゲートから入ってきた馬車がトラックを横断しはじめた。イニスが手綱を引こうとしたのが見えたが、ゴールディは驚いてななめに飛びのいた。片鞍の上でイニスが揺れ、バランスを取り戻そうとしている。アレックスは悪態をつき、馬の横腹を蹴ってギャロップで走らせたが、手遅れだった。イニスは馬の背から振り落とされ、大きな音をたてて地面に激突した。ゴールディが止まり、うなだれた。

アレックスは、ゴールディのそばで完全に止まる前に馬を降り、イニスのかたわらにひざまずいた。彼女はぼんやりした様子で、アレックスに向かって顔をしかめた。

「動くな」アレックスは言い、両手でイニスの肩や両腕、脇腹の骨が折れていないか確認した。そのまま両手をそこに置いておきたかったが、両脚へすべらせた。

イニスが階段を落ちたときも同じことをしたな、と頭のどこかで思い出していた。なぜか、彼女に触れたいように触れられるのは、そういうことを考えてはいけないときばかりだ。だが、彼女を求める気持ちがふくらんでいくのを、押しとどめることはできない。

野次馬に囲まれながら、イニスが体を起こし、スカートをととのえようとした。スカートの片側がめくれていたので、アレックスは裾をおろしてやった。アレックスがそんなことをするのは不適切だが――なれなれしすぎる――物見高い連中のなかで、彼女の片方の脚が丸見えになっているまま放っておくわけにはいかなかった。イニスを助け起こしたとき、少し震えているのがわかったので、腰に腕をまわして支えた。これもまた非常に不適切だが、知ったことかとアレックスは思った。

「馬車でお送りしましょうか」事故の原因となった男の妻が言った。

アレックスは振り返り、そのときはじめて相手がピックフォード伯爵だと気づいた。ジョージの取り巻きのひとりだが、幸いその妻はまだ寝取っていなかった。

「わたしの馬に乗せる」アレックスは、イニスが抵抗するより先に抱きあげて馬の背に乗せ、その後ろにまたがった。伯爵夫人が息を呑んだ。

こんなときでなければ、アレックスはにやりと笑ってゴールディの手綱を取ったはずだ。一時間もすれば、アレックスの謎めいた客と不適切な振る舞いが知れ渡るだろう。だが、いまはとにかく彼女を連れて帰り、ベッドに——彼女のベッドに入れてやりたい。もちろん、休ませるためだ。

馬を走らせながら、ほんとうはイニスを自分のベッドに寝かせたいのだと、アレックスは気づいた。

「ほんとうに大丈夫よ」イニスは一時間後、背中の後ろに枕を入れてくれたエルシーに言った。「お医者さまは呼ばなくていいから……今度こそ」

「だって、旦那さまが呼べとおっしゃるから」エルシーは言った。

「頭にこぶができたくらいよ」イニスはシーツをめくり、ベッドを出ようとした。「ゴールディの世話をしなくちゃ」

エルシーはシーツをつかんでイニスの上にかけた。「お医者さまが休めって言ったでしょう」

「もう休んだわ。丸一時間も。あたしは大丈夫」

「アレクサンダー卿の命令よ」

イニスは片方の眉をあげた。「命令？　どんな命令？」

「今日一日、ベッドにいることって」

「でも、ゴールディが……」もう一度ベッドを出ようとしたが、エルシーに押し戻された。

「ジェイミソンがやるわ」

「わかって。あの子は今日悪いことをしたって思うわ」

「馬はなにか思ったりしない」

「そんなことないわ」イニスは言い張った。「あの子を見てたらわかる。背中にだれも乗せずに、アレックス――ミスター・アシュリーに引っ張っていかれて、うなだれてた。自分を恥じてたのよ」

エルシーは両目を天に向けた。「馬がそんな気持ちになったりするもんですか」

話しても無駄だ。エルシーは馬好きではない。たぶん、乗馬をしたこともないだろう。

「それでも、厩舎に行って、あの子に話をしたいのよ」

「だめ」

イニスはまた眉をあげた。「だめ？」

エルシーは両手を腰に当てた。「旦那さまはあたしにも命令したの。あんたを一日ベッドから出すなって」

「そんなのばかげてる」

エルシーは唇を引き結んだ。「あたしが仕事をクビになってもいいの？」

イニスは苛立ち、枕にまたもたれかかった。イニスがアレックスの命令に逆らったからといって、彼がエルシーを路上に放り出したりするわけがない。そもそも命令されるのがいやだから、ダブリンではなくロンドンにいるのだ。とはいえ、自分のせいでエルシーがアレックスに問い詰められたり叱責されたりするのは理不尽だ。明日の朝、アレックスに話をしなければならない。

「わかった。あんたの勝ちよ」

エルシーは目に見えてほっとした。「どっちにしろ、外はもう暗くなるわ」

日が沈むまであと二時間はあるが、イニスは黙っていた。

エルシーは、ベッドの脇のテーブルに置いてある薄い本を指さした。「あれで字を読む勉強をするの？」

「ええ」イニスは手をのばし、バイロン卿の詩集を取った。キャロラインが言うには、社交界で大人気らしい。詩人が男爵で、世襲貴族だからだ。会話に使えそうな短い詩も一、二篇、教えてくれた。もう一度読み返して、重要な注釈を覚えるようにしてもいいかもしれない。それに、エルシーは絶対に出ていく気がないようだから、ひまつぶしにはなる。

「これ、どれか読んであげましょうか？」

「ええ、お願い」エルシーは椅子を引っ張ってきて、期待に満ちた顔で座った。

イニスは本を開き「彼女の歩く姿の美しいさま」から読みはじめた。あまり流暢にならないように、上手になりすぎないように気をつけた。だが、ところどころ詰まっても、エルシーは笑みを浮かべて聞き、終わるとため息をついた。

「バイロン卿の書く愛ってとっても美しく響くのねえ。あたしのことをこんなふうに書いてくれる殿方がいればいいのに」

イニスは鼻を鳴らしたくなったが、我慢した。華やかな言葉も、空虚なほめ言葉も、なんの意味もない。ダブリンの社交界でたくさんの詩を聞いた。もっとも、自分に向けられたものではなかったけれど。自分は詩人を雄弁にするような女ではないとわかっている。だいたい、なぜ花や星空にくらべられたいのか理解できない。

イニスはページをめくった。「これは、恋人に別れを告げる詩よ」

エルシーは目を丸くしてくすくす笑った。「なんていう詩?」

「『アテネの乙女』」イニスは答え、読みはじめた。つっかえるふりをしなくても、言葉は染みこんできた。それは自然ななりゆきだった。バイロンが書いているのは、恋人の頰や唇にキスをし、腰を抱きたいという気持ち、そして秘すれば花、別れる前に恋人をものにしたい気持ち……。

いつのまにか、その日の午後、アレックスがかたわらにひざまずいて骨折していないか確かめていたときのことが心によみがえってきた。息もできないくらいの衝撃を受けていたが、全身をなでる彼の両手ははっきりと感じていた。頭がぼんやりしていたのに――いや、だからこそかもしれないが――彼が触れなかった部分が、触れてほしくて疼いていた。脇腹を指でなぞられたとき、不意に乳房がじんじんした。脚をなでおろされたときは、その付け根が熱をもち、しっとりと濡れた。ふたりで馬に乗り、温かな吐息に耳をくすぐられた瞬間、振り向いてキスをしたくなった。かわりに、彼に背中をあずけて我慢した。きっとめまいがしているのだと思われたに違いない。たしかにめまいがしていたが、落馬が原因ではなかった。

こんなふうに男性を求めたことはなかった。男性とつがいたいという欲求が――欲望が、こんなに強いとは知らなかった。でも、あの奇妙な感覚がなんだったのかようやくわかったのに、満たされないままここを離れるのだ。

いや、そうはならないかもしれない。アレックスは放蕩者を自認している。放蕩者とは女性を誘惑するものだ。とくに、誘惑されたがっている女性を。もしかしたら……。

そのとき、夕食のトレイを持ったファーンが入口に現れ、イニスはわれに返った。

「ミセス・オルセンに、持っていきなさいって言われたの」ファーンは部屋に入ってきて、小さなテーブルにトレイを置いた。「あたしは自分の部屋に帰るところだったから、ついでに持っていくって答えただけ」

「ありがとう」イニスが言うと、ファーンはうなずいて出ていった。イニスはエルシーを見た。「起きて食べてもいい？」

「食べさせてあげる」

「テーブルの前に座って、自分で食べるわ」

エルシーは一歩も譲ってくれそうになかった。「旦那さまが、ベッドから出るなって言ったでしょう」

イニスはため息をついた。エルシーはアレックスの命令を言葉どおり実行するつもりだ。とやかく言っても無駄だろう。それに、スープはとてもおいしそうなにおいだし、焼きたてのパンの香りもたまらない。

「ああ、見て」エルシーは言い、小さな皿にかかったナプキンを取った。「チョコレートトリュフよ。すごく大きい！」

イニスは眉をひそめた。「どうしてミセス・オルセンはトリュフを作ったのかしら。祝日でもないのに」

「ここにあがってくるときに、旦那さまが出かけるのを見たわ。きっとガンターズのそばのお菓子屋さんで買ってきてくれたのよ」エルシーはにっこりした。「ほんとうに気前のいい旦那さまよね」

だから、エルシーはクビになりたくないのだ。アレックスは、ただの親切でチョコレートを買ってきたのだろうか？　チョコレートは高級品だ。アレックスが求婚してくれるなど大それたことは思っていないが、もしかしたら……もしかしたら、なにかを感じてくれているのだろうか？　この贈り物は、誘惑のはじまりのしるし？

それはあとで考えよう。

イニスはすぐさまチョコレートを食べたかったが、スープが冷めないうちに、そしてパンが温かくやわらかいうちにいただいた。それでも、たっぷりと砂糖の入った濃厚なチョコレートを最後の一口まで味わうつもりだった。そのとき、エルシーが巨大なトリュフをじっと見つめていることに気づいた。「少しどう？　分けてあげる」

「あら、いいのよ」エルシーは両手を背中にまわした。「だめよ。もし旦那さまが――」

「大丈夫、ばれないから」イニスはフォークでチョコレートを切り分けた。「どうぞ。食べて」

「そんなにたくさん」エルシーは言い、背後にだれもいないのを確かめて、テーブルのそばへ来た。「ほんのちょっとでいいから」

「遠慮しないで」イニスは言い、エルシーがチョコレートの端を指でそっとなぞり、その指先を口に突っこむのを見ていた。

「たったそれだけでいいの？」

エルシーはうなずき、チョコレートを味わった。「充分よ」

イニスはなにも言わなかった。チョコレートのおいしさを忘れかけていた。とくにこれは少し苦いダークチョコレートだが、バランスを取るように砂糖衣がかかっている。イニスはあっというまに平らげた。

「食べ過ぎちゃったかも」イニスはトレイを持っていこうとするエルシーに言った。「いくらでも眠れそう」

「ええ、眠ったほうがいいわ」エルシーは言った。「トレイを片付けたら……」

エルシーの最後の言葉はぼやけ、イニスは目を閉じて静寂のなかへ漂っていった。

「イニスはどこだ？」翌朝、アレックスはゼノスを公園で走らせようと厩舎へ行き、ジェイミソンに尋ねた。

ゼノスには運動が必要だが、アレックスはそれを口実に、ゴールディを——そしてイニスを一緒に連れていけないと言うつもりだった。昨日、落馬したせいできっと痣ができていて、鞍の上で跳ねたりしようものならひどく痛むだろう。アレックスは笑みを漏らした。その痣がど
こ
に
あるか調べるところを想像したとたん、股間が起きあがった。アレックスはそれを——股間から立ちあがっているものではなく、頭のなかの空想を——押しやった。ゆうべイニスがよく眠れたのならいいのだが。

「今朝はまだ見ていませんよ」ジェイミソンがゼノスを連れ出しながら答えた。

アレックスは顔をくもらせた。「もう九時半なのに。まだ起きてこないのか？」

ジェイミソンはかぶりを振った。「馬丁見習いがゴールディに餌をやりました」

変だ。ゆうべエルシーが、イニスはゴールディのせいで事故にあったのではないと馬に話して聞かせたがったと言っていたのに。エルシーはあきれた様子でその話をしたが、アレックスにはイニスの気持ちがよくわかった。今朝いちばんにゴールディに会いにこないのは引っかかる。

「ゼノスに鞍を着けるのは待ってくれ」アレックスは言い、屋敷へ向かった。「ちょっと確かめたいことがある」

玄関まで行くと遠回りなので、勝手口から屋敷に入った。ミセス・オルセンが驚いたように振り返った。「どうしました？」

「今朝はイニ――ミス・オブライエンを見かけなかったか？」

「いいえ」ミセス・オルセンは答えた。「昨日事故にあったばかりですし、まだ眠っているのかと思っていましたよ」

そうかもしれないが、確かめなければ気がすまなかった。だが、四階まで駆けのぼっていきなり彼女の部屋に入れば、使用人のあいだで噂になる。

「エルシーに様子を見にいかせてくれないか？」

「今朝は具合が悪そうなんですよ。ゆうべ、嘔吐したらしくて。ミセス・ブラッドリーが寝ていなさいと指示したんです」

「ほかの女中は？」

「ミセス・ブラッドリーの言いつけで、いま掃除をしています」ミセス・オルセンは、野菜を刻むのをやめて聞き耳を立てている娘のほうを見た。「アニーに行かせましょう」

アレックスがうなずく前に、アニーは役に立ちたいのか、満面の笑みで出ていった。アレックスはカウンターのボウルからリンゴを取った。あとでゼノスとゴールディと分けよう。そのとき、使用人用の階段から馬の集団が駆けおりてくるような音がして、アレックスは振り向いた。うなじの毛が逆立ったと同時に、アニーがフクロウのように目を丸くし、大あわてで走ってきたにもかかわらず真っ青な顔で入ってきた。

ミセス・オルセンが顔をしかめた。「いったい――」

「だって……ミス……オブライエンが」アニーはあえいだ。「動かないんです。死んでるかも」

21

アレックスは、見たくないものを見なければならない事態を覚悟しながら、階段を二段飛ばしでのぼった。嘘だ。イニスは医師の見立てより重傷を負っていたのだろうか？ そうだとしたら、自分を決して許せない……。ドアを抜け、ぴたりと足を止めた。

イニスは仰向けになり、顔から下はシーツに覆われていた。血色は失せているが、唇は青くないし、焦点の合わない目で天井を見つめているように見える。

アレックスはベッドに近づき、ほっそりした首で脈を確かめた。最初はなにも感じられなくて取り乱しそうになったが、指を動かすと、ようやくかすかな脈拍が伝わってきた。アレックスはいつのまにか止めていた息を吐いた。イニスは生きているが、肌は冷えきっていた。彼女の肩をそっと押したが、反応がなかった。うめき声もない。うなり声もない。ぴくりとも動かない。振り返ると、ミセス・オルセンとミセス・ブラッドリーが入口に立っていて、その後ろにエヴァンズがいた。

「バクスター先生を呼んできてくれ」エヴァンズに言い、ふたりの女性を見た。「毛布と熱した煉瓦がほしい」

「いますぐ持ってきます」ミセス・ブラッドリーが言った。

アレックスはふたりが行ってしまってから、イニスに向きなおった。シーツをめくってベッドの端に腰掛け、イニスを抱いて暖めた。イニスの頭がぐったりと肩にもたれかかってきた。アレックスは、まだかすかに髪に残っている石鹼のヘザーの香りを吸いこんだ。それから、ひたいの紫色の痣にそっと優しく唇を当てた。

「かわいいイニス」アレックスはささやいた。「行かないでくれ」

胸の奥深くで、ほぼ二年ぶりの感情が渦巻いていた。アメリアに裏切られたときに死んだものと思っていた感情だ。あのとき、二度と他人を心から大切に思ったりしないと決意したのに、どうやら固まっていた心がほぐれはじめていたらしい。

アレックスは、イニスの頭が少し動いたような気がした。だが、そのあとイニスは身動きしなかったので、アレックスの肩が引きつれただけかもしれない。「しっかりしてくれ、マイ・ラヴ」

アレックスはイニスを抱き寄せ、長いあいだしていなかったことをした——神に祈った。

ここは……イニスのいる場所には、音も光もなかった。イニスは闇のなかでふわふわと漂っていた。両足の下に床はなく、両手に触れる壁もない。周囲になにもない場所で、感覚もなかった。ここはどこだろう？　どこでもいい？　心はなにも考えていないようだった……ただ、眠りたいだけ。

でも、なにかが邪魔をする、眠りを妨げようとする。この夢幻の境地を壊そうとする。わたしを揺さぶっている。イニスはその厄介ななにかを弱々しく手で振り払おうとした。とにかく、そうしたつもりだったが、そのなにかは攻撃をやめなかった。真っ黒い闇が灰色に変わっていき、うるさい雑音が鋭い針のようにイニスの頭のなかを刺した。小さな白い明かりが遠くでぽつんと点灯した。イニスはなぜかそちらに引き寄せられた。

　行かないでくれ。

イニスはもがきながら少しずつなにもない空間を漂っていった。手足がだんだん重さを取り戻し、心臓の鼓動を感じるようになった。つかのま、うっすらと目をあけた。いくつかのぼんやりとした人影が、サムハイン祭の墓地に出現する幽霊のように揺らめいている。妖精があちらの世界から迎えにきたのかもしれない。行きたくないのに。しなければならないことがあるのに……でも、それがなにか思い出せない……。

　しっかりしてくれ、マイ・ラヴ。

「イニス。聞こえるか？」

その声はぼんやりと聞き覚えがあった・

「イニス、もう一度目をあけてくれ」

まぶたが勝手に震えながらあくのがわかった。今度は、視界がいくぶん晴れ、揺らめいていた人影たちの輪郭が定まった。視線がひとりひとりへゆっくりとさまよっていく。アレックス。医師。ミセス・ブラッドリーとミセス・オルセン、それからエルシー。

「あ……頭が……痛い」

「よかった」アレックスが言った。

イニスは顔をしかめた。「あたしの頭が痛くてよかったんですか?」

「違う。いや、よかった」アレックスは急いでつけたした。「痛いのは、生きているからだ。だから……つまり……」

「あなたがようやく目を覚ましてくれて、わたしたちよろこんでいるのよ」ミセス・ブラッドリーが言った。

「なにが……あったんですか? あたし、覚えていなくて……」

「わたしの見立てより頭のけがが重傷だったに違いないな」医師が言った。「昨日、落馬したあとも気はたしかだったと言っていたから、ひどい痣ができるくらいですむだろうと思っていた」医師は言葉を切って考えこんだ。「実証されていない仮説だが、脳が腫れると患者は数時間後に気を失うことがある。きみの場合もそれだったんだろう」

「イニスは大丈夫ですか?」アレックスが尋ねた。

「そうだといいんですが」医師が答えた。「いま言ったように、ほとんどわかっていないことなのですよ」医師は鞄を取り、診察の道具をしまった。「体を起こしておくといいかもしれない」

アレックスは背もたれがまっすぐな椅子を見て、顔をゆがめた。「エヴァンズに、座り心地のいい椅子を運んでこさせてくれ」ミセス・ブラッドリーに言った。

イニスは起きあがりかけたが、部屋がぐるぐるまわりはじめた。アレックスが急いで抱き起こした。片方の腕でイニスの背中を支え、枕を置いた。「椅子が届くまでこれで我慢してくれ」

「ありがとうございます」

アレックスはなかなかイニスを放そうとせず、イニスも彼にしがみついていたかったが、めまいがおさまると、頭のなかもはっきりした。室内にいる人々のほかに、廊下に女中たちが集まっていた。イニスが膝に両手を置くと、アレックスも急に見ている人々がいるのを思い出したかのように、まっすぐ体を起こした。

アレックスは使用人たちのほうを向いた。「ミセス・オルセン、スープを持ってきてもらえるかな。それから、みんなはそろそろ仕事に戻らないといけないのでは？」

「かしこまりました。いますぐ持ってきます」

室内と廊下から人がいなくなってから、イニスはバクスター医師に向きなおった。「先生は、こんなに立て続けに事故にあう人間に会ったことがないと思ってるでしょう。最初は蜘蛛に咬まれて、次は階段から落ちて、今度はこれですもん。いったい、あたしのどこが悪いんでしょうね」

「よく事故にあう患者さんは、たいてい気付け薬をくれと言うんだが」医師はイニスにほほえんだ。「よく事故にあうわりには、きみは気丈なたちらしいね、ミス・オブライエン」

「父によく言われました」イニスはアレックスのほうを向いた。「あとでゴールディに会いに行きたいです」

アレックスは眉をひそめた。「それはどうかな――」

「あの子に会って話さないと、あたしが怒ってると思いこんでしまいます」

「ゴールディとはだれだ？」医師が尋ねた。

「昨日、あたしが乗っていた馬です」

医師は片方の眉をあげた。「動物に話をしないといけないのか？」

イニスは、また部屋がぐるぐるまわりだすといけないので、ゆっくりとうなずいた。

「事故のことで、あたしに責められてると思ってるはずです」

医師が心配そうな顔になった。「動物はなにかを思ったりしない。やっぱり頭がまだ混乱しているようだ」

医師の背後で、エルシーが言葉にならない声を漏らしたので、イニスは顔をしかめた。

「みんなわかってくれないんだわ」

バクスター医師は、まだイニスを観察していた。「馬と会話するのはまともではないよ、ミス・オブライエン」

「ミス・オブライエンは動物に関して特別な力を持っているようですよ」アレックスが言った。

医師はまったく信じていない様子で、ドアへ向かった。「また妙なことを言いだしたら、連絡をください――」

「ご安心を。ミス・オブライエンの頭に入りこんだ妙な考えを書きとめておきます」アレックスが真面目くさって言った。

だが、ドアまで医師を見送りにいく前、彼の顔に笑みが浮かんでいたのを、イニスは見逃さなかった。

「これ以上、この部屋に閉じこめられていたら、あたしはほんとうにおかしくなっちゃいます」事故から三日後の朝、イニスはアレックスに言った。

「閉じこめられてはいないだろう」アレックスは、イニスの椅子の脇にある小さなテーブルに朝食のトレイを置いた。「邪魔せずにゆっくり休んでもらおうという気遣いだ」

イニスはしかめっつらになった。「邪魔せずに休ませたいなら、ミセス・ブラッドリーとミセス・オルセンに一日中あたしの世話を焼きに来るのをやめさせてください。あたしは母親が必要な赤ん坊じゃありません」

アレックスは頬をゆるめ、もう一方の椅子に座った。ようやくいつものイニスが戻ってきた。「世話を焼くのが楽しいんだよ」

「世話を焼いてもらわなくても大丈夫です。この部屋に閉じこめられる必要もありません」

「バクスター先生が、数日は体を動かすなと言っていたぞ」

イニスはほんとうに鼻を鳴らした。「体を動かすって、ベッドを出てこの椅子に座るくらいしかしていません。それだって、エルシーが助けてくれる」

「それは、わたしがミセス・ブラッドリーに、きみが回復するまではエルシーをきみの世話に専念させてくれと頼んだからだ」

イニスはアレックスを凝視した。アレックスは、感謝されているのではなさそうだと思った。

「あたしはここの使用人です。あたしが女中に世話をされていると知ったら、ほかの人はどう思います？」

「ほかの人がどう思おうが関係ない」アレックスは言った。「話したように、きみはもう馬丁とは思われていない。あれは戯れだった。きみはもううちの客だ」

その言葉もイニスは気に入らなかったらしく、凝視していた目に怒りがこもった。

「あなたの計画が成功するよう、あたしが社交界にうまく溶けこむためにでしょう」イニスは吐き捨てた。「ここの使用人のみんなはあたしがだれか知っています。あたしは自分を捨てたくない」

アレックスは首をかしげてイニスを見た。「いや、それこそまさにきみがすべきことかもしれない」

「ばかじゃないの？」

アレックスは口角があがりそうになるのをこらえた。「もう元気になったようだな」

イニスがとまどったような顔をした。「どういう意味ですか？」

「わたしのことをばかと言った」アレックスは、気取った兄をまねて傲慢な表情を作った。「貴族に対して大胆な口をきく」

イニスの目が丸くなり、頬がピンク色になった。恥じているのか、それとも怒っているのか、アレックスにはわからなかった。自分はたんに……。

「おっしゃるとおりです、旦那さま」

ああ。怒っている。

アレックスは態度をやわらげ、イニスに笑ってみせた。イニスは笑みを返さなかった。

「わたしが言いたかったのは、ほとんどの……人は、そういう話し方をしないというか、そういうことを言わないということだ」

「つまり女はそういうことを言わないと言いたいんでしょう」

「わたしの記憶にあるかぎりは」アレックスは笑みを大きくした。「思えば、たいていの女性はわたしを褒めてくれたな」

イニスは息を吐き、ティーポットをとってお茶を注いだ。「ちょっと自信がありすぎるんじゃないですか」

アレックスは笑い声をあげた。「きみはわたしに対する批判をもうちょっと手加減してくれてもいいんじゃないか、ミス・オブライエン」

イニスはまた顔を赤らめた。「あんなことを言うべきじゃありませんでした」

「謝るな」アレックスは真顔になった。「わたしはきみの正直なところが好きだ。きみは知らないだろうが、社交界にそういうご婦人はめったにいない」

「あたしが社交界の人間ではないという証拠です」

「それでよかった」アレックスは言った。「でも、ジョージの舞踏会ではレディのふりをしてほしい。だから、自分を捨てる練習をしようと言ったんだ」

イニスは顔をしかめた。「でも、使用人のみんなには主人みたいな顔をしたくないです」

アレックスは考えこんだ。「うちではなく、よそで練習するか」

イニスはティーカップを口元へ持っていこうとして、手を止めた。「どこで？　キャロラインのお宅ですか？」

「いや。考えていたんだが……」アレックスは言葉を切った。「〝閉じこめられている〟と感じているのなら、外に出るのがいいな」

イニスはカップを置いた。「ええ。それなら、ゴールディを公園へ――」

「ゴールディも公園もなしだ。たっぷりしたハイティーを出す田舎の小さな旅館まで遠乗りしたらどうだろうか。客は人を見て人に見られるために来るし、働いている人々は気取った客に慣れている。むしろ給仕係も気取っているから、貴族のなかには給仕係と親しい者もいる」

「楽しそうなところには思えませんね」

アレックスは肩をすくめた。「うちの使用人のつま先を踏まずに練習するなら、うってつけの場所だ。それに、舞踏会は来週だから、特訓が必要だぞ」イニスが納得していないので、アレックスはつけくわえた。「では、夜会かなにかに行くか？　いくつか――」

「いいえ」イニスは急いで手を振ったので、お茶をこぼしそうになった。「田舎へ遠乗りするほうがよっぽどましです」

アレックスは立ちあがった。「では、今日の午後出かけよう」


昼食後、アレックスはイニスを一頭立て二輪馬車(カブリオレ)に乗せながら、空を見あげた。イニスはその視線をたどった。ところどころ、分厚い雲の隙間から青空が見えた。「雨が降るでしょうか？」

「降りそうだな」アレックスが答えた。「四輪馬車(ランドー)に変えようか」

「馬車のなかに閉じこめられるのはいやです」イニスは強く言った。「田舎の景色を見たいので」ランドーは四頭立てで御者が必要だ。イニスはどうしても、アレックスの使用人に貴族ごっこをするところを見られたくなかった。「それに、ジェイミソンはこの馬にもっと馬車を引く練習をさせないといけないと言ってました」

「でも、カブリオレは屋根がない。雨が降ったら濡れてしまう」

「あたしは溶けたりしませんから。幌がありますし、そんなに遠出しないでしょう」

「一時間程度だ。この馬車で行くなら、もう少し早く着くかな」アレックスはまた空を見あげた。「たぶん間に合うだろう。それとも、明日にしても――」

「いいえ」イニスは座席の上で跳ねた。狭い部屋に三日間も閉じこめられていたのだ。これ以上は待てない。「明日も雨ですよ。ここはロンドンですもの」

「どうしても行きたいんだな」

「行きたい！」思ったより大きな声が出てしまい、馬勒を持っていた馬丁見習いに、あきれた目で見られた。「ではそろそろ出発しましょう、旦那さま」小さな声で言った。

　アレックスは片方の眉をあげた。「そうしよう、ミス・オブライエン」馬車に乗ってイニスの隣に座り、ブレーキハンドルにかけてあった手綱をほどいた。それから、馬丁見習いにうなずいた。「ジェイミソンに、帰りは待たなくていいと伝えてくれ。馬の世話はわたしがする」

馬丁見習いがうなずいて立ち去ってから、アレックスは手綱を振って馬の尻を叩き、馬車を発進させた。

テムズ川を渡り、バタシーを過ぎ、街が遠ざかると、あたりは一面、まだ作付けをしていない畑や、緑に変わりつつある牧草地になった。

イニスは、馬を御しているアレックスを横目で見た。落馬したときから、アレックスはいたわってくれるが、そのやり方は堅苦しい。イニスの部屋に来るときは、エルシーがいるか確認するし、いなければかならずドアを少しあけておく。彼が抱きしめてくれた、行かないでくれとささやかれたと思っていたが、信じられなくなってきた。あれは勘違いだったのかもしれない。おそらく、あの靄のかかったような場所を漂いながら空想していたのだ。だが、彼のたくましい腕の動きや、力強い手が手綱を操るのを見ていると、あの感触をありありと思い出す。あれは現実だったのだろうか?

道幅が狭くなり、小道と呼ぶにはやや広いくらいの道がつづき、ときどき若葉の芽吹く木立が現れた。イニスは新鮮な空気を吸った。「田舎がなつかしいです。このへんはとても静かですね」

アレックスは眉をひそめてあたりを見まわした。「静かすぎないか。鳥が歌っていない。むこうの牧草地の牛もみんな集まって固まっている」

「不吉な予感がするとおっしゃるんですか?」イニスは笑顔で言った。「なんだかアイルランド人みたいですよ。そんなふうに心配するなんて」

「不吉な予感ではないぞ」アレックスが言ったとたん、大きな雨粒が馬車の床を叩いた。

「これは嵐が来るな」

イニスは仰向き、空の色がすっかり暗くなり、分厚い雲も濃い灰色に変わっていることに驚いた。景色に見とれていたので気づかなかったのだ。「あとどれくらいですか？」

「二十分はかかる」アレックスは空を見て顔をしかめた。「間に合いそうにないな」

アレックスが言い終えるより先に、雷がとどろき、だれかが空をまっぷたつに割ったかのように稲妻が閃き、土砂降りの雨が降りはじめた。ふたりは急いで幌のなかに体を引っこめたが、すでに全身がびしょ濡れだった。しばらくすると、道はぬかるんですべりやすくなった。

「これ以上は速度を出さないほうがいい」車輪が轍を踏み、馬車ががたんと揺れた。

「馬が不安かもしれません。せめて木の下で雨宿りできませんか？」

「雷が落ちる危険がある。たしか、もう少し行くと旅籠（はたご）があるはずだ」

イニスは滴の垂れる髪を目の前からどけ、あたりを見まわした。「こんな田舎なのに」

アレックスが笑顔になった。「まあ、いつどこで一杯やりたくなるかわからないし、商魂たくましい人間はそういう需要を見こむものだ」

イニスは幌の端を引っ張ったが、水が首筋を流れ落ちるのがわかった。「ちゃんとあいているんでしょうね」

「旅籠が閉まっていることなどないよ。新しい道ができる前は、あそこは長距離馬車の休憩所だったんだ。今日きみを連れていくつもりだった場所とはぜんぜん違う」アレックスが手綱を振ると、馬は突然よろめき、首を振った。「落ち着け」

「雨宿りはできますね」イニスは言った。「それに、このありさまじゃハイティーの席には着けないわ」

「そのとおり。ハイティーはまた今度だ」アレックスは言い、ぬかるんだ道から分かれた細い道へ馬を進めた。

馬車が横にぐらりと揺れ、イニスは座席の脇をつかんだ。「ここ、ほんとうに道ですか？」

「近道なんだ。あの木立のむこうに、建物が見えるだろう」

その二階建ての建物は、葺きなおしが必要なほど屋根がへこみ、鎧戸はゆがみ、もとの色がわからないほど塗料がはげていた。

「だれもいないみたいですけど」

アレックスはかぶりを振った。「そんなことはないだろう。雨だから飲むというのは、完璧な口実だ」

「でも、外に一頭も馬がいませんよ」

「裏に馬小屋があるんだ。あまりきれいではないが、馬小屋としては充分使える」

「馬はよろこびそうですね」イニスは言ったとたん、馬が速度を速めたので笑った。「あたしたちの話が聞こえてるみたい」

「オーツ麦と干し草のにおいがしたんだろう」アレックスは優しく手綱を引き、馬の速度を落とした。「あわてるな。あまり速く走ってはだめだ。道はでこぼこで――」

ガタンという音がアレックスの声をさえぎった。小さな馬車は急停止した。車輪が石に引っかかっている。馬は前進しようとしたが、ピシッという小さな音がした直後、馬車が右に傾きはじめた。アレックスはイニスが馬車から落ちないようつかまえたが、間に合わなかった。馬車の車輪が壊れ、イニスは座席から泥のなかへすべり落ちた。

こんな人里離れた安旅籠で夜を過ごすつもりではなかったのだが。だがいま、アレックスは安旅籠にいた。ふたりでいた。雨漏りしない部屋に、イニスと一緒に泊まることになった。

アレックスは、夜が更けるにつれて、どんどん混雑して騒々しくなっていく酒場のなかを見まわした。薪の煙が立ちこめているので、深く息を吸わないようにした。煙突が詰まっているに違いない。テーブルと床も掃除が必要だ。どこもかしこも、こぼれたエールやウィスキーの饐(す)えたにおいが染みついていた。

こんなむさ苦しい場所はイニスにいやがられるのではと思ったが、明日の朝まで馬車の修理はできないと言われると、彼女はおとなしくうなずいた。空き室が一部屋しかないと言われても受け入れた。

いま、イニスはその部屋にいる。アレックスは、せめて泥を落とすことができるよう、宿に湯と盥を頼んでおいた。あるじの妻が簡素な朝の寝間着も貸してくれた。アレックスは、イニスに真夜中まで戻らないからひとりでベッドを使うように言って、酒場におりてきた。

だが、自分は嘘つきになりそうだ。

まだ十時過ぎなのに、アレックスは早くも酒に飽き、ジョッキを重ねるとともにますます箍(たが)がはずれていく男たちの下品な話にもうんざりしてしまった。

アレックスはジョッキを置いて立ちあがった。イニスは、自分には保護が必要だと考えたくないようだが、必要なものは必要だ。願わくはもう眠っていてくれれば、早めに部屋へ戻ってきた理由を説明せずにすむ。

目立たないように厨房のほうへ行き、裏の階段をのぼった。イニスを起こしたくなかったので、廊下でブーツを脱ぎ、部屋のドアを静かにあけた。いままでこれほど女性を求めたことはなかったのではないか。社交界の奥方たちをほしいと思ったことがないのはたしかだ。眠っているイニスの隣に忍びこみたいという誘惑はあらがいがたかったが、両腕に抱くくらいでは満足できないのはわかっていた。

いままで自慢できないこともさんざんやってきたが——そもそも、おこないが不埒だから放蕩者と呼ばれるようになったのだ——不本意にも自分と同じ部屋で一夜を過ごすはめになった女性、しかも未経験の娘に手をつけるなどありえない。アレックスは、張り生地がすり切れたでこぼこだらけの椅子で眠るつもりだった。

できるだけ音をたてずにドアのかんぬきをかけ、まだ濡れているシャツとズボンを静かに脱いだ。イニスのドレスと並べて床に広げたものの、薪が一本だけ燃えている小さな暖炉の熱では、朝までに乾きそうになかった。薪の予備がないことにもっと早く気づけばよかったのだが。ため息をつき、ベッドの支柱のそばにたたんで置いてある毛布を取り、椅子で寝る支度をはじめた。長い一夜になりそうだ。

「椅子で眠らなくてもいいのに」

イニスの声に、アレックスは椅子から転がり落ちそうになった。「すまない、起こしてしまったな」

「いいえ。待ってたんです」

アレックスは部屋のむこうへ目をやった。小さな暖炉の薄明かりに照らされ、ヘッドボードに背中をあずけているイニスが見えた。そして……アレックスはまばたきした。よほど疲れているのか、下で飲んだ安いウィスキーがまわったのか。あれは……アレックスはかぶりを振った。見えると思っているものは、じつは見えていない。そうだろう？　アレックスは目を凝らして、焦点を合わせようとした。

イニスは裸だ。

長い髪が、むき出しの肩を赤いマントのように覆っている。乳首は濃い薔薇色か、それともっと明るい珊瑚色だろうか？　遠くからではよくわからなかった。いまからわかるかもしれないという期待で、股間のものが立ちあがったが、アレックスは自分を押しとどめた。

「寝間着は？」

イニスはそれを持ちあげた。「ここに」

アレックスはごくりと唾を呑みこんだ。「なぜ着ないんだ？」

イニスはためらった。アレックスは彼女の表情を見極めようとしたが、部屋が暗すぎた。「き、着たほうがいいですか？」彼女の声は震えていた。

だめだ。股間のものが下ばきを突き破りそうになっていた。だめだ。だめだ。アレックスは椅子の肘掛けをつかみ、突進したい自分を抑えつけ、いままで女性に一度も言った覚えのない言葉を口にした。「着たほうがいいんじゃないかな」

ベッドから変な音がして、イニスは寝間着を振って広げながら、震える声で言った。「殿方は胸の大きな女の人が好きなんですよね。あたしなんかに惹かれるわけがないのにに思うんだ？」

端に座り、イニスが胸の前に押し当てている寝間着を引っ張っていた。「なぜそんなふう

「なんだって？」アレックスはいつのまにか椅子を立っていた。気がついたら、ベッドの

——」

が濡れていることに気づいた。泣いている。イニスが泣いている。

イニスが顔をそむけたので、アレックスは彼女を振り向かせようと頬に手を添え、そこ

返して強調した。「遊び人はあたしなんかの相手はしたがらない」

なかった。「わかりきってるじゃないですか。あなたは遊び人でしょう……遊び人」繰り

イニスはアレックスの手を押しのけ、ぐいと顎をあげたが、まだ目を合わせようとはし

ら、きみが好きだからだ」

にもう一度、自分は決して使うことがないだろうと思っていた言葉を口にした。「なぜな

「わたしはきみをほかの女性と同じように扱いたくなかった」そして、この短時間のうち

これほど差し迫った状況でなければ、アレックスは皮肉ななりゆきに笑っていただろう。

せられたりするのを見たくなかった。だから……アニーからきみが死んでいるかもしれな

ら、計画から手を引くチャンスをあげたかった。きみが辱められたり、気まずい思いをさ

「そうだ」アレックスは答え、それが嘘ではないことに気づいてまた愕然とした。「だか

イニスはゆっくりと振り返った。「好き？」

いと聞いたとき……心臓が止まった」

イニスはアレックスをじっと見つめた。「それならなぜ誘おうとしなかったんですか？」

言うことを聞かない股間のものが、アレックスに同じことを問い詰めるように、ますます大きくなった。ずきずきしはじめたそれを、アレックスは無視しようとした。「きみを汚したくないんだ、イニス。それに、わたしは純潔は奪わない」

イニスは顔をしかめた。「あたしが純潔でなかったら？」

アレックスは驚きに目を見ひらいた。「違うのか？」

イニスは肩をすくめた。「あたしは二十二ですよ」

まさか処女ではないとは、思ったこともなかった。ナイフのようなものにはらわたを切り裂かれ、イニスを傷つけた男にいわれのない怒りを覚えた。そいつは結婚しようと嘘をついたのか？　いや、もっとひどいことに……イニスは体を売らなければならなかったのか？　はじめて会ったとき、イニスは男の格好をしていた。あれは望まない誘いから身を守るための方策だったのか？　イニスがそんな暮らしを強いられていたとは思いたくなかった。だが、今夜のイニスは大胆だ……裸で待っていたくらいだ。処女がそんなことをするか？　たぶんしない。もちろんしない、いいいいい、と股間のものが力説した。

アレックスは深呼吸した。「このまま進むなら、ちゃんときみの面倒を見たい。家と口座を用意して、充分な手当を払う。誓ってそうする」

イニスが眉根を寄せた。「あたしは愛人じゃありません。お金で自分は売りません」

「いや、もちろん違うんだが」明らかに言い方を間違えた……そして、誤解された。股間が痛いほど硬くなっていなければ、もっとましな言い方ができたのだが。いま、肩の上にのっている頭は、別の頭と同調している。ほかになにを言おうが、侮辱になってしまうのは間違いない。説明はあとだ。「きみを抱きたい。きみが受け入れてくれるのであれば」

イニスはほほえみ、寝間着を落とした。アレックスの視線も落ちた。乳首は薔薇色でも珊瑚色でもなく、淡いピンク色だった。アレックスは乳白色の丘を手のひらで包み、それがちょうどよく収まるのを好ましく思った。親指でかわいらしい乳首をなでた。それはたちまちとがり、イニスが小さなため息を漏らすのが聞こえた。

ああ、こんなに敏感なら……。

アレックスは両手でイニスの頭を支え、唇で唇をふさいだ。やわらかく湿った唇は、アレックスが舌を這わせると、自然に開いた。下ばきを破り捨てるように脱いで自身を解放すると、イニスの隣に横たわった。もう一度、手のひらを乳房に当てて優しく揉み、指先で乳首を転がし、硬くなった粒を軽くつまむと、イニスはのけぞった。首から鎖骨へ唇を這わせ、もう片方の乳首を舌の先端でなでた。

イニスはアレックスの肩に爪を立てて駆り立て、触れられるたびによく反応した。アレックスはイニスの腰へ手をおろしていき、脚のつけねの縮れた毛を見つけると、なめらかなひだのあいだから熱い潤いのなかへ二本の指を差しこんだ。イニスはまたうめき、腰をアレックスの手に押しつけた。イニスは媚薬だ。どこを味わっても、味わうほどにもっとほしくなる……。

アレックスはイニスの脚のあいだにひざまずき、指を口に替えて彼女の蜜を舐めた。あえぎ声が聞こえ、彼女の膝に力が入ったのがわかった。さらに大きく脚を開かせ、イニスのもっとも女性らしい部分に近づいた。注目を求めるように立ちあがった小さな突起を舌先で軽くなでた。イニスはアレックスの奉仕にもだえ、しきりに浅い呼吸を繰り返した。硬くなったつぼみをじらすうちに、彼女のうめき声はだんだん大きくなっていった。一本の指をなかに入れ、突起に口をつけて強く吸った。イニスは指を締めつけながらアレックスの名前を呼んだ。

ここは死後の世界、天国に違いない。そうでなければ、こんなふうに完璧なまでの幸福を感じる理由がない。いままでイニスのような感動をもたらしてくれる女性はいなかった。アレックスは顔をあげ、イニスに覆いかぶさると、長いあいだ我慢していた自分自身を彼女の熱く濡れた中心に埋めこんだ。奥まで貫き、引き締まった鞘に柄まで収めた。

イニスは悲鳴をあげた。アレックスの霧がかった頭は、彼女がじっとしていることにすぐには気づけず、その理由がわかったのは、さらにそのあとだった。

「きみは処女だ……処女だったのか」

22

アレックスに貫かれた痛みが引くと、ずっしりとした太いものが埋まっている心地よい感覚が残った。イニスは腰を動かして求めたが、アレックスが動くのをやめていることに気づいた。ゆっくりと目をあけると、アレックスがこちらを見おろしていた。

「きみは処女だ……処女だったのか」アレックスはイニスのなかから出ていき、ベッドの脇へ体重を移すと、頭を片方の手で支えた。「どうして嘘をついたんだ?」

イニスは、出ていかないでと言いたくてたまらなかったが、すでに彼はやめていた。それどころか、大理石の彫刻のように硬い表情をしている。

「嘘じゃありません」

「処女ではないと言ったじゃないか」

イニスはかぶりを振った。「もう二十二だと言っただけです」

「わたしをはめたな」

「そんなつもりはなかったんです」イニスはヘッドボードにもたれ、シーツを胸まで引きあげた。

アレックスの視線がその動きを追い、眉根が寄った。イニスは息を吐いた。石のような顔をされるより、そちらのほうがましだ。

「なぜこんなことをするんだ？」

イニスは眉をひそめた。「怒っている男の人の前で、裸でいたくないからです」

「そうじゃない。なぜ経験があるふりをして、わたしをはめた——処女ではないと信じこませたんだ？　きみはわたしの愛人にはなりたくないと言った。純潔を奪わせて、結婚を要求するつもりだったのか？」

イニスは拳を振りあげたが、アレックスにがっちりとつかまえられた。「殴るのは勘弁してくれないか」

彼をにらんだ。「殴られたくなければ、あたしがそんな卑怯なことをしたように言わないで。あたしは、アメリカへ行く前に、あなたに抱かれるのがどんな感じか知りたかっただけです。なんとかして夫を手に入れようとするようなイングランドのデビュタントとは違います」

アレックスはイニスの手を放した。「そういうことをする娘はきみがはじめてじゃなかったと言いたかったんだが」

イニスはまた拳を振りあげた。「よくも……」胸から息が出ていき、気がつくとベッドに仰向けにされ、覆いかぶさってきたアレックスに両手首を押さえつけられていた。「放して——」

「だめだ、目のまわりに黒痣は作りたくないからな」

「あたしを侮辱したわ」イニスはアレックスを蹴ろうとしたが、彼はイニスの膝を割り、体重をかけてきた。この体勢では、あと少しで……。イニスの怒りは消え、かわりにもっと根源的な欲求がこみあげた。入口のあたりにいきり立った彼自身を感じ、イニスの全身がざわめきはじめた。「なにを……なにをするの？」

「はじめたことを最後までやる」アレックスの瞳の色が濃くなった。「やめてほしいか？」

イニスはアレックスを押したが、今度は力が入らなかった。「なによ。やめないで」

ゆっくりとなめらかに、ふたたびアレックスはイニスをひと突きにした。イニスは腰をあげて迎え入れたかったが、彼の体にしっかりと押さえつけられていた。握られた手首を引き抜こうとしたが、彼は放してくれなかった。鋼の棒に刺し貫かれ、イニスはただ横たわっていることしかできなかった。

その棒が動きはじめた。途中まで抜け、またゆるやかに戻ってきた。乾いた火口に火をつけたかのように、イニスの奥で炎が燃えはじめた。アレックスは、動けないイニスをゆるゆるとじらしつづけた。イニスは右左に激しく首を振り、ますます高まりつづける欲求に耐えた。

「お願い……」

「なにをお願いしたいんだ？」アレックスは耳元でささやき、ゆっくりとしたリズムを崩さずに腰を揺らしつづけた。

イニスは必死に体を動かそうとした。「もっと速くして」

アレックスは低く笑い、三回つづけてすばやく突いた。「こんなふうに?」

「そう」答えたとたん、体のなかの炎が高く燃えあがった。「あたしもう——」

「まだだ」アレックスはまた速度を落とした。

「あああ……」アレックスがほとんど全部抜くと、突然なにもなくなったそこは収縮し、イニスは泣きたくなった。「やめないで——」

「やめないよ」アレックスは言い、いきなり奥まで戻ってきた。

先ほど舌で愛でられた場所がまた疼きはじめたが、その感覚はもっと強く、脚のあいだでいまにも灼熱の炎がはじけそうになっていた。イニスはあえぎながら動こうとしたが、動けなかった。炎は全身へ広がっていく。「もうだめ——」

アレックスの動きが激しくなった。速く。強く。深く。時間は意味を失った。すべては消え、繰り返し突かれ、突かれるたびに情熱は高まっていき、やがてイニスは破裂しそうになった。

もう一度、彼が奥まで突きこんできたとたん、イニスははじけた。

つかのま気を失っていたかもしれない。目をあけると、手首は自由になり、アレックスが隣にいた。彼はほほえみ、イニスの汗ばんだ顔から濡れた髪をどけて頭を自分の肩にのせた。ようやく呼吸が元どおりになり、ふたりは穏やかな沈黙のなか横たわっていた。しばらくして、アレックスが口を開いた。「きみが上流階級かどうかなど、わたしはまったく気にしないのは知っているだろう。結婚するのは悪い考えではないかもしれないな」

イニスが顔をあげてアレックスを見ると、彼はけだるい笑みを浮かべた。「とっさの思いつきではないぞ」

イニスは片方の眉をあげた。「やっぱり目のまわりに黒痣を作りたいですか？」

笑みが大きくなった。「遠慮するよ」

「だったら、その話は二度としないでください。あたしはいまのをもう一度したいけれど――」

「わたしもだ」アレックスが苦笑した。

「贈り物はいりませんから」イニスはつづきを言い、言葉を切った。「でも、ときどきまたトリュフを買ってくださってもいいですよ」

アレックスは眉をひそめた。「トリュフ？」

翌日、アレックスはロンドンのでこぼこだらけの石畳で馬車を走らせながら、馬をトロットに駆り立てたいのを我慢した。あと少しでダンズワース・ハウスに帰り着く。ゆうべイニスがトリュフを買ってほしいと言いだしたとき、なんのことかさっぱりわからなかった。いまは、いくつか推測していることがある。そのどれも愉快なことではない。

「ほんとうにやりたいんですか？」屋敷に入り、イニスが尋ねた。

「やる」アレックスは答えた。「書斎で待っていてくれ。わたしはミセス・ブラッドリーとエヴァンズに話がある」

「あたしはやっぱり――」

「シーッ。頼むよ」アレックスは言い、身を屈めてイニスのひたいにキスをした。「奇妙な偶然が重なりすぎだ」

エヴァンズは、使用人を全員客間に集めてミセス・ブラッドリーに見張らせると請け合った。そのあと、ミセス・ブラッドリーと話すと、彼女は顔色を変えた。ちょっと待ってくださいと言い残してその場を離れ、すぐに小さな包み紙を持って戻ってきた。

「役に立つかどうかわかりませんが、三日前、くしゃくしゃに丸めたこれが階段の下に落ちていたんです」

「おもしろい」アレックスは包み紙を受け取り、上着のポケットにしまった。「ありがとう」

それから書斎へ行き、机の前に座った。使用人たちに話があるときはめったにこんなことはしないが、今日は主人としての立場を明確にしたかった。イニスは小さな作業テーブルの前で、背もたれがまっすぐな椅子に座っていた。アレックスは、暖炉のそばにある座り心地のいい肘掛け椅子に座ったらどうだと声をかけそうになったが、作業テーブルのほうが机に近く、彼女にはそばにいてほしかった。

ミセス・ブラッドリーの指示で、まずメアリーとアイヴィとアリスがひとりずつ書斎に入ってきた。三人とも青い顔で震えていたが、イニスの事故について知っていることはないと答えた。アレックスはポーカーをするときのように、三人の顔や態度を観察した。従僕たちの尋問はエヴァンズにまかせた。従僕たちは、蜘蛛が見つかった洗濯室には近づかないし、絨毯がはがれていた四階の階段にのぼる理由もないからだ。彼らがイニスにトリュフを贈るとも思えなかった。むしろ食べてしまうだろう。

エルシーが次に入ってきた。エプロンの隅をそわそわとねじっている。

「座ってくれ」

彼女は目を丸くし、机の前のすすめられた椅子に浅く腰掛けた。いまにも逃げ出しそうに見えた。

「ミセス・オブライエンが蜘蛛に咬まれたとき、洗濯物を部屋に持っていったのはきみだったな――」

「あたしじゃありません――」

「最後まで聞いてくれ。この話をしたのはわかっているが、考えてほしいんだ。イニスの部屋に洗濯物を運ぶ前に、だれかが洗濯室に入ったり、出てきたりするのを見なかったか？」

エルシーはかぶりを振った。「洗濯物がたたんであるのを見つけたから、持っていってあげようと思ったんです」

アレックスはため息をついた。あの朝、洗濯女中は体調が悪く、厨房助手が洗濯物を取りこんだ。厨房助手は取りこんだだけでたたんでいないと言ったが、エルシーはたたんであったと言う。

「わかった。ふたつ目の階段の事故についてはどうだ？　四階にものを運ぶとき、絨毯がはがれているのに気づかなかったか？」

エルシーはまたかぶりを振った。「気づいていたら報告しました、旦那さま」

「あの朝、きみは四階にいたのか？」

「いいえ」エルシーは泣きだした。「あたしはミス・イニスに悪いことはしません」

「エルシーはあの朝、厨房にいました」イニスが言った。「女中は全員、厨房にそろっていました。ファーンの帽子が汚れたから、あたしは自分の部屋にあがってきました。ファーンがもう一個の帽子をあたしの部屋に置き忘れたと言ったから」

アレックスは眉をひそめた。「なぜ帽子が汚れるんだ？　かぶっていなかったのか？」

「テーブルに置いて、食事をしていたんです」

アレックスは片方の眉をあげた。「かぶるひまもないほど急いでいたのか？　遅刻してきたとか？」

「わかりません。あたしはいつも、女中たちより早く朝食をとるので」

アレックスはエルシーのほうを向いた。「きみはわかるか？」

エルシーは手の甲で目を拭った。「たしか、十分くらい遅れてました」

「帽子を捜すのに十分もかかるかな」アレックスは机に置いた紙にメモを取った。「では、トリュフについて聞こう」

エルシーは不思議そうな顔をした。「旦那さまがミス・イニスにあげたトリュフですか？」

「わたしはトリュフをあげていないよ」アレックスは答え、エルシーの返事を待った。彼女の表情は変わらなかった。「どうしてわたしが贈ったと思ったんだ？」

「あの日、旦那さまが出かけるのを見ました。それで……そう、イニスにトリュフを買ってきたのかもしれないと思ったんです」

「買おうと思ったかもしれない。だが、買わなかった」

「だったら、だれが買ったんでしょう、旦那さま？」

「それを知りたいんだ。食事のトレイを準備したのは？」

「さあ。ファーンが持ってきました」

「ファーンが？」

エルシーはうなずいた。「ミセス・オルセンが持っていこうとしていたけど、ファーンが上にあがるついでに持ってきたと言ってました」

アレックスはまたメモを取り、さらにいくつか質問をして、エルシーをさがらせ、ミセス・オルセンを呼んだ。

しばらくしてミセス・オルセンがタオルを持ったまま入ってきた。「お呼びですか、旦那さま？」

「ああ、座ってくれ」

「すみませんが、お鍋を火にかけたまんまなんですよ。夕食を焦がしたくないんですが」

「大丈夫だ」アレックスはほほえんだ。ミセス・オルセンは、申し分なく有能な助手たちに仕事をまかせるのを嫌うのだ。「手短に要点だけ話すよ。イニスが公園で落馬した日、チョコレートトリュフをこしらえたか？」

「去年のクリスマスからこっち、トリュフは作ってませんよ」

「あの日、特別に作ったということは？」

ミセス・オルセンが顔をしかめた。「わざわざトリュフを作るなら、たった一個だけ作るなんてことはしませんよ」

アレックスはまたメモを取った。「では、厨房にトリュフを配達してきた者はいなかったか？」

「見ていませんね」眉間の皺が深くなった。「助手のだれかが店からトリュフを盗んだと思ってるんですか？」

「いや。だが、あの日トリュフは厨房から運ばれたトレイにのっていた」

ミセス・オルセンは目を見ひらいた。「トレイにトリュフなんかのせてませんよ。あたしが用意したんです。スープと焼きたてのパンだけしかのせてません」

「間違いないか？」ミセス・オルセンが見るからに憤慨したので、アレックスは片方の手をあげた。「忘れてくれ。あなたの言葉を疑ったわけではないんだ。ありがとう」

ミセス・オルセンが出ていってから、アレックスはイニスに向きなおった。「次はファーンだな」

「使用人のだれかがあたしに危害をくわえようとしたって、ほんとうに考えてるんですか？」イニスは、ミセス・ブラッドリーがファーンを連れてくるのを待ちながら尋ねた。

アレックスは顎をこわばらせた。「だれかがきみを殺そうとしたと言うべきだな」

その言葉にイニスはおののき、顔から血の気が引くのを感じた。「なぜあたしを？」

「それが知りたいんだ。蜘蛛と階段も事故とは思えなくなってきたが、もし事故であっても、トリュフの件は無視できない。きみが気を失ったのは、頭のけがではなく、トリュフに毒が入っていたからではないかという気がしてきた」

イニスはぽかんとアレックスを見た。「毒？」

「たぶん。変な味はしなかったか？」

「いいえ……まあ、少し苦かったけれど」

アレックスは両方の眉をあげて身を乗り出した。「苦かった？」

「ええ、でもダークチョコレートだったし――」

「たいていの毒は苦いんだ。簡単に手に入るものもある。眠る前に気分が悪くなったりしなかったか？」

イニスはかぶりを振った。「どこも悪い気分はしなかったけれど、疲れていたのを覚えてます。エルシーがなにか言っていたけど、あたしは……」

「どうした？」アレックスは黙っているイニスに訊き返した。

「エルシーがなにか言ってる途中で眠ってしまったんです。そう言えば……エルシーにトリュフを味見をしてもらって……次の朝、エルシーも体調が悪かったわ」

アレックスの口角が引きつったとき、ドアがあいてファーンが入ってきた。

彼女は背筋をのばして顎をあげた。「お話があるそうですが」

「ああ」アレックスは、ファーンには座れと言わなかった。「イニスが蜘蛛に咬まれた朝、きみは屋敷のどこにいた？」

「ミセス・ブラッドリーに指示された場所に」ファーンは答え、肩をすくめた。「覚えていません」

「蜘蛛の事故のあと、土曜の夜にミス・オブライエンの部屋に帽子を置き忘れたのは、なにか理由があるのか？」

「脱いで、そのまま忘れちゃったんです」

「意図的に？」

ファーンは険しい顔になった。「おっしゃることの意味がわかりません」

イニスは、アレックスがおそらくカードゲームをするときのようにファーンをじっと観察していることに気づいた。彼はたんたんとした口調で、無表情のまま話をつづけた。

「仮説だがね。ミス・オブライエンの部屋に帽子を置いてきたのは、もうひとつの帽子になにかをこぼしてから、置き忘れたものを取りに行ってほしいと頼むためだ」

ファーンの目がきらめいたように見えたが、一瞬のことだったので、見間違いかもしれないとイニスは思った。

「それは違います、旦那さま」

「そうか？」アレックスは、天気の話をしているかのように、なにげない口調で尋ねた。

「なぜミス・オブライエンのトレイにトリュフをのせた？」

「わたしじゃありません。トリュフは最初からのっていました」

「ナプキンの下を見たの？」イニスは出し抜けに尋ねた。

ほんのつかのま、ファーンの表情が揺らいだが、また平然とした顔つきに戻った。「なにかこぼしていないか確かめたかったから」

アレックスは椅子に背中をあずけた。「ミセス・オルセンは、トレイにトリュフをのせていないと言っていた」

ファーンは口ごもった。「そうかな。ミセス・オルセンは自分でトレイを運ぶつもりだった。そして、トリュフはのっていなかったと言っていた」

「ミセス・オルセンが嘘をついているんだわ」

アレックスは片方の眉をあげた。「わたしは、嘘をついているのはきみのほうじゃないかと考えている」

ファーンは高慢にアレックスを見返した。「証明できないのにわたしがやったとおっしゃるんですね」

「証明できないだろうか?」アレックスは尋ねたが、質問は修辞だったらしく、返事を待たなかった。「厨房の助手の証言がある。すでに話は聞いている。きみが厨房からトレイを持ち出したとき、トリュフはのっていなかった」

「あたしのことを嫌っているから、嘘をついているんです」

アレックスは指を折り、爪をしげしげと眺めた。「白状したほうが楽だぞ」

ファーンの表情が硬くなった。「なにを白状するんですか?」

アレックスは厳しい顔でファーンを見た。「ミス・オブライエンに、危害をくわえようとした——そして、殺そうとしたと」

「どうかしたんじゃないですか、旦那さま?」ファーンは噛みつくように言った。「こんなことを言われては我慢できません。おひまをもらいます」ファーンはドアのほうを向き、エヴァンズとジェイミソンが入口をふさいでいることに気づいた。アレックスに向きなおった。

「あたしを追い詰めようとしても無駄です」

「もう追い詰めたように思うが」アレックスは答えた。「エルシーはトリュフを味見して、体調を崩した。バクスター先生が、エルシーとミス・オブライエンが同じ中毒症状を呈していたと証明してくれる」

「証拠はないでしょう——」

「それが、あるんだ」アレックスは上着のポケットに手を入れ、包み紙を取り出した。「さっきミセス・ブラッドリーにもらった」

ファーンは包み紙を見つめて青ざめた。「なんですか、それは」

「トリュフの包み紙だ」アレックスが答えた。「ミセス・ブラッドリーが階段の下でこれを見つけた。きみがトリュフをトレイにのせたあとに捨てたんだろう。チョコレート店は商品を誇りにして、店の封印を包み紙に押している。きみがトリュフを買ったことは、すぐに証言してくれるだろう」

「あたし……あたし……」

「どんな毒を使ったんだ？」アレックスの声は厳しかった。

「あたし……」

イニスはぞっとした。なぜファーンが？　エルシー以外の女中たちは打ち解けてくれないが、イニスはできるだけ迷惑をかけないようにしていた。覚えているかぎり、看病してくれた夜を除けば、ファーンとはほんの数回、言葉を交わした程度だ。イニスは口を開きかけたが、アレックスは黙ってというように片手をあげた。

「どんな毒を使ったんだ、ファーン？」

ファーンはふさがったままのドア口を振り向き、またアレックスを見た。いまや立ちあがっている彼は、雷神のようにいかめしかった。「白状したほうがいい。わたしの我慢が限界に達する前に」

ファーンは机の前の椅子にのろのろと座った。「ベラドンナです」

イニスは顔をしかめた。女性たちが瞳をきらめかせるために、微量のベラドンナを目にさすことは知っているが、高価な薬だ。使用人に買えるようなものではない。

アレックスも同じことを考えているようだった。「どこで手に入れたんだ？」

ファーンは答えなかった。

「どうしてあたしを殺そうとしたの？」イニスは尋ねずにいられなかった。

ファーンは床を見おろし、肩をすくめた。「あんたに恨みはないの」

「恨みはない？」アレックスの声は雷神のハンマーのようにとどろいた。「イニスの命を三度も奪おうとしておいて、恨みはない？　イニスを殺そうとしたのに？」

ファーンはかぶりを振った。「あたしじゃありません」

「だったら、だれなんだ？」

ファーンは答えようとしなかった。アレックスは髪をかきあげ、深呼吸した。「だれかをかばっているのなら、流刑は免れないぞ。黒幕の人間が逃げおおせて、きみは遠くの地で死ぬことになるが、それでもいいのか？　きみは協力しただけだと治安判事が判断したら、少しは刑が軽くなるかもしれない」アレックスは胸の前で腕を組んだ。「共謀者はだれだ？」

顔をあげたファーンは、苦々しい笑みを浮かべていた。

「あんたの愛人。ミランダ・ロックよ」

全身の血を凍りつかせ、イニスはアレックスを凝視した。

テムズ川に停泊しているフランスの快速帆船の甲板で、ほかの乗客たちのなかにいるミランダに一等航海士が近づいてきた。「荷物は部屋に運んでおきました」

ミランダは振り返り、わたしは伯爵夫人なのだから奥さまと呼びなさいと言いかけたが、この旅は偽名で予約したのを思い出した。変に目立つのは避けたい。「もう部屋に入れるの？　疲れたから休みたいの」

「もちろん（セルテヌマン）。こちらですよ、どうぞ（シルヴプレ）」

喪服用に黒いボンネットで顔を隠し、航海士に先導されて船尾に近い急な階段をおり、短い通路を歩いた。航海士がドアをあけて脇に退いたあと、ミランダはなかへ入って心のなかで悪態をついた。〝特等室〟には、隔壁に作りつけになった狭い寝台と、向かいの壁に固定された小さなテーブル、その上にぶらさがった回転台（ジンバル）つきのオイルランプがあるきりだった。隅の真鍮の固定具に金属の尿瓶がはまっていた。ミランダ自身の部屋のクローゼットより狭いくらいだが、文句は言えない。フランス行きの切符が出航直前に手に入っただけでも幸運なのだ。「ありがとう。しばらくひとりにしてくださるわね」

「もちろんですよ。お悔やみ申しあげます」一等航海士はお辞儀をして部屋を出ていき、ドアを閉めた。

ミランダはボンネットをベッドに放り捨て、飾りのない黒いドレスの上につけていた地味な黒いケープを脱いだ。黒は嫌いだが、フランスへ夫の遺体を引き取りにいく悲しみに暮れた女性は黒を着るものだ。色とりどりのドレスは、宝石や当面やっていける程度の現金と一緒に、トランクに入っている。

テーブルの隣にある背もたれの硬い椅子に座ると、案の定それも床に固定されていた。船は嫌いだが、長旅ではない。そばにだれもいなくなったので、声に出して悪態をついた。あのばかなファーンがまたぺらぺらしゃべっていなければ、こんなことをせずにすんだのに。アイルランドの小娘が死ねばよかったのに。アレックスに、彼はこの自分と一緒になる運命だとわからせるのは、しばし延期するしかない。

二日前、イニス・オブライエンが毒を口にしても死ななかったとファーンが報告に来たとき、ミランダは報酬をやるのを拒否した。間抜けな女中はトリュフに入れるベラドンナの量を間違えたのだ——せっかく高価なベラドンナを渡したのに。

ファーンは不機嫌な顔で帰って行った。ミランダも世間知らずではないから、ファーンが姉の主人にまでずっと忠実でいるとは思わない。ファーンが裏切ろうが、伯爵夫人より女中の言葉を信じるような人間はいないだろう。ことに、ミランダはあのアイルランドの小娘とじかに接したことはないのだから。だが、取り調べられたなどとみっともない噂になるのは耐えがたい。用心のためしばらく大陸を旅行したほうがいいと考えたが、夫には数週間バースへ湯治に行きたいと話した。夫はなにも訊かなかったが、それも数年前に、よけいなことは訊かないほうが賢明だと、ミランダが教えたからだ。

出航の準備がはじまり、一等航海士の号令や甲板を走る乗組員の足音が聞こえはじめた。船はゆっくりとすべり出し、水の流れに乗って左右にぐらりぐらりと揺れた。漕ぎ手がオールをおろし、船が速度をあげて進みだしたので、ミランダはほっと息を吐いた。イングランドを脱出するのだ。

23

アレックスはブランデーのデカンタを取り、グラスにたっぷり注いだ。一口あおると、みぞおちのあたりがふわりと熱くなり、そこからじわじわと温もりが広がっていった。全身が凝り固まっている。ファーンを尋問してから長く疲れる一日になったが、まだ終わっていない。

イニスに説明しなければ。

それが合図になったかのように、ドアをノックする音がして、イニスが入ってきた。アレックスは身構えてイニスを見た。ファーンの自白のあと、イニスは押し黙ってしまった。アレックスも、ファーンを連行しにきた治安官と一緒に屋敷を出た。

「ブランデーはどうだ？」アレックスはイニスに声をかけた。「シェリーは？」

イニスはかぶりを振った。「エヴァンズから、ここへ来るように言われました」

これは手を焼きそうだ。アレックスは気付けにもう一口ブランデーを飲みたくなったが、グラスを置いた。肘掛け椅子を示す。「座ってくれ」

イニスは深く腰掛けたが、背もたれに背中をあずけはせず、居心地が悪そうにしていた。

アレックスは、自分もイニスのように会ったこともない人間に殺されかければそうなるだろうと思い、彼女のそばの椅子に座った。

「まず、ファーンは二度とこの屋敷に足を踏み入れることはないから安心してくれ。おそらくニューゲート監獄で何年か過ごすんだろう」

「レディ・ベントンはどうなるんですか？」

アレックスの避けたい話だったが、イニスが待てないのはわかっていた。「ミランダはバースへ湯治に行ったそうだ。こっちで尋問を受けさせるために、二名の役人が迎えに行った」

イニスは疑うようにアレックスを見た。「治安官が伯爵夫人にどんな尋問をすると言うんですか？」

「彼女は責任を問われることになる」

「貴族はめったに責任を問われません。それに、夫の伯爵はお兄さんの取り巻きなんでしょう？　お兄さん、つまり公爵の」イニスは強調した。「公爵は大きな権力を持っています。だれも伯爵夫人に手出しできないわ」

ミランダ・ロックに手出ししたから、こんなことになってしまったのだが、アレックスはそう言えなかった。歯を食いしばる。「わたしがちゃんとなりゆきを追う」

最初はベントンの屋敷へ直行してミランダを問い詰めようと考えたが、治安官は法にまかせるべきだと主張した。アレックスはそれを受け入れた。ベントンの屋敷をいきなり訪れ、ミランダがイニスを殺そうとしたと糾弾すれば、その動機を訊き返され、ひいてはベントンが妻の名誉を守るためアレックスに決闘を申しこまねばならなくなる。直接対決を避ければ、ベントンの体面は傷つかない。とにかく、アレックスはベントンの体面を傷つけたくなかった。

「でも、なぜあたしを殺そうとしたんでしょう？」イニスが尋ねた。

「さあ。わからない」

イニスは呑みこみの悪い子どもを相手にしているようにため息をついた。いま、アレックス自身も呑みこみの悪い子どもになったような気がしていた。ミランダがなぜこんな大それたことをしたのか、ほんとうにわからなかった。

「伯爵夫人は、あなたの……クラブの一員でしたよね」イニスの言葉に、アレックスはたじろいだ。「特別な人だったんですか？　あたしには関係ないとわかってますけど」

「いや、そんなことは――」

「訊いたのが間違いでした」イニスは立ちあがりかけた。

「待ってくれ」アレックスは鋭く言い、声をやわらげた。「頼む」イニスは勘ぐるような顔をしているが、椅子に座りなおしたので、アレックスはつづけた。「きみに関係ないとは言っていない。関係あるんだ。なにしろあんなことをして……」声がだんだん小さくなって途切れた。イニスと抱き合ったのは、ほんとうにゆうべのことか？　永遠にも等しい時間が過ぎたような気がする。「なぜミランダがここまで執着するようになったのかわからないんだ。たしかにわたしの攻略名簿にのっていたが、たった一度だけだ。ほかの女性たちと同じで」

イニスは頬を紅潮させてうつむいた。「あたしには部屋着を贈らないでください。受け取りませんから」

「は？　なぜわたしが……」アレックスは口をつぐんだ。なんということだ。イニスは自分がほかの女性たちと同じだと思っているのだろうか？　自分の不始末のせいで、もうめちゃくちゃだ。「きみは違う、イニス。きみとはもっと何度も夜をともにしたいと思っているんだ」イニスは顔をあげず、返事もしない。アレックスは大波のような狼狽が押し寄せてくるのを感じた。衝撃で頭をやられていなければ、名うての女たらしが拒絶されたという意外な状況を笑っていただろう。いまはまったく笑える気分ではない。「きみにはわたしのものになってほしい」

イニスは瞳に炎を燃やして顔をあげた。「前にも言いましたけど、愛人にはなりません。だれかに囲われるのはいやです」

しまった。このうえまだへまを重ねることなどあるのだろうか？「だったら、結婚しよう。わたしのせいできみは殺されかけた。わたしにはきみを守る責任がある」

「いいえ」イニスは怖い顔をした。「義務感で結婚しようという方と、あたしが結婚すると思いますか？」

どうやら、さらなる大失敗はありえたようだ。会話はあっというまに大惨事になっていく。「きみを大切に思っているんだ、イニス。一夜をともにしたからじゃない。人としてのきみが好きなんだ。いままでこんなことは……」アレックスは言葉を切った。「いままでこんなことはだれにも言っていない」

イニスに長いあいだ見つめられ、アレックスはそわそわと体を揺すりそうになった。それもまた生まれてはじめてだ。イニスがようやくうなずいた。

「あたしもあなたが好きです、アレックス・アシュリー。すばらしいところをたくさん持っているのに、ご自分では気づいていないようですけど」イニスはほほえんだ。「もしあなたが望むなら、もう一度あたしのベッドに来てもいいわ」

あなたが望むなら？　イニスは意味がわかって言っているのだろうか。やる気のありすぎる股間がいますぐ頼むと立ちあがるのを抑えるため、アレックスはあわてて手を膝に置いた。「もちろん望まないわけが――」

「ただし、あたしと結婚するとか愛人にするとかいう話はなしだと、おわかりいただけないとだめです」

アレックスはうなずき、賢明にもこのときばかりは黙っていた。ここでつべこべ言うわけがない。生きている男ならだれでも夢見るものを差し出されたのだから。

メイフェアにあるダンズワース公爵の屋敷の玄関に近づきながら、イニスは自分が不安を覚えていることに驚いていた。ダブリンでこの手の催しに出席したことは何度もある。この一週間で、幾晩かをアレックスのベッドで過ごしたのに――いや、過ごしたからか――自分がどんな役目を演じているのかわからなくなり、落ち着かない気分だった。

公爵家の執事がアレックスとイニスの到着を告げたと同時に、好奇心に満ちた視線が一斉に向けられたが、アレックスの謎めいた連れがだれなのか、だれよりも先に確かめようとやってくるふわふわふわしたスカートの群れはいなかった。

「だれもあたし――わたしたちを気にもとめていないようですわ」イニスはキャロラインに練習させられた上品な英語に切り替えた。

「いまではミランダの失踪のほうがもっと刺激的な話題だからだよ」アレックスが答えた。

彼の言うとおりなのだろう。治安判事がバースへ派遣した役人たちは、ミランダを見つけられずに戻ってきた。ベントン伯爵は、ミランダが所有する馬車で出かけたのを知ったが、ピカデリーから先はどこへ行ったのかわからなかった。雇われたボウ・ストリート・ランナーズも、ミランダの足跡を発見できなかった。ミランダは殺されてテムズ川に捨てられたというものから、愛人と駆け落ちしたというものまで、さまざまな噂が流れた。ベントン伯爵は口を閉ざして田舎の屋敷に引きこもっている。イニスは、どの噂も事実ではないと思っていたが、とにかく注目されずにすむのはありがたい。ところが、安堵の息をつくひまもなく、プラチナブロンドの美女が近づいてきた。

「早合点だったな」アレックスが乾いた声で言った。「アメリアだ」

イニスは驚きを必死に隠した。これがアメリア？　キャロラインは、ギリシャ神話の女神のようだから覚悟してとは言っていなかったけれど。象牙色のシルクのドレスがクリームのような白い肌を引き立てている。彼女が猫のように優美な物腰で歩いてくると、スカートに重ねた金糸と銀糸の網レースがちらちらと輝いた。

「アレクサンダー」非の打ちどころのないアクセントで、低く抑えた声だった。「来てくださってうれしいわ」

「奥方さま」アレックスは軽くお辞儀をした。「わが家に滞在しているミス・イニス・オブライエンを紹介します」

アメリアは優美な眉を片方あげてイニスを一瞥した。イニスのよく知っている傲慢な表情だった。イニスのおばを含め、ダブリンの貴族たちも同じ表情をする。ひとことも言葉を使わずに身分の差を伝えるためのものだ。イニスは笑みを噛み殺し、お辞儀をせずに顎をぐいとあげた。「ご機嫌よう」

アメリアの笑みは氷の視線と同様に冷ややかだった。イニスを見る目つきが、よく見ていないとわからないほどかすかに鋭くなった。「公爵閣下もわたしも、弟が面倒を見ているのはだれだろうと思っていたのよ」

〝面倒を見ている〟とは、だれかの慰みのために飼われているような言い方だ。アレックスに、囲われたくないときっぱり言っていなければ、この言葉にいらいらしていたかもしれない。アメリアは、イニスがアレックスの愛人だと暗に言いたいのだ。イニスにはよくわかった。だが、イニスより先にアレックスが答えた。

「ところで、親愛なる兄はどこに？　出迎えの挨拶もしてくれないとはあんまりではありませんか？」

「リンフォード子爵に捕まっているのよ。すぐに来るわ」アメリアはアレックスにほほえみかけた。「あとでお話する機会もあるでしょう。失礼してもよろしいかしら？」

「どうぞ」アレックスは笑みを返した。「楽しみにしています」

アメリアが立ち去ったあと、イニスは驚いてアレックスの顔を見あげた。アメリアに手ひどく裏切られたのに、アレックスはアメリアのことをなんとも思っていないようだ。楽しみにしていると心から返したように見えたが、放蕩者は心にもないことを平気で言うものだ。今夜は彼も演技をしているのかもしれない。

人混みのなかを進んでいるうちに、キャロラインと会った。アレックスはパンチを取りに行った。

「氷の女王と会ったようね」キャロラインが言った。

「いやあ、氷の女王ってぴったりですね」イニスはにっこり笑った。「違った、ええ、奥方さまにご紹介いただきましたわ。とても興味深い出会いでした」

キャロラインは笑みを返した。「あなたを品定めしていたわね。まず旗艦が現れて、そのあと噂好きの艦隊が押し寄せてくるのよ」

「そんな感じでした」

キャロラインが真顔になった。「大丈夫よ。アレックスとわたしが一晩中そばについているから」

「あたしは心配なんか……いえ、わたしは心配していませんわ」イニスは言った。「猫と鼠になりきって、むしろ楽しいかもしれません」

「気をつけて、イニス。社交界のレディは本物の猫にも負けない鉤爪を持っているから」

「ええ、わかっています」アイルランドでもそんな鉤爪を何度も見た。「よくぞあたしをちゃんと教育してくれたもんですね」

「そうだといいけれど」

そのとき、ふたりのそばにいたデビュタントの集団が新しく来た若い娘を取り囲み、甲高い声をあげてしきりに扇子であおぎはじめた。あとから来た娘は大げさな身振りで片方の手を心臓の上に置いた。

「あろうことか、あの追いはぎはわたしにキスをしたのよ」かぼそい声で言い、反対側の手の甲をひたいに当てた。「わたしは気を失いかけて、あの方がしっかり支えてくださらなかったら、倒れていたわ」

扇子の動きがますます速くなった。

「なんて大胆」

「なんて不埒な」

「侮辱だわ」

「でも、〝真夜中の略奪者〟だったんでしょう？」

「ええ、そうよ。間違いないわ」話をはじめた娘が答えた。

彼女たちは色とりどりの蝶のようにパンチのボウルがある場所へ移動しはじめ、声が遠ざかっていった。イニスはキャロラインに問いかけるような目を向けた。〝真夜中の略奪者〟？」

「どうしてだか有名になった追いはぎよ」キャロラインが答えた。

イニスは眉をひそめた。「追いはぎ？　普通はお金や宝石を奪うんじゃないんですか？」

「この追いはぎは変わってるの。襲うのは個人の馬車ばかりで、殿方はお金を奪われるけれど、レディには選択肢が与えられるの。宝石を差し出すか、それとも唇か」

「それを真夜中過ぎにやるんですか？」

キャロラインは一瞬ぽかんとしてからかぶりを振った。「そういうわけじゃないわ。いつも黒ずくめの格好をしているからよ。マスクまで真っ黒」

「いつから出没するようになったんですか？」

キャロラインは肩をすくめた。「一年前。もしかしたら、もっと前かも」

イニスは片方の眉をあげた。「それなのに、まだ捕まらないんですか？」

「ええ、まだね。問題は、彼がいつ出没するかわからないことなの。シーズンがはじまってからは、なりをひそめてたんだけど。だれだか知らないけれど、また動きはじめたのかしら」

「だれが動きはじめたんだって？」アレックスが戻ってきて、ふたりにカップを渡した。

「どうやら〝真夜中の略奪者〟がまた襲撃したらしいわ」キャロラインが目を天に向けた。

「デビュタントたちはその話で持ちきりよ」

アレックスは笑った。「その男に会った娘はみんなキスを選ぶんじゃないか。興奮するようなできごとは大歓迎だろう」

彼の目が自分のほうを向いたとたん、イニスは顔が赤くなったのを感じた。この一週間はたしかに興奮に満ちていた。ふたりのベッドでの遊戯をあらわす言葉はまだほかにもあるけれど。そんなことを考えているのが表情にあらわれていたらしく、アレックスの目の色が濃くなった。

「あら」キャロラインがそう言ったと同時に、舞踏室の入口が騒がしくなった。「皇太子のお出ましよ」

入口で皇太子を迎えた公爵とアメリアは、皇太子に話しかけられようとわれ先に詰めかけてくる人々に、ほとんど踏みつけられそうになっていた。

「あの群集のなかに混じって、次期国王に挨拶するか？」アレックスが尋ねた。

「やめときます」イニスはすかさず答えたものの、皇太子に会うことがアレックスの計画の一部だったのを思い出した。一日か二日後に、平民がレディのふりをして公爵家の舞踏会に紛れこんでいたと明らかになったら、皇太子はその娘に会ったことを思い出す、というのがアレックスの計画だ。皇太子はアイルランドのおじの屋敷に招かれたことがないので、イニスの正体に気づかないはずだ。だからイニスも承知したのだが。ため息が漏れた。

「さっさと片付けましょう」

アレックスがからかうようにイニスを見た。「気が変わったか？」

イニスはかぶりを振った。「やると決めたので」

彼が肘を差し出した。「すぐ終わる」

舞踏室へ案内された皇太子のあとを、レディたちが蜜蜂の群れのように追う。イニスにとって、皇太子の到着は時宜を得ていた。おかげでゴシップ好きたちから際限なくあれやこれやと質問される苦役を避けることができる。楽団の席から反対側の小さな台座に皇太子の特別席が用意されている。アレックスとキャロラインとイニスは、並んで皇太子を待った。

待っているあいだ、アレックスがそばにいる人たちにイニスを紹介したが、詮索好きな人々があまり多くの質問でイニスを困らせないよう、彼とキャロラインがふたりで牽制した。

ようやく順番がまわってきた。皇太子の隣に立っているジョージは、アレックスを冷たい目で見やり、顎をあげて細い鼻越しにイニスを見おろした。アレックスはジョージににやりと笑いかけた。ジョージは身構え、手早く紹介を終わらせた。皇太子がキャロラインの名前を確かめている隙に、アレックスはイニスを連れてその場を離れた。

「そんなに大変ではなかっただろう？」充分に離れてから、アレックスはイニスに尋ねた。

「思っていたよりは。でも、皇太子はなぜキャロラインを引き止めたのかしら？」

アレックスは肩をすくめた。「彼女の父上のことで話があるんだろう。父上は宮廷に仕えていたんだ」

戻ってきたキャロラインは不愉快そうだった。

「どうしたんですか？」イニスは尋ねた。

「あとで取り巻きをわたしに紹介したいそうよ」キャロラインは顔をしかめてアレックスを見た。「それがどういうことかわかるでしょう」

「意外な展開があるかもしれないよ」

イニスはふたりを交互に見やった。「なんの話ですか?」

キャロラインの眉間の皺が深くなった。「父はわたしを皇太子の取り巻きのだれかと結婚させたいとずっと言っているの。わたしはいやよ」

イニスはたちまち窮地にあるキャロラインに同情した。イニス自身、サイラス・デズモンドと結婚したくないから、アイルランドから逃げてきたのだ。「自分の夫は自分で選ぶべきよ。押しつけられるものではないわ」

「そんなふうに単純な話だったらいいのにね」キャロラインが言った。

「じゃあ、あたしと一緒にアメリカへ行きましょうよ」イニスは言い、アレックスの表情に気づかないふりをした。ここ一週間、アレックスはイニスに家を買って手当を出すという話を何度か持ちかけてきたが、イニスはそのたびにきっぱりと断った。だが、アレックスのベッドで夜を過ごすうちに、だんだんその決意が弱まってくるのを感じていた。だから、早いうちに出発しなければならないのだ。

「誘惑しないで」キャロラインが悲しそうに言った。

そのとき、楽団がリールを演奏しはじめ、皇太子の前に並んでいた人々が一斉にダンスフロアに出て二列に並んだ。イニスは傍から見ていたかったが、今夜のアレックスの計画のなかには、イニスがダンスをすることも含まれている。レディらしく、本物らしく振る舞わなければならない。

ステップがはじまり、カップルがパートナーを替えはじめると、アレックスとキャロラインの姿が見えなくなった。音楽がカドリールに変わり、イニスはいつのまにかなんとなく見覚えのあるイングランド人とペアになっていたが、すぐにダンスがはじまったので、お辞儀をしただけで言葉を交わすことはできなかった。

もう一曲踊り、イニスはもう充分だろうと思った。女性用の休憩室へ行きますからとパートナーに断り、ダンスフロアを離れた。廊下を目指して歩きだしたとき、ジャネット・コンプトンが同じ方向へ歩いて行くのが見えた。イニスは行き先を変え、人混みのなかにアレックスを捜した。彼は廊下へ出るドアのそばにいた。そちらへ歩きはじめたイニスは、アメリアがついさっき同じドアから出ていったのを思い出し、ぴたりと足を止めた。また彼女と鉢合わせするのは避けたい。

イニスがしばらく見ていると、アレックスが立ち止まり、あたりをこそこそと見まわしてからドアの外へ出ていった。

アメリアのあとを追ったのだろうか？

24

いったい、アメリアはなにが目的なんだ？

アレックスは、ウェイターから受け取った紙を開き、そこに廊下の先の書斎で待っているというアメリアのメッセージを見て目を疑った。客に開放した部屋から離れた、ひとけのない廊下。

アメリアは自宅で愛人と密会するようなたぐいの女性ではない。もっとも、アレックスは彼女の愛人ではないし、そうだったこともない。彼女は抜け目なく、腹を空かせた犬の目の前に餌をぶらさげるように、ベッドの可能性をちらつかせるだけだった。いまのアレックスはもはやアメリアと逢い引きすることになんの興味も持てなかった。イニスだけが、アレックスの必要とする燃えるような情熱を秘めた女性だった。氷の女王にはジョージがお似合いだ。なんにせよ、公爵夫人の地位がなにより大事なアメリアが、ジョージの怒りを買うような危険を冒すはずはない。

では、なにが目的なのか？　イニスの正体を知りたいのか？

書斎のドアは少しだけあいていた。アレックスはなかに入り、室内を見まわした。アメリアは、埋め火が弱々しい光と温もりを放っている暖炉のそばの大きな革の肘掛け椅子に座っていた。アレックスの見たところ、暗い部屋のなかにいるのは自分とアメリアのふたりだけだった。

「ドアを閉めて」アメリアが言った。

「わたしはあけておきたい」

炎にかかった水が蒸発するような音をたて、アメリアは立ちあがり、自分でドアを閉めた。アレックスは机のオイルランプに火をつけようとした。

「それにさわらないで」アメリアは椅子に腰をおろした。「だれかに見つかったら困るわ」アレックスは振り返り、片方の眉をあげ、精一杯の放蕩者らしい笑みを浮かべた。「話があるんだろう」

アメリアはややむっとした。「内密にしてほしいの」

「いいとも」

「よかった。とても個人的な話よ。もし外に漏れたら――」

「わかるよ。ジョージはちょっと退屈だ」アレックスは彼女のゲームにつきあってやることにして、笑みを大きくした。「あの男には……想像力というものがない」

「ジョージのことじゃないのよ」アメリアが言った。「わたしのこと。わたし、わたしたちの、こ、ことなの」

アレックスはまた自分の眉があがるのを感じたが、今度は眉が勝手に動いた。放蕩者の仮面を捨てたくなった。アメリアがなんの話をしたいのか見当もつかない。「わたしたち？」

「わたしたちよ。絶対に秘密。わたしがあなたと密会しているなんて噂になったら、ジョージは許してくれないわ」

アレックスの口角がさがった。まじまじとアメリアを見ないようにするのに骨が折れた。まさか、本気で愛人関係になれると思っているのなら、アメリアはベドラム行きが決まったも同然だ。とはいえ、いきなり捨てられたのだから、ささやかな楽しみとして、彼女をその気にさせておいてからつれなく突き放してやっても罰は当たるまい。アレックスはなんとか心の平静を取り戻した。「ここには暦がないが、きみが日時を決めてくれれば、たぶん合わせられるよ」

アメリアが眉をひそめた。「合わせられる？」

アレックスは肩をすくめた。「言葉はそっけないが、これでも礼儀正しくしようとしているんだ」また放蕩者の笑みを浮かべた。「もっと大胆な言葉遣いもできる。ほかのレディたちはそっちのほうがお好みだ……刺激的らしい」

アメリアは息を呑み、アレックスの言葉を理解した。「ほんとうに、悪い人ね」

「そのとおり」アレックスはまた肩をすくめた。「わたしはただ、みんなをよろこばせたいだけだ」

「そう聞いているわ」アメリアは鼻で笑った。「あのばかげたクラブの人たちから」

アレックスはとぼけてみせた。「きみのために解散させてほしいのか?」

「いいえ。わたしをクラブの一員にしないでと言いたいの」

「それはなんとも答えようがないけれど、クラブに入るかどうかは任意だ」乾いた声で言った。

「だったら、なぜわたしにこんなものを贈ってきたの?」アメリアは椅子の肘掛けの外に手をのばし、マダム・デュボアの店のラベルが貼られた小さな箱を持ちあげた。蓋をあけると、クリーム色のシルクが現れた。

アレックスの笑みが消えた。アメリアがそれを箱から取り出す前に、それが口説き落とした女性たちに贈った寝間着の模造品だと、アレックスにはわかった。「どうやってそれを手に入れた?」

「とぼけないで」アメリアがいらいらと息を吐いた。「わたしがあなたに口説き落とされることに同意すると思って贈ってきたんでしょう。わたしが放蕩者の言いなりになるとでも?」

アレックスは彼女の傲慢で棘のある口調を無視した。なぜ以前は彼女を魅力的だと思っていたのだろう?「参考までに言っておくが、わたしは逢い引きの前ではなく、あとにそれを贈るんだ」

「わたしが同意すると思ったんでしょう」

「そんなことは思わない」アレックスは慎重に平然とした声を作った。「とくにきみが相手の場合は」

アメリアは嫌みを言われているのかどうかわからないらしく、口ごもった。アレックスは無表情を崩さなかった。

「では、だれがこんなことを？」

「さあ。マダム・デュボアに訊いてみても――」そのとき、ドアがあいてジョージが入ってきた。

「いったいなにをしている？」ジョージの顔はほとんど紫色になっていた。「自宅で妻を寝取られる気はない。それも、皇太子殿下がいらしているのに」

アメリアの磁器のような顔がますます白くなった。「違うのよ」

「違う？」ジョージはアメリアの前で紙を振った。

アメリアのメッセージだ。急いでポケットに突っこんだつもりが、床に落としてしまったに違いない。「話せばわかる……」

ジョージは嘲笑を浮かべてアレックスに向きなおった。「そうだろうとも。いつも話せばわかると言って、好き勝手にやってきたものな。今度ばかりはそうはいかない」アメリアに目を戻した。「いつからだ？　結婚してからか？」

アメリアは椅子の上で背筋をのばした。「なにもないわ。落ち着いて話を聞いてくださればーー」

「嘘をつくな。わたしは嘘が大嫌いだ」ジョージは声を荒らげた。

「醜聞にされたくなければ、大きな声を出さないほうがいい」アレックスは言った。

「そうよ、ジョージ。わたしたち、ちゃんと説明できるわ」

ジョージはアメリアをにらみつけた。「わたしたち？　わたしたちだと？」

アメリアはごくりと唾を呑みこんだ。「わたしは説明できると言いたかったのよ」アメリアがアレックスを見た。「夫とふたりきりにしてもらえるかしら」

二度言われるまでもなかった。アレックスはくるりと向きを変え、ドアへ歩きだし、とたんに凍りついた。ドア口にイニスが立ち、アメリアがまた膝に置いている部屋着を見つめていた。

翌朝、アレックスは執事にジョージが来て客間で待っていると告げられたがーーこんな早い時刻にーー驚かなかった。ゆうべから、このままではすまないだろうと覚悟していた。お偉い公爵閣下を待たせてやろうかと考えたが、今日はジョージを挑発するのはやめておいたほうがいいだろう。石頭のジョージにアメリアとはなにもなかったと説明するひまもなかったから、いまから説明して、さっさと片をつけたい。

イニスが許してくれればいいのだが。ゆうべ、彼女は話をする前に、アレックスに背を向けて逃げてしまった。アレックスはあわてて舞踏室に戻ったが、彼女の姿はどこにもなかった。キャロラインもいなくなっていた。三十分間あちこち捜したあげく、ブライスからふたりとも帰ったと聞かされた。

だが、イニスはダンズワース・ハウスに帰ってこなかった。アレックスは夜明けまで起きて待っていた。睡眠不足で目がひりひりし、煉瓦のように重い頭を抱えて客間へおりた。

「ゆうべはいったいなんのためにあんな非常識なことをしたんだ？」部屋に入ってすぐ、振り返ったジョージにその言葉を投げつけられた。

執事がドアをそっと閉めたが、使用人の半分が口実を見つけては客間の廊下を通ろうとするに違いない。

アレックスは腰をおろしてお茶を注ぎ、砂糖を一個入れてかき混ぜた。「誓って言うが、奥方とわたしのあいだになにもなかった」

「自称女たらしの言葉をわたしが信じるとでも？」

「わたしのことならなんとでも言えばいい。アメリアに弁解する機会をやったのか？」

「話は聞いた」

「それなら、なにもなかったことはわかっただろう」アレックスはお茶を飲み、ブランデーがほしいと思った。

「寝間着の説明にはなっていないじゃないか」ジョージはあからさまに冷笑を浮かべた。「あのばかげたクラブのことをわたしが知らないと思っているのか？　略奪された女たちとかなんとか。女たちは〝贈り物〟の話を秘密にできないらしいな」

「くそっ」アレックスはティーカップを置いた。「アメリアにあの部屋着を贈ったのはわたしではない」

「彼女もそう言った」

「信じないのか？」

「まだわからない。いま、アメリアは実家にしばらく帰る準備をしている」

「極端だな」

「わたしを虚仮にしたらだれだろうが許さない」ジョージはつかつかと歩いてきて、アレックスの向かいに腰をおろした。「だが、ここへ来たのは妻の話をするためではない」

アレックスはため息をついた。ジョージはイートン校で規則違反を指摘する監督生だったころと同じ顔つきをしていた。「違うのか？」

「違う。おまえの無謀な行動には慣れているはずだが、やはり驚く」

行動に関する説教に耳を傾けなければならないようだ。ジョージが話をはじめたら、気のすむまでしゃべらせたほうがいい。それにしても、ああ、ほんとうにブランデーがほしい。

ジョージは部屋のなかを身振りで示した。「この屋敷に住むことを許したのは――」

「メイフェアのタウンハウスが気に入っているのと、だれかがこの屋敷を管理しなければならないからだろう」

「だが、公爵家の屋敷だ」

アレックスは肩をすくめた。「出ていってもいいぞ」

「それだけではだめだ」ジョージは言った。「今度こそ見逃すことはできない。あの娘をわたしの舞踏会に連れてくるとは、どういうつもりだ？　世間体というものがわからないのか？」

アレックスは苛立ちがつのりはじめたのを感じた。自分のことならともかく、なにも悪くないイニスのことでつべこべ言われたくない。こんなに早くイニスが平民だとわかったのはどうしてだろうと、アレックスは思った。「わかった、あんたの勝ちだ。イニスはわたしの馬の世話と調教をしていた」

ジョージの目が飛び出そうになった。「馬の世話？」

「そうだ。ジェイミソンは、実によくやっていると言っていた」

「馬丁が、レディ・イニスは馬の世話をよくやっていると言ったのか？　なんと、あきれたな」

アレックスは眉をひそめ、頭の霧が晴れてくれればいいのにと思った。「レディ・イニスとはだれだ？」

「おまえの客だ、ばか者」

眉間の皺が深くなった。「なんの話かさっぱりわからない。イニス・オブライエンは身寄りのない娘で、わたしはカードゲームで勝って彼女を引き取ったんだ」

ジョージは目を丸くした。「なんということだ。思っていたよりもひどい」

アレックスはふつふつとした不安を覚えた。「どういうことだ？」

「おまえの客には、たしかに両親がいない」ジョージは大きく息を吐いた。「だが、名前はオブライエンではない。ロックウッド伯爵が、ゆうべ気づいた。彼女は先代のキルデア公爵の令嬢、レディ・イニス・フィッツジェラルド。現公爵が後見人だ」

今度はアレックスが目をみはった。ばかみたいにぽかんとしていなければいいのだがと思った。顔全体が麻痺してしまった。イニスがここへ来たばかりのころになんらかの嘘をついたのは気づいていたが、貧しい家に戻りたくないのだろうと思っていた。だが、イニスは有力なアイルランドの公爵家の——貴族の令嬢だったのだ。

信じられない。

「間違いないのか？」

ジョージは救いがたい間抜けめと言わんばかりにアレックスを見ていた。たしかに間抜けだ。イニスになにも尋ねなかったとは、どこまで間抜けなんだ？

「バークリーやケンドリックのような遊び人仲間ではなく、ホワイツの立派な紳士たちのだれかに相談してくれていれば、キルデア公爵の姪がいなくなったと聞けたかもしれないのに」ジョージは冷たく言った。「どうやら、おじが決めた結婚相手が気に入らずに家出してきたらしい」

いかにもイニスらしい。いくつかの事実の断片が、ぴたりとはまりはじめた。アイルランドへ帰りたがらなかったこと。アメリカへ行きたがったこと。偽名を使ったこと。社交界の催しに参加したがらなかったこと……。

なぜそうした小さなヒントに気づかなかったのだろう？　こうした悩みをすべて隠しつづけるのは、きっと大変だったはずだ。ほんとうに、彼女に恥をかかせたくなかったのに。

キャロラインと一緒に組み立てた〝レッスン〟を思い出した。晩餐で正しい銀器を使う方法。礼儀正しく意味のない会話をする方法。読み書きの勉強。ダンスの練習……。つかのま、ワルツを教えたときに、イニスが腕のなかにしっくりとおさまった感覚がよみがえった。その思い出を頭から押しやった。アレックスが、身寄りのない平民の娘をレディに仕立てあげて紹介し、兄に恥をかかせるというくだらない計画を温めていた一方で、彼女は本物のレディだった。レッスンで教わったことはすべて知っていたのに、知らないふりをしていた。ほかの女性なら、きっとレッスンのあとに大笑いしていただろう。イニスはどうだったのか？

わたしはなんと愚かだったのだろう。すっかりだまされた。

ダンズワース・ハウスからジョージの馬車が去っていき、入れ違いにキャロラインの父親の馬車が到着した。

「一緒に来てくれなくてもいいんです」御者が馬車の扉をあけたと同時に、イニスはキャロラインに言った。キャロラインに借りたデイドレスの裾を持ちあげた。「五分もあれば、荷物をまとめて戻ってきます」

キャロラインはかぶりを振った。「ゆうべなぜあなたがあんなにアレックスに怒ったのか、理由は知らないけど、仲介役としてだれかがいたほうがいいと思うの」

「アレックスとは話したくないんです」

「わたしはあの人とは数年来のつきあいだからわかる。あなたが出ていくのを黙って見ているような人ではないわ」

イニスはため息をついた。「そうかもしれない。それに正直言って、ここで働かせてくれたアレックスにお礼のひとつも言わなくちゃいけませんよね」ただ、彼の顔を見たら、愚かなデビュタントのように泣きだしてしまいそうなのが怖かった。あの部屋着を持ったアメリアを見てどんなに傷ついたか、アレックスに知られたくなかった。あんなことを言っていても、彼はかつてアメリアを愛していたのだし、いまでも気持ちが残っているのかもしれない。それなら、イニスを抱いたのはただの気晴らしだったということになる。例の名簿のレディたちと同じだ。自分だけは違うと思いこんでいたなんて、ほんとうに愚かだった。

「しばらくのあいだアレックスを引き止めておいてもらえますか？」イニスは言った。「話をするなら、出ていく直前にしたいんです」

「やってみるわ」キャロラインが答えた。

「ありがとうございます。あたしは勝手口へまわります。エヴァンズに通してもらってください」

キャロラインは顔をしかめた。「こんな時間にお邪魔するのは非常識だわ。なぜ公爵の馬車が来ていたのかしらね。なにもなければいいのだけど」

大変なことがあったのだが、イニスは沈黙を守った。ゆうべは書斎に着いたときには話が終わっていて、なにも聞くことができなかったが、公爵の顔つきを見れば、だいたいなにがあったのかはわかった。公爵が朝早くから訪ねてきたのは好都合かもしれないと思いながら、イニスは屋敷の裏へ向かった。ゆうべアメリアとふたりでいるところを見つかったために、アレックスは後始末に追われているだろう。

部屋着を持っているアメリアを見てすぐに公爵家を出たので、あのあとどうなったのかはわからなかった。それからまっすぐキャロラインのもとへ行き、連れて帰ってもらったので、噂がすでに広まっているのかもわからない。もうどうでもいいことだと、イニスは自分に言い聞かせた。アレクサンダー・アシュリーは欲望を抑えられない男なのだ。その欲望が自分に向けられたときにどんなにすばらしい心地を味わえたか、思い出してはいけない――思い出したくない。だめだ。アレックスのことはもう忘れなければ。数少ない身のまわりの品を集めて、屋敷を出るのだ。

ゆうべ着ていたブルーのドレスと上靴を抱えて入ってきたイニスを見て、ミセス・オルセンは両眉をあげたが、なにも言わなかった。幸い、女中たちは仕事へ行ってしまったので、四階の部屋まで裏の階段をのぼるあいだ、だれにも合わずにすんだ。イニスは、小さな鞄にもともと持っていたものだけを手早く詰めた。アレックスがそろえてくれた衣装一式は置いていくことにした。昨日の午後、ベッドに広げておいた簡素な朝の寝間着を取った。これも置いていくべきかもしれないが、鞄に入れた。シルクの部屋着のクラブの一員でないことを思い出させてくれるだろう。

ドアの前で立ち止まり、小さな部屋のなかを見まわした。不思議なことに、アイルランドを離れたときよりも、自分の家を出ていくのだという気がした。厩舎へ行ってゴールディにさよならを言いたかったが、そんなことをしたら泣いてしまいそうだった。それに、ジェイミソンにも説明しなければならなくなる。そっとしておいたほうがいい。手遅れになる前に出ていかなければ。メイフェアを離れたら、街の雑踏に紛れこめる。

ごくりと唾を呑みこみ、ドアを閉めて階段をおりた。イニスの一部はこっそりと勝手口を出てキャロラインの馬車に乗りこみたかったが、臆病者になってはいけない。お礼だけ言って、屋敷を出るのだ。イニスは胸を張り、客間へ向かった。

アレックスがイニスを待っていた様子で、入口に立っていた。イニスは顎をあげたが、口を開く前に彼のほうが言った。

「どこへ行くんだ、レディ・イ、ニ、ス？」

25

イニスはアレックスに本名を呼ばれて凍りついた。彼の後ろのソファに座っているキャロラインに目をやると、彼女はおもしろがっているような顔でこちらを見ていた。

イニスはアイルランド訛りで話すのをやめた。「どうしてわかったの?」

「ロックウッド伯爵が気づいた」

きっと、あのなんとなく見覚えのあったダンスのパートナーだ。気づかれませんようにと祈ったのは無駄だった。

アレックスは脇へ退き、イニスを客間へ入れた。「ここで話そう」

彼は笑っていなかった。花崗岩の彫刻のような顔つきだった。イニスは鞄を置き、客間へ入った。

「座れ」

イニスは立っていた。「わたしは犬ではないわ」

「お許しを」アレックスが言った。「きみがレディ・イニス・フィッツジェラルド、キルデア公爵の姪ということを忘れていた」

いまはアレックスに刃向かわないほうがいい。彼はほとんど失礼と言ってもいい口調できる。

だった。イニスは脚の細い椅子に座った。座面が低いので、両足を床に着けて座ることが

アレックスはドアを閉め、背もたれのまっすぐな椅子に座った。「いつほんとうのことを教えてくれるつもりだったんだ？」

イニスはかぶりを振った。「教えることはできなかった。ほんとうのことを知ったら、あなたはわたしをアイルランドへ送り返したでしょう」

「くそっ、そのとおりだ」キャロラインが控えめに咳払いをしたので、アレックスは彼女をさっとにらんだ。「悪いが、いまは紳士でいられる気分じゃないんだ。何週間もだまされていたんだからな」

イニスは苛立ちがこみあげてくるのを感じた。「わたしもだまされていたわ、旦那さま」

「わたしは身寄りのない貧しい人間のふりなどしていない」アレックスは言った。「社交界のことなどなにひとつ知らないふりや、礼儀作法のレッスンが必要なふりもしていない――」

「それはあなたの考えでしょう。あなたこそ、貧しくて身寄りのない娘をレディに仕立てあげて、自分の兄に恥をかかせようとした」

「たしかにそうね」キャロラインが言った。

アレックスはまたキャロラインをいらいらと見た。「彼女はきみもだましたんだぞ。正

しい銀器の使い方も知らない、正しい会話も読み書きもできないふりをして。きみが教えているあいだも、内心ほくそえんでいたかもしれない」

「ほくそえんだりしなかったわ」イニスはぼそりと言った。「合わせるほうが簡単だった」

「どうして合わせなければならないと思ったの？」アレックスが口を開くより先に、キャロラインが尋ねた。「なぜアイルランドで暮らしたくないの？」

イニスはためらい、その理由はもうどうでもよくなったと思った。「おじがわたしを伯爵の息子と結婚させようとしたから」

アレックスはイニスを見つめた。「それもわたしから隠していたな。まだほかにも嘘をついていたことはあるのか？」

イニスはついにかっとした。「嘘をついていたなんてあなたに言われたくないわ」

「わたしはきみになにも嘘はついていない」

「そう？　だったら、元の婚約者に欲情していると言うのを忘れていいたのね？」

「アメリアに欲情などしていないし、彼女のことは好きでもなんでもない。わたしは――」

「そうかしら？」イニスはさえぎった。「くそっ、それならなぜあの人があなたの有名なシルクの部屋着を持っていたのかしらね？　ゆうべこの目で見たわ。否定しないでよ」

ソファから喉を詰まらせたような音がした。「だからあんなに怒っていたの？」

イニスはキャロラインのほうを向いた。「彼はあの人を書斎に呼び出して――」

「わたしは呼び出していない」アレックスが顔をしかめた。「アメリアから、書斎へ来いとメッセージを受け取ったんだ」

イニスはしかめっつらを返した。「どっちが逢い引きに誘うメッセージを送ろうが、たいした違いはないわ」

「逢い引きに誘うメッセージじゃない」アレックスはぴしゃりと言った。「アメリアは怒ってあのいまいましい代物をわたしに返そうとしたんだ。だが、そもそもあれをだれが贈ったのかもわからない」

「あの……」キャロラインがまた咳払いした。「わたしよ」

アレックスとイニスは、あぜんとしてキャロラインのほうを振り向いた。

「なぜそんなことをしたんだ？」アレックスがようやく尋ねた。

キャロラインは顔を赤らめ、肩をすくめた。「仕返しよ。社交界の半分は略奪された女たちのクラブのことを知っているし、部屋着のことも知っている。アメリアがそれを受け取ってジョージが見たら、彼は……。まあ、ジョージのことだから、アメリアが疑惑を否定すればするほど疑うわ。ある意味、結局はあなたに負けたと思うでしょう」キャロラインは深呼吸した。「そして、捨てられる気持ちをあの人に味わわせたかったの」

しばらくのあいだ、だれも口をきかなかった。

「ばかなことをしたといまならわかるわ。アメリアが舞踏会であなたに詰め寄るとは思わなかったし、イニスがそこに居合わせるとも思っていなかった」キャロラインはふたりを見やった。「それから、あなたたちが……その……」

「それはもういいの」イニスは急いで言った。「もう関係ないから」

「関係ない？」アレックスはあきれたように訊き返した。「ますます大ごとになっているじゃないか。わたしはアイルランドの公爵の姪を何週間もうちに泊めたんだぞ、お目付役もなしで。公爵が知ったら、わたしの首を求めるだろうな」

「そんな、露骨なことは言わないで」キャロラインが言った。「でも、わたしの理解が正しければ、イニスはもう婚約者のことは気にしなくていいわね。評判が傷ついたのだから」

イニスはレディらしからぬしぐさで鼻を鳴らした。「婚約者の父親は財産を使い果たしてるの。持参金をほしがっているし、もちろん公爵家とのつながりもほしいから、わたしが純潔ではないくらいではあきらめないわ。アイルランド人は現実的なの」

「わたしは持参金を受け取らないと知ったら、きみのおじ上もほっとするだろう」

イニスは眉根を寄せた。「なんの話？」

「キャロラインの言うとおりだ。社交界にきみの正体が知れ渡ったからには、醜聞を避けて、評判に傷がつかないようにしなければならない。最善策は結婚だ。それでなにもかも解決する」

「なにも解決しないわ」イニスは立ちあがり、アレックスの前をつかつかと通り過ぎ、玄関ホールに出るドアをあけて鞄を取った。「前にも言ったけれど、わたしは義務感で結婚しようとする人とは結婚しません」

玄関を出ようとしたとき、キャロラインがアレックスに、しばらく考える時間をあげてと言っているのが聞こえた。考える時間などいらない。責任だの義理だの義務だのは、結婚の理由にはならない。

必要なのは、街を出ていく時間だけだ。

「地獄に二度落とされて放り出されたようなありさまだな」三日後の夜、ホワイツでスティーヴンがアレックスに言った。

「そりゃどうも、ケンドリック。いまのでほんとうに元気が出たよ」アレックスは返した。ブライスがアレックスをじっと見た。「例の攻略する奥方たちの名簿を電光石火で片付けているのか、ひとりの娘に関してうじうじしているのか、どちらかだな。ぼくの推測では、後者だろう」

「おまえの推測はおまえのなかにしまっておけ」アレックスはうなった。「わたしは女のことで悩んだりしない。ミランダ・ロックも例外じゃないぞ」

「いま話しているのは伯爵夫人のことじゃないだろう？」スティーヴンが尋ねた。

アレックスが答える前に、ブライスがにやりと笑った。「惜しいな、アシュリー。伯爵夫人がどこへ行ったのかわからないという話にも、おまえが屋敷に泊めている客を伯爵夫人が殺そうとした話にも、わたしたちはごまかされないからな」

「もう客じゃなくなった」

ふたりは驚いてアレックスを見た。

「どうしたんだ？」スティーヴンが尋ねた。

「アメリアの部屋着のことは説明したんだろう？」ブライスが尋ねた。

「した」アレックスはため息をついた。醜聞が巻き起こってすぐに、ふたりには一部始終を話した。兄の舞踏会での災難については隠しておきたかったが、アメリアが実家に帰ってしまったという噂は、乾いた草原の火事より速く広まった。

「イニスはどこへ行ったんだ？」ブライスが尋ねた。

「キャロラインの家に。まだそのことが広まっていないのは意外だ」

「キャロラインは社交的ではないからな」ブライスが言った。「社交界のごたごたにはおまえと同じくらい興味がない」

「われわれ三人と同じくらいと言ってくれ」スティーヴンが頬をゆるめた。「わたしも兄の死に関与しているという噂が流れたおかげで、あの華やかな連中には歓迎されないいんだ」

ブライスが笑った。「だから、一度ならず娘を持つ連中から逃げることができたわけだ」

スティーヴンがうなずいた。「爵位がなければ、わたしは社交界の鼻つまみ者（ペルソナ・ノン・グラータ）だ」アレックスを真顔で見た。「女性の評判は男にくらべて簡単に傷がつく。イニスがアイルランドの貴族なら、キャロラインの家にいたほうがいいだろう」

「そうだな」ブライスが言った。「噂がアイルランドに届いたら、キルデア公爵がロンドンへやってくるのも時間の問題だ。そのとき、公爵の姪がおまえの屋敷にいないほうがいい。あとで面倒なことになる」

アレックスはまたため息をついた。「おまえたちは肝心なことを知らない」

「どういう意味だ？」

「イニスは、公爵が着いたときにはもうロンドンにはいない」

スティーヴンが濃い眉の一方をあげた。「彼女を愛人にして田舎にかくまうのか？」

「それは賢明ではないぞ」ブライスが言った。「キルデア公爵が後見人なんだろう。おまえの兄か、あるいは摂政皇太子に、姪を返せと要求すれば――」

「彼女を愛人にするつもりはない」アレックスは答えたものの、そうできればどんなにいいかと思った。「イニスはイングランドを出ていくんだ」

「なんだって？」ふたりが一斉に声をあげた。

「アメリカ行きの船に乗るんだ」

ブライスはかぶりを振った。「もともと、おまえの計画に協力する見返りにアメリカ行きの旅費をもらうことになっていたんだろうが、彼女がだれか知った以上、そんなことは許されないんじゃないか」

「約束したんだ。彼女がだれであっても、関係ない」

「正気の沙汰じゃない。逮捕されるぞ」

「どうして？　彼女を誘拐するわけじゃない」アレックスは言った。「ひとりでアメリカへ行くんだ」

「もっとひどい」ブライスはまたかぶりを振った。「彼女をアメリカへ行かせる前に、ケンドリックとぼくがおまえをベドラムへ連れて行ってやろう」

アレックスは苦々しく笑った。「もう遅い。船の予約はした。イニスは明後日出発する」

翌朝、アレックスはひどい二日酔いで目を覚ました。ゆうべ、ブライスとスティーヴンにはひどい顔をしていると言われたが、今朝は――正午に近いが――悪魔の熊手で頭をぶん殴られているような気分だ。ふたりはいつも入り浸っている賭博場に連れていってくれたが、もはやカードゲームに魅力は感じなかった。そして、そこでサービスを提供している女性たちにも。頭に浮かぶのは、口もきいてくれない、自立心旺盛なほっそりした赤毛娘だけだ。

そんなわけで、自称放蕩者がすることをした――泥酔するまで酒を飲んだのだ。玄関にたどり着いた記憶がないということは、友人たちが屋敷へ連れて帰ってくれたに違いない。上着とズボンは衣装簞笥の脇の棚からぶらさがっていて、ブーツがそばに立っている。エヴァンズが正体を失うほど酔っ払った主人の世話を焼いた証拠だ。

衣装簞笥の上の洗面器に冷水を入れて顔を洗うと、少しだけ気分がよくなった。水差しを取って残りの水を頭にかけ、濡れた髪を梳かした。なんとか顔を切らずに、喉をずたずたにすることもなくひげを剃った。

朝食室に近づくと、肉や香辛料の芳香に鼻腔を刺激された。いつもなら厨房から漂ってくるにおいに食欲が湧くのだが、今日は胃袋が宙返りをした。

エヴァンズが入口に現れた。「朝食か昼食を召しあがりますか？」

「お茶となにもつけないトーストだけでいい」

「かしこまりました」

エヴァンズは静かにさがり、すぐに戻ってきた。アレックスの足音を聞いてすぐさま準備したのだろう。酔っ払ってもなんの解決にもならないが、五日前にイニスが出ていって以来つづく鈍い歯痛のような痛みをブランデーがやわらげてくれた。アレックスは、最初の一日目はイニスが分別を取り戻すのを待った。実のところ、アレックスも怒りを乗り越える時間が必要だった。イニスは嘘をついた。だましたのだ。社交界の偽善者たちより巧妙に演技をしていた。いずれ気持ちが落ち着いて冷静に考えられるようになったら、なぜ彼女が嘘をついたのか理解できるようになるかもしれないと、アレックスは思っていた。

二日目、イニスを訪ねていくと、キャロラインからもっと考える時間をあげてくれないかと言われた。アレックスは急かさなかった。完全にイニスを許せたとは思えなかったからだ。プライドがまだひりひりと痛んでいたので、イニスと口論になるのは避けたかった。

三日目には、イニスが船の切符をほしがっていると知らされた。アレックスがまず本人と話をさせてくれと頼むと、キャロラインはそれをイニスに伝えにいき、〝約束しましたよね〟とだけ書かれた紙を持って戻ってきた。

アレックスは朝食をぼそぼそと食べ――胃の不快感がずいぶんおさまった――船の切符を入れた上着のポケットを叩いた。イニスに直接届けるつもりだった。切符をくれと言うのなら、その前に会うべきだ――ちゃんと話をするべきだ。

さほど離れていない場所にあるキャロラインの父親のタウンハウスへ馬で向かいながら、イニスを引き止めるにはどう説得すればいいのだろうかと考えた。貴族のイニスに対して、〝愛人〟という言葉は使うべきではない。正式に馬の調教の仕事につかないかと持ちかければ、イニスは興味を抱くかもしれないが、社交界には受け入れられないだろうし、イニスはこそこそ働くことに甘んじないはずだ。仕事は利益をもたらすものでなければならない。

イニスがあんなに頑固でなければ、結婚こそ唯一の解決策だとわかるだろうに。それどころか、いますぐ結婚すれば、彼女はおじに無理やりアイルランドへ連れ戻されることもない。伯爵のどら息子よりも自分のほうがよほどましではないか。アレックスはほほえんだ。よし、これで行こう。話をしたら、ただちに結婚特別許可証を申請しに行くぞ。

馬丁見習いに馬を託し、タウンハウスの階段を駆けのぼった。二日酔いも忘れ、重たいノッカーでドアをノックした。ドアマンに客間へ案内されて数分後、軽やかな女性の足音が近づいてくるのが聞こえた。アレックスは立ちあがり、イニスと対面するつもりで振り返った。ところが、ドア口に立っていたのはキャロラインだった。

「イニスに切符を持ってきた」アレックスは切符を掲げた。「だが、本人に直接渡したい」

キャロラインはかぶりを振った。「それはできないの」

「あんまりじゃないか」アレックスは言った。「わたしに会わずに出発させるつもりはないぞ」

「残念ながら手遅れよ」

アレックスは眉をひそめた。「どういうことだ？」

「ゆうべキルデア公爵がいらして、今朝、彼女を連れて帰ったわ」

26

アレックスは自分の耳を疑い、キャロラインを凝視した。思ったより二日酔いがひどいのだろうか。「公爵が来た？　なぜ連絡してくれなかったんだ？」

キャロラインは片方の眉をあげた。「連絡したわ。うちの従僕はエヴァンズから、あなたは留守にしていて朝まで帰ってこないと言われたそうよ」

アレックスはうめいた。自分が痛飲しているあいだに――違う、痛飲ではない――痛みを酒で洗い流しているあいだに、公爵と話す機会は失われてしまった。屋敷を出るときに玄関の銀の盆に封筒がのっていたのを、アレックスはいまさら思い出した。どうせパーティの招待状だろうと決めつけたのだ。「父上が公爵を泊めることにしたのなら、今朝もう一度連絡をくれればよかったじゃないか」キャロラインを非難がましく見た。まるで駄々をこねる子どもだが、かまうものか。どうしてキャロラインは……。

「公爵がうちに泊まらなかったからよ」アレックスの険しい顔も口調も無視して、キャロラインは答えた。「座って話しましょう」

アレックスは椅子に座りこんだ。「悪い話はそれだけじゃないのか？」

キャロラインは向かいの椅子に座った。「公爵は、イニスに不当な労働を強いたとして、あなたを逮捕するよう治安判事に申し立てるつもりよ」

「不当な労働？　いったい――」

「わかってる」キャロラインは片方の手をあげてアレックスを制した。「イニスが説明してくれた。とにかく、説明しようとしたわ。あなたがカードゲームに勝ったから、あなたのところで働くことになったんでしょう」

「それで問題ないだろう」

「あるのよ。公爵は、イニスが家出したことに怒っているだけでなくて、あなたがすぐに送り返さなかったことにご立腹なの」

「ちくしょう……いや、すまない」アレックスは深呼吸した。「イニスがほんとうはだれなのか、わたしには知る由もなかったんだぞ。イニス自身がずっと隠していたんだからな」

「イニスはそれも説明してくれた。でも、公爵は納得しなかった。姪がそのへんの不良娘ではないと気づかないのがおかしい、ほんとうはだれなのか全力で調べるべきだったって言うの」

アレックスは顔をしかめた。「まあ、たしかにそのとおりだ」

「わたしも加勢したのよ、イニスの……ええと、仮の姿は、とても説得力があったって。だけど、それにも公爵は納得しなかった。イニスがあの訛りのあるしゃべり方で話してみせてもね。それで、公爵はジョージに会わせろと言いだした」

アレックスはキャロラインをまじまじと見た。「兄が来たのか？」

キャロラインはうなずいた。「ふたりは面識があったことがあるみたいね」

「もちろん。公爵同士、つるむのが好きなんだろう」アレックスはため息をついた。「つまり、わたしは気取った兄からもますます非難されるわけか」

「今回はそれではすまないかもね」

「どういう意味だ？」

キャロラインは少しためらってから、話をつづけた。「ジョージは舞踏会の一件で激怒しているわ。キルデア公爵の前で、あの部屋着の話はできなかったし——」

「ジョージはほんとうのことを知っているだろう」

「ええ。でも、ジョージは体面を気にするでしょう。醜聞はまだ下火になっていないし」

アレックスはまたため息をついた。「わが敬愛すべき兄上はなんと言っていたんだ？」

キャロラインは困り果てた様子で、また言葉を切った。「公爵に同調して、あなたにはイニスを汚す権利はないって」

アレックスはささやかな希望が湧くのを感じた。「兄は、唯一の正しい解決策は結婚だと言わなかったか？」

キャロラインはますます困った顔になってかぶりを振った。「あなたは目に入るかぎりの貴族から妻を寝取る女たらしの放蕩者で、社交界のつまはじき者ですって」

尋ねるのが怖かったが、どうしても聞かずにいられない。「イニスはなにか言ったか？」

「ええ」キャロラインは小さく笑った。「あの状況で、イニスはイングランドを去りたくないと公爵に言ったわ」

アレックスの全身に温もりが広がった。イニスはイングランドにいたいのだ。「では、わたしと結婚したいと言ったのか？」

キャロラインは、あきれたようにアレックスを見た。「あなたの馬の世話が楽しかったから、仕事をつづけたいって言ったのよ」

アレックスはその朝はじめて笑顔になった。「わたしの馬の世話をしたいということは、わたしを許してくれたんだな」

キャロラインは絨毯を見おろした。「それにはまだ議論の余地があるわね」

「なぜ？」

彼女は顔をあげた。「ジョージが公爵に、屋敷からあなたを追い出す、馬は自分のものだと言ったの」

アレックスは眉間に皺を寄せた。「屋敷のことはいい。自分から引っ越すと話したこともある。だが、馬は――少なくともゼノスとゴールディは、わたしのものだ。登録証もある」

「それなら、どうするか決めるまで、父の厩舎にあずければいいわ」

アレックスはうなずいた。「いい考えだ。ここなら安全だし、落ち着いたら迎えにくる。とりあえず、わたしは本気で結婚したいんだとイニスを説得する。イニスが受け入れてくれさえすればいい」

キャロラインは唇を嚙んだ。「それもまた議論の余地があるのよ」

急激に高まった幸福感は消え、熱い炭を呑みこんだような感覚が残った。「どうして？」

「公爵がアイルランドへイニスを連れて帰ったところよ。伯爵の息子との婚約は、まだ破棄されていないの」

おじの書斎で、イニスは読もうとしていた本を閉じ、椅子の脇の小さなテーブルに置いた。集中力がつづかないので、目を閉じて仰向いた。いらいらもおさまらないので、立ちあがって部屋のなかをうろうろしはじめた。

一週間間にダブリンへ連れ戻されて以来、公爵から外出禁止を言い渡されていた。日がたつごとに、苛立ちはつのっていった。日曜日には結婚の公告がされる。おじはイニスの懇願に耳を貸さず、ついには純潔ではなくなったことを告白しても変わらなかった。むしろ、万が一にも妊娠していれば数カ月のうちに外から見てもわかるようになるのだから、早いうちに結婚したほうがいいと言いだした。

妊娠。愚かにも、イニスはその可能性をまったく考えていなかった。月のものは二週間先の予定だからまだわからないが、サイラス・デズモンドが父親になると想像しただけで胸がむかついた。あの洟垂(はなた)らしとベッドをともにしなければならないと思うと、やはり吐き気がこみあげた。

助けが必要だ。おじは冷静に話を聞いてくれない。司祭は――おじが教会に多額の献金をしているから――公爵の姪と伯爵の息子の結婚式をよろこんで執りおこなうだろう。自慢の種になる。

妖精の丘の幻が頭に浮かんだ。あの日、白昼に現れた鹿が道案内をするようにプリムローズの野原へ連れていってくれたことを思い出す。あのとき、だれもいないのに子どもの笑い声が聞こえたような気がした。もしかしたら、あの妖精の丘まで行けば、また妖精が助けてくれるかもしれない。

付き添いを連れて行くと言えば、散歩に行くのを許してもらえるかもしれない。だが、おじのことだから、武装した兵士数人がぞろぞろあとをついてくることになりそうだ。兵士の集団が見ていたら、妖精と話ができない――呼び出すことすらできない。寝室の窓から脱出したらどうだろう。窓の下に見張りはいない。

前回、家出するときに使ったシーツのロープは、おじが始末させたらしい。おじも、イニスがロープなしで二階の窓から出ていく可能性は考えていないようだ。イニスは衣装簞笥のことを考えた。何着ものドレスの袖を結び合わせたらどうだろうか。ベッドのシーツも使える。頬がゆるみはじめた。夜になったら、地面までドレスを伝い降りて、妖精の丘へ行こう。伝説によれば、妖精（シー）は真夜中を過ぎてから現れ、遊び戯れるのだという。

　玄関ホールで物音がして、イニスはわれに返った。低くとどろくような声が聞こえるので、また伯爵が来たのだろうか。サイラスが一度だけ会いにきたが、イニスは頭痛がすると言って早々に面会を切りあげた。サイラスはあまり心配そうではなかった。にやにや笑って、結婚すればきみのことをもっともっとよく知ることができるからと下劣に言い放った。サイラスの父親のほうがしつこかった。イニスが家出という無礼をしでかしたので、おじは持参金を増やすことにしたのだが、伯爵はきっとおじの気が変わるのを心配している。

　イニスは廊下を歩いてくるブーツの足音に耳をすませた。足音は客間の前で止まらず、イニスのいる書斎へ近づいてくる。イニスはきょろきょろとあたりを見まわし、隠れ場所を探した。おじは書斎で仕事をするし、欲張りな伯爵はいますぐにでも夫婦財産の契約書を作りたがっている。イニスは伯爵にもサイラスにも会いたくなかったので、錬鉄のらせん階段の陰に飛びこみ、箱の後ろに身を隠した。そのとき、ドアがあいた。

　椅子を引く音がして、だれかが咳払いした。「突然のお願いにもかかわらず、お時間をありがとうございます、閣下」

イニスはその声を聞いて凍りついた。アレックス。アヽ、ヽ、レックスヽ、ヽ、だ。

「書斎で話をうかがいたいとお願いしたのは、使用人に聞かれたくなかったからだ」おじの公爵が答えた。「五分だけやる」

「それだけいただければ充分です」アレックスが言った。「わたしは姪御さんと結婚したいと思っています」

「それはそうだろう。あの子の持参金は一財産だからな」

イニスはおじの露骨な言葉にたじろいだ。立ちあがってアレックスを弁護したくなったが、なぜか思いとどまった。

「財産が目当てではありません」アレックスはきっぱりと言った。

「ほんとうか？　きみの兄上はきみをダンズワース・ハウスから追い出して、縁を切ると言っていたが」

イニスはまたたじろいだ。アレックスの計画は効果がありすぎたのだ。今度はジョージが仕返しをしようとしている。

「屋敷は失うかもしれませんが、困窮するわけではありません。実は、アメリカへ渡って、あちらの不動産取引の状況を見てくるつもりです」

イニスは目を閉じた。ニューオリンズの家のことだろう。自分が住むはずだった家。

「よい旅を」おじが言った。「そろそろ時間切れだ」

椅子を引く音がしないので、アレックスはまだ座っているようだ。イニスは息を詰めた。

「イニスに一緒に来てほしいと頼むつもりです。彼女を愛しているので」

イニスは息を呑み、あわてて口を押さえた。やっと、アレックスはイニスが聞きたかった言葉を言ってくれた。義務感でも責任でもなく……。イニスは立ちあがりかけたが、なにかに押さえられて——優しい手が肩にかかっているような気がする——しゃがんだまま、じっとしていた。

「一夜かぎりの関係を繰り返している悪名高い放蕩者から、そんな言葉を聞くとはおもしろい」おじが言った。「だが、ほかならぬわたしの姪のことだ。きみはすでに姪の評判を傷つけたが」

「姪御さんだと知っていたら、決して——」

「関係ない」おじはアレックスの言葉をさえぎった。「イニスはアデア伯爵の息子と婚約している。結婚式は二週間後だ」

一瞬、静寂がおり、それからアレックスの声がした。「それはイニスが承知したことですか？　イニスに話をさせてください」

「だめだ」

おじが机の上のベルで使用人を呼んだ。すぐにドアがあき、数組の重たいブーツの足音が入ってきた。

「ご用はなんでしょう、閣下？」

それは警護隊の隊長の声だった。廊下で待っていたらしい。なぜだろう？

「アレクサンダー卿を港へお送りして、ロンドン行きの船にお乗せしろ」おじが言った。「出航まで見送れ。卿が出航前に下船しようものなら、誘拐未遂とロンドンで姪に奴隷労働をさせた罪で逮捕させろ」

イニスはまた口を押さえ、どなりたいのをこらえた。立ちあがり、わたしの人生は商品ではない、わたしもアメリカに行きたいのだとおじに叫びたかった。だが、やはり見えない手がイニスを押しとどめた。怒りで一杯の頭に、一筋の理性がすべりこんできた。いま声をあげても、また無視される。待たなければ。

「話はまだ終わっていません」アレックスが言った。

「好きにしたまえ」おじが言った。「牢獄で何年も過ごしたければ、そうさせてやろう。きみの兄上に頼めば、姪を偽名のもと軟禁していたという書面をよろこんで提出してくれる」

「ふたりとも地獄へ落ちればいい」アレックスが言った。

イニスはどさりという大きな音を聞いてすくみあがった。隊長がアレックスを殴ったに違いない。格闘する音がつづき、ブーツが床をずるずるとすべっていく音がした。警護隊がアレックスを引きずっていこうとしている。気絶してしまったのだろうか？

おじが立ちあがって出ていくのがわかったが、イニスは怒りのあまり震えながら隠れ場所にとどまった。おじがこれほど冷酷な人だったとは知らなかったが、いま聞いたことで完全に考えが変わった。おじとも、この屋敷とも、貴族らしい暮らしからも、金輪際関わりたくない。あのいまいましいアデア伯爵の息子とも結婚しない。

さらに十分待ち、廊下にだれもいないのを確認してから、使用人用の階段で二階へあがった。自室に入り、ドアにかんぬきをかけ、衣装箪笥からドレスを取り出すと、袖を結び合わせはじめた。

これからどうするのかは決まっている。

そのとき、よくやったとほめてくれる笑い声がかすかに聞こえたような気がした。

アレックスは船の甲板に立ち、ひりつく顎をこすりながら、まぶたが腫れていないほうの目で、埠頭にいるキルデア公爵の警護隊をにらみつけていた。警護隊たちはのんびりと雑談を交わしているが、アレックスはだまされなかった。タラップを降りようものなら、野兎に群がる猟犬よりも速く襲いかかってくるだろう。

イニスの愛すべきところをひとつひとつ思い浮かべた。短気なところ。旺盛な独立心。正直さ。貴族なのに、あらゆる人に対して思いやりの心を持っているところ。だがなによりも、イニスと過ごした情熱的な夜が思い出された。キスをしたときのやわらかく弾力に富んだ唇。手のひらにぴったりとおさまる乳房。舌でなでるとたちまち硬くなる乳首。脚のあいだの小さな硬いつぼみを吸い、身悶えさせるときに彼女からたちのぼる香り、味わい。熱く引き締まった鞘を深く激しく突きこんだときにのぼりつめるさま。

ふたりはたがいのものだ。くそっ。イニスがほかのだれかと無理やり結婚させられるなど、絶対に許さない。

しかし、あいにく状況は圧倒的に公爵側に有利だ。アイルランド人は概してイングランド人を嫌うし、キルデア公爵はダブリンの有力者だ。治安当局は、公爵からアレックスを逮捕しろと要請されれば、よろこんで応じるだろう。ジョージもアレックスが監獄で朽ち果てようが気にするわけがない。ブライスとスティーヴンが皇太子に掛け合ってくれるとしても、ジョージと取り巻きが邪魔をする。ダンズワース公爵の言葉は――どう見ても嘘くさいのに――気ままな男爵といかがわしい評判のある侯爵の懇願より影響力がある。つまり、アレックスは孤立無援。だから、ジョージに屋敷を追い出されたあとはアメリカに行くと決めたのだ。

ポケットには、アメリカ行きの二枚の切符が入っていた。いま乗っている船はアイルランド北部のコーヴに寄港してから大西洋を横断する。けれど、イニスと一緒でなければだめだ。アレックスは、にぎやかになっていく埠頭を眺めた。港湾労働者が最後の積み荷を運びこみ、乗組員は出港の準備をしている。混雑しているとはいえ、気づかれずに下船できるとは思えなかった。そうだとすると、残る選択肢はたったひとつ。

アレックスは振り返り、下の階におりる甲板昇降口の階段へさりげなく歩いていった。公爵の警護隊が目を光らせていることは、振り返らなくてもわかるが、船室へ向かったと思ってくれるかもしれない。

階段をおりるふりをして、甲板に腹這いになった。伏せていれば、下にいる警護隊からは見えないはずだ。そのまましばらく這い進み、隔壁に突き当たってから立ちあがった。ここは船の右舷で、警護隊からは見えない。眼下でリフィー川の水が渦を巻いている。潮目が変わる徴候だ。潮に逆らって泳ぐのは無駄だ。ということは、潮に乗って河口のほうへ流されなければならない……そして、見つかるのを避けるため、できるだけ水中にもぐっていなければならない。

チャンスは一度きりだ。アレックスは公爵の屋敷へ戻り、夜の闇のなかで待つつもりだった。つかのま、ほほえんでしまった。皮肉にも、今度こそイニスをさらうのだ。ただし、合意のうえで――願わくは、合意のうえで。夜と次の一日、馬を飛ばせば、船がコーヴの港に停泊しているあいだに追いつける。

アレックスは、泳ぎやすくするためにブーツを脱ごうかと思ったが、ストッキングだけではダブリンを走りまわることはできない。ブーツの革はやわらかく薄いから、なんとかなるだろう。アレックスは手すりに両手を置き、片方の脚をかけた。そのとき、女性の声が聞こえた。

「船から飛び降りるの？」

くるりと振り向いた勢いで、バランスを崩しそうになった。数週間前、ダンズワース・ハウスの厩舎ではじめて会ったときのように、ぶかぶかのシャツとズボンを身に着け、髪を帽子にたくしこんだ少年のようなイニスが、そこに立っていた。一瞬、アレックスは言葉を失った。

「なぜわたしがここにいるのを知ったんだ？」

イニスはほほえんだ。「あなたがおじと話しているあいだ、たまたま書斎に隠れていたの」

アレックスは耳を疑った。「幸運の女神がわたしの味方をしてくれたとしか思えないな」

イニスは肩をすくめた。「それとも、妖精が助けてくれたのかも」

「今回ばかりは、あえて反論しないよ」と、アレックスは笑った。

「さて」船が大きくかしぎ、岸壁から離れると、イニスが言った。「どのくらいロンドンにいるの？　おじはわたしがいなくなったのを知ったら、あの人たちを送りこんでくるわ」

アレックスは笑みを大きくした。「ロンドンには行かない。この船はアメリカへ行くんだ」そして、真顔になった。「きみを愛している、イニス。わたしの妻になってくれるなら、海へ出てから船長に結婚式を執りおこなってもらおう」

イニスはつま先立ち、アレックスの首に両手をまわして引き寄せ、キスをした。「ぜひそうしたいわ」いつもの訛りで言った。「だって、あたしも愛してるから」

アレックスは身を屈め、イニスの首に鼻をこすりつけ、かすめるようなキスをした。じらすように軽いキスを繰り返しているうちに、イニスがうめき、アレックスの髪を指で梳いた。「大西洋を渡るあいだに、おたがいのことをもっとよく知ることができるぞ」アレックスはイニスと唇を触れ合わせて言い、深くキスをした。

エピローグ

三カ月後
ニューオリンズ

フレンチ・クオーターのバーガンディ・ストリートにある自宅で、イニスは塀に囲まれた庭に出ると、奥の石塀に絡みつくハニーサックルの甘い香りを吸いこんだ。その香りは、ありがたい木陰を作ってくれる満開のマグノリアの大木の芳香と混じり合った。錬鉄のベンチに敷いたクッションに腰をおろし、小さな庭の中央にある噴水の心安らぐ音に耳を傾ける。ここへ来てまもないうちから、ふるさとのような気がしていた。

街をいつも覆っている蒸し暑い空気に慣れるまでには、もう少し時間がかかった。けれど、ずっしりしたウールではなく、軽いコットンの服で出かけることができるのはありがたいと、すぐに気がついた。窓を開け放して、川からのそよ風を楽しむことができるのもうれしい。

ニューオリンズにも、フランスのジェントリーやクレオールから成る上流社会があるが、イングランドにくらべれば、しきたりはずっとゆるい。日が沈みかけ、セントルイス大聖堂の前から川沿いをアレックスとのんびり散歩するころ、住民たちは広場へ出てきて、涼しい夜風やチコリコーヒーを楽しむ。ここにいるのは気取った紳士淑女ではなく、気さくな人々ばかりだ。

だが、イニスはなによりも、気兼ねなくズボンをはき、馬の農場を開くためにアレックスが購入した若駒や牝馬を調教できるのがうれしかった。ここの人々は現実的だからかもしれないが――あるいは、アメリカの人々特有の独立精神のおかげか――妻が夫の馬の世話をしていても、だれも気にしない。イニスとアレックスは、市民権はないが、しばらくニューオリンズにいたいと考えている。

イニスは腹部に手を当てた。アレックスにはまだ話していないが、あと半年ほどで本物の市民が生まれる……。そして、アメリカはふたりにとってほんとうのふるさとになる。

訳者あとがき

本邦初紹介の作家、シンシア・ブリーディングによるヒストリカル・ロマンス『公爵令嬢を〝淑女〟にする方法』をお届けします。もともと淑女であるはずの公爵令嬢を淑女にするとは、矛盾をはらんだタイトルですが、本書はまさにそのとおりの物語です。

摂政皇太子が統治する英国。ダンズワース公爵家の次男、アレクサンダー・アシュリーは、もともと折り合いの悪かった兄ジョージに婚約寸前だった女性を奪われて以来、いささか自暴自棄に生きていました。兄が体現する貴族社会そのものに復讐するため、上流階級の人妻たちを寝取る日々。ただし、相手の女性にどんなに誘われても、情事に二度目はなく、別れの挨拶がわりにシルクの部屋着を贈っていました。

一方、アイルランドのキルデア公爵家の令嬢、レディ・イニス・フィッツジェラルドは自立心旺盛な二十一歳。両親を亡くした彼女は、父親の弟の現公爵から意に染まぬ結婚を強いられ、家出します。

若い娘のひとり旅は危険なので、イニスは男に扮してロンドンへ渡りました。ところが、到着早々トラブルに見舞われたあげく、アレックスの屋敷に馬丁として雇われることに。アレックスには、すぐに女性だと気づかれますが、自分はアイルランドの貧しい平民の娘で、身寄りがなくてどこにも行くあてがないから、このまま馬の世話をさせてほしいと彼を説得します。

アレックスは、ある計画を思いつきました。平民のイニスを名門の令嬢に仕立てあげてダンズワース公爵家の舞踏会に連れていき、ジョージに一杯食わせてやろうというわけです。イニスは、彼に協力する代わりに報酬を得て、自立するつもりで了承しました。こうして、アレックスによるイニスの〝淑女教育〟がはじまるのですが……。

冒頭、情事の現場に踏みこまれそうになり、あわてて窓から逃げ出すアレックスはいかにも放蕩者らしい。兄に対する復讐の手段として、相手が同意しているとはいえ人妻を利用しているわけですが、意外にもこのアレックス、いい人なのです。

アレックスは、使用人に対しては親切でよい主人であり、彼の屋敷で働く人々の満足度は高そうです。ただ、子どものころから、公爵家の跡取りとして完璧を目指す兄とくらべられて育ったせいでしょうか、とにかく自分の属する上流階級に反感を抱いています。そのうえ兄に婚約者を奪われたため、反感をこじらせてしまったと考えれば、放蕩ぶりにも同情の余地があります。情事の相手も、鼻持ちならない兄の同類貴族の浮気な妻たちだけ、と一応の線引きもしています。こじらせた反感が昇華されれば、幸せになれそうなのですが……。

アレックスは、率直で他人におもねらないイニスに惹かれます。淑女教育をほどこしているうちに、イニスに家と手当を与えて愛人にしたいと思うようになるのですが、もちろん彼女がそんな提案を受け入れるわけがないとわかってもいるのです。しかし、彼もイニスとやり取りを重ね、自分の内にある彼女への思いを見つめていくうちに成長していきます。

奇しくも、このあとがきを書いている途中で、イギリスのヘンリー王子とメーガン妃が王族の立場から引退し、自立するというニュースを目にしました。メーガン妃が王子との婚約以来バッシングを受けていたことは周知のとおりですので、おそらく王子は妻子を守るためにこのような選択をしたのではないかと思われます。やんちゃな行跡で知られていた名門の子息が愛する女性をすべてに優先したとも受け取れるニュースに、訳者がアレックスをすぐに思い出したのは言うまでもありません。

もっとも、ヘンリー王子もアレックスも次男であり、長男と次男とでは、受ける重圧も違うのかもしれません。その意味では、アレックスの兄ジョージは、階級社会を内面化したあげく冷酷な人間になってしまったとも考えられ、制度の犠牲者とも言えそうです。ウィリアム王子は違うでしょうが、妻を所有物としか見ることができないジョージと、愛する女性の意志を尊重するアレックスとでは、アレックスのほうが圧倒的に幸せなのですから。

なにはともあれ、使用人であるイニスに手を出してはいけないと我慢に我慢を重ねているアレックスはほほえましく、ふたりがついに結ばれる場面は、初々しいながらも官能的です。アレックスとイニスがふたりらしい選択をするラストのおかげで、明るくさわやかな読後感が残ります。

最後に、著者シンシア・ブリーディングについて簡単にご紹介します。ブリーディング氏はアーサー王伝説の関連書籍を三百冊以上集めている熱心なファンで、トーマス・マロリーやテニスンのアーサー王に関する著作をハイスクールで十五年にわたり教えていました。二〇〇六年に、アーサー王伝説をベースにした〈キャメロット・シリーズ〉で小説家としてデビュー後、ハイランダーがヒーローのヒストリカル・ロマンス〈ローグ・シリーズ〉が好評を博し、六冊が出版されました。本書はリージェンシー・ロマンス三部作〈レイク・シリーズ〉の第一作です。楽しんでいただければ幸いです。

二〇二〇年一月　鈴木美朋

公爵令嬢を〝淑女〟にする方法

2020年2月17日　初版第一刷発行

著 …………………… シンシア・ブリーディング
訳 …………………………… 鈴木美朋
カバーデザイン …………………… 小関加奈子
編集協力 ……………………… アトリエ・ロマンス

発行人 ……………………………… 後藤明信
発行所 ……………………… 株式会社竹書房
〒102-0072 東京都千代田区飯田橋2-7-3
電話：03-3264-1576(代表)
03-3234-6383(編集)
http://www.takeshobo.co.jp
印刷所 ……………………… 凸版印刷株式会社

定価はカバーに表示してあります。
乱丁・落丁の場合には当社までお問い合わせください。
ISBN978-4-8019-2172-6 C0197
Printed in Japan